BESTIAIRE MAGIQUE

PAR

DINO BUZZATI

Traduit de l'italien
par Michel BREITMAN

Préface de Claudio Marabini

10 18

« Domaine étranger »
dirigé par Jean-Claude Zylberstein

ROBERT LAFFONT

Titre original :
Bestiario

ISBN 2-264-02245-0

10|18
12, avenue d'Italie — Paris XIIIe

Du même auteur
dans la collection 10/18

BARNABO DES MONTAGNES, n° 1449
L'IMAGE DE PIERRE, n° 1518
LES SEPT MESSAGERS, n° 1519
EN CE MOMENT PRÉCIS, n° 1592

Préface
de Claudio Marabini

Les animaux sont partie intégrante de l'univers de Buzzati au même titre que les montagnes, les plaines arides à l'infini, les bois obscurs, la mer, ou bien encore la ville de Milan. Ils offrent des personnages clés aussi fréquents que les employés, les journalistes, les militaires. Ce monde est peuplé de chiens ; et le crapaud en est un des protagonistes les plus extraordinaires. Viennent ensuite d'autres exemples, comme le « K » ou ces « monstres modernes » qui sont d'ailleurs loin d'en être tous.

Et le sort en décide pour les animaux comme pour les autres sujets : quand le désert des Tartares devient un maquis, le Bosco Vecchio un sombre enchevêtrement, le fort Bastiani un pénitencier, la métropole un labyrinthe, la Scala l'antre de toutes les paniques, Bartali et Coppi deux héros dignes d'Homère... les animaux se transforment de leur côté en un gigantesque anneau qui embrasse l'humanité entière pour la conjuguer avec un autre monde. Ils sont un intermédiaire peuplé d'appels et de signaux, de questions et peut-être de réponses.

C'est la peur et l'attente que Buzzati ne cesse de raconter. Le monde, « cette improbable réalité qui nous sollicite tant », une des plus belles nouvelles de ce recueil, ce monde est construit sur la peur. L'improbable réalité en question envoie des messages aussi bien du ciel que des profondeurs ténébreuses de la ville, autant des animaux que de notre propre corps. Les animaux ont toutefois un avantage : en se trouvant entre les choses et les humains, ils peuvent correspondre avec ces derniers et voir plus loin, plus clairement.

Dans l'inventaire que dresse Buzzati, la représentation et le destin des animaux sont transcrits par la nature, ils ont des qualités et des caractères humains, ils savent communiquer avec nous. Ce qu'ils nous disent, nous sommes parfois à même de le comprendre, et Buzzati, en bon chroniqueur, ne se fait pas faute de nous y aider. Au demeurant, certains singes et certains chiens sont peu différents de nous. Un chien peut devenir un homme (« L'arriviste »). Se dessine ainsi une sorte d'humanité intermédiaire, inférieure par certains côtés et privilégiée par d'autres. Et sans doute la bête peut-elle l'emporter sur l'homme, condamné à demeurer cloué au sol, comme le disait Montale.

Les monstres sont certes spéciaux, émanations de la fantaisie humaine, fruits de la fable, ils n'en demeurent pas moins des animaux déformés. Le K *est à la fois un poisson et quelque chose en plus ; dans ce recueil on verra la grenouille se transformer en monstre tout en restant grenouille, sort commun à bien d'autres animaux encore. Deux voies sont ouvertes : celle du fantastique où pullulent les risques chers à Landolfi, et celle de la science où émergent les monstres des profondeurs de la préhistoire. Buzzati était parfaitement au fait de ces données, tout autant sinon plus curieux du monde animal anéanti que du survivant. Le zoo devient un lieu fabuleux, l'aiguillon de la fantaisie, et la source inépuisable de chroniques. Et au zoo, nous le voyons bien ici, l'écrivain peut se faire chroniqueur.*

Si le monstre occupe un des versants du monde des animaux, de l'autre côté se trouve la réalité de tous les jours. Les chiens, les chats, les oisillons, les cochons, les souris, les mouches, un bœuf, une taupe, le singe et tant d'autres qui vivent dans ces pages sont des personnages du quotidien. L'auteur, aux aguets des relations véridiques, les cueille avec notre regard. À l'évidence la poétique de Buzzati se fonde sur le respect de la réalité, l'absurde et le fantastique étant d'autant plus plausibles que cette réalité sera plus fidèlement transcrite ; en d'autres termes, l'imagination doit partir du réel. « C'est pourquoi, explique Buzzati à Yves Panafieu, le fait fantastique doit être, à mon sens, effectivement rendu au plus près possible de la chronique. »

Les animaux de Buzzati se meuvent en un paysage tout à fait plausible, et qui pourrait parfaitement être accueilli dans les colonnes d'un journal. De là vient la suprématie du chien tant dans l'œuvre imaginaire que dans les articles de Buzzati. Le chien est l'animal qui côtoie le plus souvent l'homme ; c'est aussi celui qui s'offre le moins à de monstrueuses métamorphoses. Certes, il peut se transformer en monstre, il n'en demeure pas moins rattaché à la banale comédie humaine ; et il reste objet de curiosité et d'information journalistique de la part d'un Buzzati cinéphile et chroniqueur. Le chien démontre même, comme on le verra dans une page exemplaire, qu'il possède une âme et fait partie d'une humanité menacée.

Nos littérateurs, marchant à grands pas sur la voie tracée par Ésope, usant et abusant des métamorphoses, se sont abondamment et diversement servis des animaux. Il en va tout autrement chez Buzzati : ses animaux ne sont pas une fin mais un moyen. Par-delà les traits satiriques et allégoriques destinés à nos civilisations modernes et parfois à la vie politicienne, c'est pour mener ailleurs que Buzzati a recours aux animaux. Les allusions auxquelles il procède se placent manifestement dans un contexte historique précis, comme dans ces pages où un chien semble vouloir se rapprocher du communisme (« Le chien progressiste ») et celles où un autre chien révèle à un politicien la désolation d'une foule désormais aliénée (« La défaite ») : et les dates confirment l'atmosphère politique de l'époque où ces textes ont été écrits. Mais le bestiaire, dans son riche foisonnement, sert aussi à sonder cette autre réalité, probable et improbable, d'où naissent nos angoisses et vers quoi tendent nos espérances.

À ce moment-là, l'animal renonce à son existence naturelle pour en assumer une autre ; il perd les caractères reçus en don par la nature et se vêt de ceux que réclame une entreprise impliquant le monde et le destin de l'homme. Un invisible crapaud devient un monstrueux géant, un loup n'effraie la ville qu'à cause de ses empreintes, tandis que le monstre de « Tyrannosaurus Rex » pose son énorme patte sur la ville qu'il s'apprête à écraser. L'animal ne fait qu'accentuer sa monstruosité en abandonnant ses allures réelles, en se cachant Dieu sait où et en agissant dans un monde dont nous sommes exclus.

Ailleurs les animaux vont émigrer en masse puis revenir, images d'une humanité encore sous le choc de la guerre et l'angoisse d'une nouvelle catastrophe (manifestation psychologique dans les foules de ce qu'on avait nommé la guerre froide) ; tandis que dans « l'expérimentation d'Askania Nova » (qui date de 1948), on s'essaie à créer, dans une mystérieuse station de zootechnologie, au plus profond du cœur de la Russie, quelque chose de monstrueux, quelque chose que Staline lui-même suit avec une obscure angoisse : Un être humain, un animal, un monstre ? demande Buzzati, précédant de plusieurs décennies les craintes que soulèvent aujourd'hui certaines entreprises téméraires dans le champ de la génétique : « ... On a dépassé les confins extrêmes de ce qui était permis à l'homme, de l'autre côté se tient le Seigneur, l'Éternel, une épée à la main. »

Les animaux travaillent également à leur propre salut,

et c'est une autre moralité spécifique du bestiaire buzzatien. Nous sommes loin désormais du moralisme des fables antiques initiées par les Grecs. Les animaux n'enseignent plus la vertu à l'homme, ils lui enseignent la rédemption ; il ne s'agit plus d'aménager au mieux ou de corriger l'existence, mais de la protéger contre quelque chose qui s'apprête à la submerger. Les animaux ne peuvent être sauvés que par eux-mêmes, ils doivent être sauvés. Une fois de plus, Buzzati lance un cri d'alarme prémonitoire. Car, avec les animaux, c'est la nature qu'il faut protéger, celle pour laquelle on descend maintenant dans la rue. Voyons-en pour preuve « Les aigles », texte qui date de 1951. « La paix, la solitude, le silence se sont donc en allés... » C'est un Buzzati civique et politique qui, parlant des animaux, parle du monde et de l'homme, et le journaliste en lui continue son œuvre passionnée pour entreprendre une véritable croisade ; du coup, le Buzzati animaliste devient polémiste, extrayant par un discours politique cette sève qui nourrissait son œuvre de romancier.

On peut trouver épars un bestiaire naturaliste dans toute littérature. Le modèle de la nature laisse des témoignages valides, qu'un Rigoni Stern, par exemple, sait recueillir avec une fidélité limpide. La nature semble se présenter à nous avec toute sa puissance, sa verdeur, mais aussi le regret de son âge d'or disparu, celui que chanta Pascoli, celui que Tozzi ressentait dans son lyrisme quand il faisait attribuer à ses « bêtes » les ordres du destin.

Le naturalisme de Buzzati s'arrête face au monstrueux, mais jusqu'à cet instant il demeure parfait. Le chien, par exemple, c'est souvent son propre Napoleone. Même l'insecte du splendide « Une créature stupéfiante » agit avec une magistrale exactitude et est facilement identifiable en tant que cafard « à peine sorti de l'œuf ». Une fois excepté le « Tyrannausorus Rex » ou « Les sorcières de la mer », les souris de « Démolition de l'auberge » sont des souris réelles, le crapaud nommé Falstaff est un crapaud scientifiquement bien étudié, « Le bœuf vide » est un authentique bœuf, et tous les autres à l'avenant. Et lorsque Buzzati fait référence à la préhistoire ou à la mythologie populaire, son scrupule naturaliste se double de détails scientifiques. Un zoo ou un quelconque musée d'histoire naturelle, Buzzati les lit à livre ouvert ; et si le narrateur s'arrête un instant pour décrire le fameux serpent de mer, la solidité de sa documentation saute aux yeux. Cela se voit particulièrement dans une page fort réussi du très ancien « Serpent de mer désassorti » (1934). Les mêmes observations peuvent s'appliquer aux « Aigles » ressurgis d'il y a trente mille ans, apologue sur l'homme moderne vu en tant que faiseur de ruine et de déchéance.

Le trait naturaliste va se faire historique, et subrepticement politique, quand le bestiaire devient l'écho d'une controverse d'ordre civique et touche à certains traits des coutumes nationales. C'est quand les motards à échappement libre ont commencé à défrayer la chronique, en cette Italie qui semble, d'après Buzzati, en être le principal producteur, que vint « Le fauve motorisé », apologue grinçant où le mystérieux monstre, peut-être échappé de quelque zoo, se montre enfin pour ce que, historiquement et chroniquement, il est.

Les animaux de Buzzati sont d'une psychologie très simple. Fort loin, pour prendre un illustre exemple, des tourments métaphysiques chers à Gregor Samsa. Leur psychologie ressemble à celle des personnages humains. Les mécanismes du temps et de la mort simplifient la vie, en la réduisant à l'essence de sa précipitation vers la fin. Drogo tout comme ici le crapaud Falstaff sont des entités en route vers le néant, et la nature même de ce voyage efface presque totalement la comédie que se jouent les humains.

Animaux et humains vivent la même expérience, à cette différence près que les animaux s'ouvrent mieux au mystère. Buzzati l'a dit à Panafieu[1] *: « Souvent l'animal, étant lui-même un mystère, est plus apte à incarner le mystère, puisque nous ignorons ce qui se trouve en lui. » La métamorphose de l'animal en monstre est déjà un saut dans le mystère. La tension vers le mystère écrase la faible expérience vitale, comme le démontre,* a contrario, Un amour, *roman tout à fait à part dans l'œuvre de Buzzati. La jalousie rageuse du personnage principal transfigure cependant la trop jeune Laïde, arrogante et insaisissable, en un monstre. Il la voit en rêve « comme une horrible femme... au visage épais et tout gonflé de bouledogue » et qui « entrouvrant ses lèvres infâmes... se laisse aller à un ricanement sauvage ». Vidé de toute sa substance psychologique* Un amour *n'est plus qu'un face-à-face avec la mort.*

Les œuvres de Buzzati, son théâtre excepté, sont peuplées d'animaux. Seul Le Désert des Tartares, *coincé dans son conflit avec le destin, n'en héberge aucun. Mais dans* L'Image de pierre, *cette énorme machinerie qui reproduit un personnage humain est en elle-même un monstre animalier à la recherche d'une âme. « Le secret du Bosco Vecchio » est une présentation fantastique de la vie animale dans laquelle, en compagnie du vent lui-même personnifié sous le nom de Matteo, figurent des pies concierges, les souris domestiques et, tout au long du récit, des lézards, des nuées de papillons, des vers de terre, des petits oiseaux, un hibou, des lièvres et des écureuils. La fable « La fameuse invasion de la Sicile par*

1. Yves Panafieu, traducteur d'un certain nombre d'ouvrages de Dino Buzzati et auteur d'entretiens avec ce dernier. (N.d.T.)

les ours » date de dix années plus tard. « Nous sommes au regret de... » regorge d'animaux ; « Les miracles de Val Morel » tout autant. Quant aux recueils de nouvelles, du K *aux* Nuits difficiles, *en passant par* Les Sept Messagers *ou* « L'Écroulement de la Baliverne » *sans oublier* Panique à la Scala, *nombre d'animaux les habitent toujours. En fait, le bestiaire de Buzzati a pris son essor dès qu'il s'est mis à écrire et ne s'est terminé qu'avec sa propre fin. Celui de ce recueil commence avant même la sortie de* Bàrnabo des montagnes, *son premier ouvrage (1933).*

Nous avons opéré pour ce livre une division entre la littérature proprement dite et les récits d'origine journalistique, l'un et l'autre chronologiquement disposés. Comme pour nombre d'autres auteurs de sa génération, composition narrative et journalisme sont inséparables chez Buzzati. On trouve cependant, à la troisième page des grands journaux de l'époque, un espace où le journalisme prévalait pour le moins en tant que prétexte et se manifestait en chroniques ou interviews. En somme, l'écrivain, ne voulant oublier ce qu'il devait à son autre profession, usait des informations que celle-ci lui offrait, y ajoutant un grain de sa propre fantaisie. Il racontait donc, comme toujours, puisque son journalisme était essentiellement fait de récits, et que le récit était le but naturel de toute son écriture ; c'est le récit qui, dans sa forme la plus accomplie, occupe la majeure partie de ces pages et se trouve à l'origine d'un des livres les plus beaux et les plus originaux de Buzzati. Un livre, en outre, parfaitement unitaire, plus unitaire que d'autres recueils de nouvelles, puisque sa matière se trouve, pour la première fois, organiquement définie. Certes Buzzati n'avait jamais pensé à établir un bestiaire (même si ce titre apparaît dans une de ses nouvelles), mais son bestiaire existe bel et bien et on en voit ici une grande partie.

L'autre, qui lui est parallèle, et évidemment complémentaire, se trouve disséminée dans les recueils cités ci-dessus.

Le fait journalistique, manifeste ou implicite, ou même totalement modifié et camouflé, nous imposait d'indiquer les dates de publication et les sources; mais il nous a également imposé le respect des titres. Ces titres, pour lesquels Buzzati — de même que pour les noms propres — avait un génie particulier, ont leur importance. Souvent, presque toujours en fait, la main de l'auteur est évidente. En d'autres occasions, quand les impératifs de la mise en page ont réclamé quelque raccourcissement, une nécessaire amputation a eu lieu. Mais l'esprit buzzatien lui-même est toujours demeuré.

« *J'ai effectivement écrit, confiait Buzzati à Panafieu, toute une catégorie de nouvelles en rapport étroit avec des faits divers...* » *Le lien avec l'information quotidienne est évidemment élastique, plus ou moins serré; parfois, vraiment inexistant. Buzzati n'en a pas moins ajouté qu'il lui semblait avoir fait publier les meilleurs, tandis que, disait-il, les autres* « *je ne les publierai pas* ». *Sans doute était-il trop sévère envers lui-même. En toute certitude, on trouve ici nombre des plus belles pages jamais écrites par Buzzati auteur de nouvelles; et ce livre, répétons-le, totalement nouveau, ajoute un important élément au panorama de son œuvre. Ses animaux, vus tout à la fois comme un univers véritable et particulier — son mode à lui —, ajoutent une fascinante pierre à son édifice et offrent du même coup à la critique une autre occasion de compréhension.*

C. M.

Première partie

NOUVELLES

Démolition de l'auberge

En raison de sa prodigieuse solitude, de la magnificence des bois d'alentour et de l'hospitalité du propriétaire, pendant des années, l'antique Auberge Laurenti avait été fort à la mode. Elle nichait dans une étroite vallée, juste au sommet d'un énorme rocher tombant à pic sur le torrent. La route carrossable s'arrêtait à un kilomètre de là ; ensuite on empruntait un vaste sentier. La saison durait un ou deux mois : grandes randonnées de chasse et sauteries le soir. Une vie sereine, entre les montagnes dénudées et fantastiques qui se hissaient par-delà la cime des pins.

Mais la guerre avait tout chamboulé. D'abord choisie comme quartier général, puis envahie par la troupe, la coquette auberge avait décliné. Restaurée tant bien que mal pendant les dernières années, elle n'avait jamais retrouvé son ancienne splendeur. Et la décision de faire passer une route tout au long de la vallée signa sa perte. Le seul moyen de franchir le goulet était de la détruire : tout autour, ce n'étaient que d'immenses massifs rocheux. En fait, pour le patron, ce fut une bonne affaire.

Dans l'établissement, désormais vide de tout vacancier, ne restait aux cuisines qu'une tribu d'environ soixante-dix souris. Des souris de très grande lignée, quasiment des aristocrates. Leurs ancêtres étaient arrivées dans une cantine, des dizaines d'années auparavant et avaient évidemment proliféré. Miam miam et miam miam, on s'en aperçut à l'auberge, et l'on mit souricières et poisons.

Le lendemain matin, les couloirs regorgeaient de petits cadavres. Une des rares survivantes, une mère de famille, après l'épouvantable terreur qui la prit, alla se réfugier dans les combles où elle resta prostrée pendant des jours et des jours, croyant déceler partout de nouveaux pièges. Pour passer le temps, elle grignota la toile d'un antique tableau représentant un écueil dans la tempête. Accrochée au roc, une femme en haillons étreignait une croix et, sous elle, était inscrit en lettres d'or le mot « *spes* ». Pendant cet exil notre souris parvint à en dévorer totalement la dernière lettre, ce pourquoi elle fut nommée « S ».

Finalement redescendue, « S » parvint à imposer une très stricte discipline parmi les autres survivantes. On pouvait trouver dans les caves tous les bienfaits du Créateur, il suffisait de ne pas attirer l'attention. On convint donc de faire tomber de temps à autre, en en rongeant la ficelle, quelque jambon accroché au plafond aussitôt transporté dans une large cachette. Les patrons, ne voyant pas trace de reliefs, ne s'en apercevaient pas. En revanche, gare à celles qui toucheraient à des aliments dispersés n'importe où dans l'auberge. Il fallait des circonstances exceptionnelles pour que « S », dotée d'un instinct phénoménal, indiquât où et quand l'on pouvait se fournir ailleurs.

Donc, toutes nées dans la même cantine, sans communication avec le monde extérieur, attachées à leurs propres traditions, les souris étaient devenues, sous la houlette de « S », d'une ingéniosité sans égale et ne se laissaient rejoindre par aucune des éventuelles nouvelles arrivantes, débarquées d'un panier à provisions ou d'une quelconque malle de voyageur. Ces transhumantes étaient dédaigneusement repoussées aux frontières. D'aucunes même assassinées. En somme, les souris de l'auberge formaient une puissante famille de privilégiées et de nanties, haïes à mort par tout le monde. Mais les territoires des autres tribus se trouvaient fort loin. Il fallait faire des kilomètres dans les bois pour en trouver les gîtes.

Quand, par un soir d'août, le propriétaire s'en alla de l'auberge après avoir barricadé portes et fenêtres, on crut qu'il s'agissait de l'habituelle fermeture automnale. Comme chaque année, les souris se congratulèrent copieusement. Puis, hop là, on grimpa l'escalier pour faire l'inspection des pièces. La troupe pénétra religieusement dans la grande salle à manger plongée dans l'obscurité. Même les crissements qui survenaient parfois des meubles n'affolaient plus personne. Une horloge continuait imperturbablement son tic-tac ; tous les quarts d'heure un petit portillon s'y ouvrait, le coucou apparaissait et lançait son chant mélancolique. Suivit la randonnée dans les chambres emplies d'une odeur pesante. Et chaque fois tant et tant de souvenirs revenaient en mémoire de la vieille « S » qui n'en disait pourtant rien à ses compagnes.

Il y eut une petite panique le lendemain, quand les déménageurs vinrent prendre les meubles. Par la suite, même les placards de la cave furent vidés. Mais non, il n'y avait pas trop à s'inquiéter, vraiment pas : sur les conseils de « S », avisée comme toujours, l'immense cachette à provisions avait été amplement garnie. Pourtant, chaque nuit, les souris s'agitaient partout dans l'auberge pour faire l'état de ce qui manquait à nouveau. Ici, le piano avait disparu ; là, dans le hall d'entrée, la grande armoire où l'on gardait jadis les bougies était également partie.

Et bientôt vint le tour des marteaux-piqueurs, la

maison entière en tremblait, même à la cave on en entendait les vrombissements. Ce ne devait pas être très difficile de démolir une bâtisse à ce point fragile. Un soir, une fois le silence revenu, pendant qu'elles se livraient à une de leurs sarabandes, les souris grimpèrent jusqu'au grenier. Il y régnait un froid inexplicable et, malgré leur courte vue, les bestioles remarquèrent plein de petites lumières tremblotantes qui brillaient à l'emplacement du toit. On n'eut guère de peine à comprendre qu'elles se trouvaient en fait infiniment loin.

Pour finir, par un triste matin, un épouvantable fracas ébranla les fondations et, les ouvriers y ayant ouvert une brèche, un authentique rayon de soleil pénétra pour la première fois dans la cave. Les souris en furent tout éberluées, tremblant de tous leurs membres. Il ne restait presque plus de vivres. La panique les prit. Depuis quelques jours « S » était demeurée immobile et silencieuse ; elle seule avait compris. Elle convoqua ses compagnes à une réunion générale pour tout leur expliquer.

Si elles ne voulaient pas se retrouver ensevelies, il leur fallait partir. Le gigantesque monde, jusqu'alors inconnu et ignoré presque avec ostentation, se révélait soudain grandement plus menaçant à proximité des ruines de l'auberge. De cet établissement il ne subsistait que des lambeaux. Tout s'était effondré ; sur un mur blanchi restait seule accrochée, oubliée, une paire de bois d'un grand cerf.

« S » se sentait lasse, ses pattes la traînaient à peine. Elle entendait demeurer seule, mourir dans sa vieille maison. Les autres, prises de terreur, n'osèrent lui désobéir. Après les derniers adieux, « S » alla se nicher dans la cachette secrète, munie de quelques provisions. Ses compagnes, assemblant leurs forces, parvinrent à en boucher l'accès avec un gros morceau de brique. « S » s'était ensevelie pour toujours. Une fois la prison barricadée, les souris tendirent l'oreille dans l'attente des recommandations ultimes de leur chef. Mais plus aucun bruit ne leur parvint de cette tombe. Dans le limpide petit matin on n'entendait que le bruissement du torrent et le chant lancinant des oiseaux qui couvrait la forêt tout entière.

Une fille de « S », une des plus vieilles et des plus rusées, fut choisie pour guide. Les souris regardèrent encore une fois tout autour d'elles, avec le vain espoir de distinguer leur ancien et bienheureux royaume. Puis, en longue file, elles quittèrent leur retraite et s'engagèrent dans les bois. Il s'agissait maintenant de trouver une nouvelle demeure.

Le guide leur ordonna de demeurer toutes ensemble : si l'on s'éparpillait entre les arbres, on s'y perdrait. Elles voyagèrent nuit et jour, en une longue marche désespérée. Et, pour la première fois : la faim. Certaines s'essayèrent à grignoter des herbes, quelques champignons, des fleurs, mais elles s'arrêtèrent, rapidement dégoûtées.

Trois horribles journées passèrent ainsi, puis le guide put annoncer l'approche du salut. On ne la voyait pas encore, mais il y avait sûrement une maison dans les parages. Et finalement, elles la virent : une misérable bicoque en bois abandonnée depuis plusieurs mois. Fort heureusement, les bergers y avaient oublié une moitié de fromage. On put souffler pendant quelques jours.

C'eut été de la folie que de vouloir continuer à chercher encore de cette façon. Le gros de la troupe s'installa dans la hutte tandis qu'une demi-douzaine de patrouilles de trois ou quatre éclaireurs chacune partirent en expédition. De toutes ces souris, il n'en revint qu'une seule. Elle et ses compagnes — raconta-t-elle — étaient parvenues à une maison très éloignée, encore plus grande que l'auberge. Mais d'autres consœurs s'y trouvaient déjà, membres d'une famille ennemie qui s'étaient vengées de leur ancienne domination. Et, sauvagement, les trois autres « exploratrices » avaient été aussitôt massacrées.

Les jours passèrent, lentement. Les pluies d'automne étaient venues. La longue marche avait péniblement repris, sans but réel, dans les sombres futaies. Quiconque trouvait quelque pauvre nourriture se taisait de peur de se la voir ravir. Les plus faibles allaient à la traîne, semées l'une après l'autre tout au long du chemin, leurs petites pattes raidies, dressées au ciel. Survint une buse qui, par six fois dans la même journée, plongea en piqué pour semer la terreur.

« S » devait être morte maintenant. Certains soirs, on entendait au loin de curieux chants. Les oiseaux s'empressaient de se terrer dans leurs nids. Et la longue file des exilées s'étirait de plus en plus. Des arbres, et encore des arbres, à n'en plus finir.

Ce fut bientôt l'hiver. Dès la première nuit de gel, douze souris demeurèrent à terre. Le guide allait toujours de l'avant, sans jamais se lamenter. Aux premières lueurs de l'aube, elle émit un petit cri. Serait-ce la délivrance ? Par une sorte d'instinct secret elles eurent toutes, aussitôt, la certitude que ce qu'elles avaient tant cherché se trouvait enfin là, tout près. Et elles coururent vers le mystérieux appel. Il n'en restait plus que dix.

Une clairière s'ouvrait en cet endroit. Les souris se penchèrent pour regarder, là-bas au bout, investie par cet horrible bruit, la falaise vertigineuse. Des pierres, des décombres. Des bois de cerfs éparpillés, brisés, au milieu de poutres éclatées. Le morceau d'une toile, à la peinture détrempée, couverte de boue, mais où l'on pouvait encore voir les trois lettres « *spe* » et l'extrémité à moitié rongée.

Ainsi donc elles étaient revenues à leur maison en ruine. La boucle était bouclée. Une pluie fine et glaciale tomba pendant toute la sombre matinée. Elle résonnait lugubrement sur le cailloutis de la route en construction. Bientôt viendrait la neige. Les souris, squelettes méconnaissables, leurs moustaches pendantes dans la boue, s'arrêtèrent immobiles tout au bord de la nouvelle route. Elles suivirent du regard, avec angoisse, une volée de corbeaux qui tournaient au-dessus du torrent en battant lentement des ailes. « Corbeaux, corbeaux..., fit l'une d'entre elles, qui peut savoir où vous irez mourir ? »

Popolo di Lombardia, 1932.

Le Falstaff de la faune

Ce soir, un léger frémissement se fait entendre au jardin, sitôt l'obscurité, juste en dessous de la charmille. Le bruit avance dans les herbes et parvient maintenant aux gravillons du sentier. On peut percevoir toute une série de petits sauts. Sous les rayons de la lune, le vieux crapaud vaque à ses affaires, visiblement pressé.

Si les crapauds portaient lunettes, la monture de celles du nôtre serait en grosse écaille de tortue. Il s'agit d'un crapaud tout ce qu'il y a de plus classique, solennel et même plutôt pompeux, au large poitrail dominé par un respectable goitre qui s'agite comme un soufflet dans les moments d'humeur. Sans doute a-t-il été l'objet — on en jurerait presque — de quelque distinction honorifique.

On pourrait même imaginer qu'avec ces allures professorales il va s'installer sur la tête d'un champignon, pour y donner son cours magistral. Un sifflement, comme un signal convenu, lui parvient de la maison. À l'accoutumée le batracien répond, certes fort flegmatiquement, mais il répond ; ce soir il n'y prête pas la moindre attention. Quelque tâche urgente l'appelle sans doute.

L'été dernier, quand on l'invitait de cette façon, le

crapaud se propulsait, guidé par la lumière, jusqu'à l'entrée de la pièce emplie d'hommes, de femmes et d'enfants. Et il restait là, comme intimidé. À tout prendre, il semblait n'être venu que par politesse, seulement tenu par une certaine idée de la correction. Et puis, aussi silencieusement qu'il s'était présenté, il disparaissait dans l'obscurité.

Laid comme il est (même s'il se fait sans doute encore quelques illusions), avec ces yeux exorbités, ces grosses verrues visqueuses, cette dégaine d'arthritique, rempli comme une outre d'un venin dont il n'use pratiquement jamais, le *Bufo vulgaris* n'en reste pas moins l'un des annonciateurs privilégiés du printemps. De ce point de vue là, on peut vraiment lui tirer son chapeau. Alors que la terre est encore au repos et les hirondelles à peine sur le chemin du retour, le crapaud, doué d'une réceptivité hors de pair, a déjà pris conscience qu'il se trame quelque chose de nouveau dans l'air. C'en est fini de sa léthargie : presque six mois de jeûne total. Lui parler maintenant de ces fameuses sauterelles dont il s'était tant régalé à la mi-août, de ces araignées réunies en conclave près de la grange ou de tel ou tel nid de fourmis serait vraiment inutile. Ce serait même d'une grande vulgarité. Ce soir, le crapaud connaît son quart d'heure poétique. Il observe la lune en connaisseur, trouve que c'est une lune fort respectable, parfaitement adaptée aux circonstances. Il écoute entre les branchages le bruissement du douceâtre zéphyr, et cela le ravit. Il se sent tout entier étreint par le printemps.

Il se met en chemin vers l'étang qui, à sa mystérieuse manière, réveille même les crapauds les plus éloignés, les plus engoncés dans leur léthargie, et les convie à se réunir. D'un égoïsme à nul autre pareil, mais faisant exception à sa misanthropie puisque vient le printemps, le *Bufo* condescend à revoir ses collègues. Des centaines et des centaines de minuscules pistes conduisent les batraciens jusqu'à l'étang. Inexorablement, leurs itinéraires convergent. C'est une migration tellement extraordinaire que, pour un peu, on n'y croirait pas si les naturalistes ne l'avaient amplement décrite. Dans la dernière ligne droite, en toute logique, ces chemins se rejoignent. Le vieux crapaud, qui s'est traîné jusque-là d'un pas lent, se reposant durant le jour, et parcourant environ quatre-vingts mètres chaque nuit (dans les temps jadis il parvenait aux cent vingt) voit passer et sauter avec élégance de plus jeunes compagnons, dont il est peut-être le père, le grand-père, ou même le bisaïeul, et qui ne daignent lui accorder le moindre regard. Ils le rejoignent, le dépassent et disparaissent dans l'obscurité, en direction du voluptueux et subtil parfum d'eau croupie et de roseaux décomposés.

La femelle du crapaud discerne elle aussi le printemps et l'appel des eaux mortes. Mais elle tient à n'arriver au rendez-vous qu'avec un bienséant retard. Elle aime que les prétendants la supplient et lui fassent, à leur manière, la sérénade. Il est notoire que le rossignol chante mieux que le crapaud ; mais, si l'on prend en compte sa laideur, il faut reconnaître que le *Bufo* est extrêmement méritant. D'aucuns, mal intentionnés, ont voulu comparer son chant aux glapissements d'un roquet. En revanche, un spécialiste l'a trouvé de la même veine que le « piou-piou » des poussins. En fait il s'agit d'un simple, naturel, authentique chant d'amour.

Dans les langoureux étangs, d'où s'élèvent de nonchalantes vapeurs, près des amas visqueux que forment les œufs déjà pondus par les femelles, c'est tous les ans que nos disgracieux acteurs viennent réciter leur saga printanière. À peine arrivé, notre batricien regarde tout autour de lui, préoccupé. Par dizaines, ses congénères plus sveltes et plus robustes sont déjà là. Et, comme chaque année, il n'y aura pas assez d'épouses pour tout le monde. D'où fastidieuses scènes de jalousie, combats certes inoffensifs mais acharnés. L'heureux privilégié qui étreint déjà son élue se retrouve assiégé par deux, trois ou quatre autres crapauds malintentionnés, et bien décidés à le détrôner. Toute résistance est vaine. D'autant que la femelle, indifférente, se laisse chaque fois capturer par le plus puissant.

Trois semaines plus tard, l'ivresse s'est dissipée. Le vieux crapaud commence à prendre conscience qu'il a peut-être dépassé les bornes, perdu toute retenue. Un regard à l'étang désormais presque désert et où les œufs, en leur agrégat mucilagineux, sont collés aux herbes du rivage. Serait-ce l'ultime fois ?

Comme si rien ne s'était passé, maître crapaud reprend son attitude coutumière et, si d'aventure il rencontre ses compagnons de bamboche, feint de ne pas même les reconnaître. Il reprend, tout seul bien seul, le chemin du retour. Dessoûlé, c'est maintenant la faim qui le taraude. Un insecte sur cette feuille ? le crapaud se met en position de tir, et glop ! son immense langue surgit. Mais la bestiole s'envole. Le coup a raté. Notre batracien, honteux, jette un regard alentour pour vérifier que personne ne l'a vu. Qu'on vienne à l'apprendre, il deviendrait la risée de toute la campagne, dans un rayon d'au moins plusieurs mètres.

Bonheur de retrouver ses vieilles habitudes solitaires ; de faire son goûter d'araignées, son déjeuner de fourmis, avec parfois un vermisseau pour dessert ; de sommeiller aux heures chaudes ; de s'en aller, sur le soir, rendre visite aux propriétaires du jardin, comme au bon vieux temps, selon l'usage qui tend hélas à disparaître. Et quel délice, les jours de pluie, que ce crépitement sur les feuilles. Observer, à travers les herbes, les humains qui passent sur la route en brandissant au-dessus de leur tête, perchée au bout d'une tige étroite, cette drôle de chose noire et toute ronde, encerclée de petites piques, dont on se demande vraiment à quoi elle peut leur servir. Les nuits de pluie, un grand concert vocal est donné. Choristes, les ténors des broussailles : les petits crapauds « accoucheurs », ainsi nommés pour l'extrême affection qu'ils portent à leurs œufs. Plutôt que de les abandonner sur le bord de l'étang, ces pères consciencieux les traînent derrière eux, entortillés dans leurs pattes postérieures et, de temps à autre, jusqu'au moment de l'éclosion, ils les plongent dans l'eau. Leur voix est douce, flûtée, comme un émouvant lamento qui s'étend par-dessus la campagne tout entière. Les chanteurs se répondent les uns aux autres, avec de longues pauses, de profonds soupirs, en un lancinant dialogue qui accompagne le bruissement de la pluie. Et même les humains, du moins ceux qui savent écouter, assurent qu'il s'agit là d'une très délicate harmonie.

De famille, point. Pour ce qui est de leurs épouses, une fois les noces consommées, ils les ont perdues de vue. Ils ont totalement oublié leurs frères. Leur mémoire est fort courte. L'œuf de celui qui nous occupe présentement a été pondu en compagnie d'environ six mille collègues. Ensuite, cette grande famille a peu à peu diminué, disparu. Une bonne partie des œufs — disons cinq mille — n'a même pas éclos. Et parmi les mille têtards qui sont nés, nombreux ont succombé à un véritable carnage. Neuf cent quatre-vingts, et peut-être davantage, ont servi de repas aux canards, aux poissons, aux salamandres et aux insectes qui peuplent l'étang. De sorte que seulement environ vingt bestioles, encore nanties d'un reste de queue, sont parvenues à commencer leur véritable carrière de crapauds. Une par-ci, une par-là, elles ne se sont plus revues.

Il en frémirait d'horreur, messire crapaud, s'il pouvait savoir où sont allés finir ses dix-neuf frères. Pas un seul, et depuis belle lurette, ne voit plus la lumière du jour. Quatre, encore gamins, ont fini dans le ventre d'une couleuvre. Pour trois autres, le hibou du bois voisin en sait quelque chose. Encore quatre se sont brusquement envolés entre les serres d'oiseaux de proie. Deux jumeaux, qui s'étaient développés d'une façon satisfaisante, ont été soumis à l'atroce supplice d'être grignotés vivants par des larves de mouches.

Tant et si bien qu'il n'en est plus resté que sept.

C'est alors que, pour mettre sa touche finale et personnelle à l'holocauste, l'homme est entré en scène. Si les renseignements recueillis sont exacts, cela s'est passé de la façon suivante. Un des rescapés, s'étant aventuré au soir dans la cour d'une ferme, a été accusé par une paysanne, avec un invraisemblable acharnement, de porter malheur; et tout aussitôt embroché à la fourche. Un autre fut proprement étouffé sous un oreiller, où on l'avait coincé dans l'espoir de faire baisser la fièvre d'un malade atteint de typhoïde. Un autre est encore visible, mais momifié depuis fort longtemps, cloué au plafond d'une étable afin de préserver les animaux domestiques de toute infirmité.

D'un côté donc les superstitieux. De l'autre les scientifiques, lesquels sacrifièrent trois des quatre frères encore en vie, les seuls à être parvenus à l'âge adulte et à s'être fait une certaine position dans l'existence. Le premier d'entre eux, de santé délicate, succomba aux tortures infligées par un naturaliste qui, le tailladant par-ci par-là, cherchait à en évaluer les facultés régénératrices. Tragi-comique fut le sort du deuxième, un crapaud herculéen qui, suite à une délicate opération chirurgicale, se retrouva transformé en femelle, de cette façon expliquée par Jean Rostand dans une étonnante petite brochure : *La Vie des crapauds...*[1] pour en mourir ensuite, de chagrin et de honte, après avoir pour la première fois été fécondé.

Ce n'est pas non plus sans une vive attrition que l'on doit conserver en mémoire les circonstances dans lesquelles succomba l'avant-dernier rescapé de la malheureuse tribu. Avide de savoir combien de temps un crapaud privé de nourriture pouvait survivre, un savant l'enferma dans un alvéole de plâtre où le prisonnier, sans lumière, sans possibilité de se mouvoir, sans aucune distraction, résista pour six bonnes années *(sic)* avant d'exhaler son ultime soupir.

Ignorant tout de cette hécatombe, messire crapaud, plus égocentrique que jamais, persiste à placidement vivoter et peu s'en faut — après tout : pourquoi pas ? — qu'il n'entende devenir centenaire. Il a une santé de fer. Aucune charge de famille. Pas d'épouse pour le tarabuster. Il s'en choisira encore une autre cette année, tant il est assuré qu'aux premiers signes du printemps il sentira monter en lui le nostalgique appel de l'étang.

Il semble qu'on peut déjà le voir une fois encore sortir de sa léthargie, se mettre en route peut-être un peu plus lentement que l'an dernier : ce n'est pourtant qu'une impression quasiment imperceptible... Mais, cette fois, parviendra-t-il jusqu'à l'étang ? Le voilà qui, pendant son voyage, s'est laissé surprendre par le lever du jour, il est à découvert maintenant, au milieu d'un champ dégagé. Et le *Bufo* se traîne péniblement, sans

1. Dans cette « étonnante petite brochure » (en fait un fort volume de 220 pages, édité chez Stock à peine un mois avant la parution de ce texte) Jean Rostand relève en effet cette singularité selon laquelle « il est curieux de noter que les mâles italiens se féminisent relativement vite... » *(NdT)*.

plus aucun souci de son quant-à-soi, horribement anxieux : un grand oiseau rôde dans le ciel, une espèce de faucon, qui tourne et tourne avec obstination, et s'approche en descendant toujours davantage.

Corriere della Sera, 27 mars 1933.

Un serpent de mer désassorti

Même au fin fond des océans, désormais plus personne ne croit sérieusement à l'existence du soi-disant serpent de mer.

Il arrive bien parfois que quelque jeune poisson se précipite en haletant vers sa mère pour lui annoncer :

— Ah, si tu savais : il était au moins quatre cents fois plus grand que toi...

— Mais de qui parles-tu ? répond la mère, quelque peu vexée. Calme-toi et explique-toi un peu mieux.

— J'ai vu un poisson effrayant, un monstre de la taille d'une baleine, long d'ici jusqu'au rocher là-bas. Il a filé à toute vitesse. Il avait des dents blanches et sa queue aussi était toute blanche. J'ai cru m'évanouir de frousse.

— Encore une de tes fantaisies, s'esclaffe la mère. Le fameux serpent de mer : de temps en temps quelqu'un vient prétendre l'avoir vu, mais ensuite plus personne ne parvient à le retrouver. Toujours la même histoire, et depuis ma plus tendre enfance... Quand cela fait trop longtemps que rien d'important ne se passe, oh ! voici que ressurgit l'annonce du serpent de mer. Tu ferais mieux, moi je te le dis, de t'occuper de choses plus sérieuses. Toi aussi, maintenant, tu es d'un certain âge...

Pendant ce temps, un petit attroupement s'est formé tout autour pour écouter et bientôt la nouvelle va bon train. Un anchois qui passait par là assure qu'il a vu lui aussi quelque chose du même genre, il y a bien longtemps, trente à trente-cinq jours peut-être. Peu à peu, dans ce coin du macrocosme, on ne parle plus que de cela. Pendant plusieurs jours tout le monde se met en chasse, sur le qui-vive, les yeux grands ouverts, afin de mieux débusquer le phénomène, donner l'alarme et s'enfuir à temps.

Cependant rien de nouveau ne se passe. Tout reste bien tranquille. Un beau jour, voici que sombre dans les abysses un splendide navire, vraie manne céleste garnie de savoureux naufragés, l'événement requiert à tel point l'attention générale qu'on ne parle plus de rien d'autre et que personne ne se soucie du serpent de mer.

Mais de temps en temps son nom refait surface, pour ainsi dire. Les parents s'en servent d'épouvantail à l'encontre d'une jeunesse par trop indisciplinée. Les patriarches, qui ont beaucoup bourlingué, aiment à en discourir devant les gamins, le présentant comme une vieille connaissance, histoire de se faire un peu mieux respecter. On le cite en exemple d'un phénomène étrange, jamais élucidé, dans les profondeurs abyssales, et dont sont essentiellement victimes les niguedouilles !

Certains — ce sont les gros poissons — soutiennent que le monstre se nourrit de menu fretin, que sa prédilection va aux petites bouchées tant il est d'un estomac délicat. D'autres — et ce sont les poissons de moins grande taille — assurent qu'il ne saurait que faire de la menuaille et qu'il choisit ses proies parmi les espèces de dimension respectable, jamais rien de moins qu'un veau marin. Mais personne ne l'a vu d'assez près, personne n'est réellement capable de le décrire exactement.

Et pourtant le serpent de mer existe bel et bien. Il n'y en a qu'un seul exemplaire, le plus malheureux de tous les animaux encore vivants, plus mélancolique même que n'importe lequel des poissons qui — on a beau dire — n'ont jamais l'air de beaucoup rigoler, avec cette espèce de mine grincheuse qu'ils affichent imperturbablement.

Il est immense et d'un épouvantable aspect. Ce n'est pas la peine ici de nous étendre plus longuement sur sa description somatique qui correspond d'ailleurs, à quelques points de détail près, à celle qu'en ont faite les nombreux navigateurs qui ont eu l'occasion de l'apercevoir au loin de leurs vaisseaux.

Il est tellement vieux que l'on peut sans hésitation le traiter d'antiquité. Il garde encore le souvenir du goût qu'avait la chair du docosaure. Il a vu naître, s'épanouir puis disparaître d'innombrables générations de *Charcadoron Rondeletii*. Les ères ont passé sur sa carcasse visqueuse en y laissant seulement quelques petits plissements, de minuscules rides dont aucune n'est profonde de plus de quatre centimètres. On ignore s'il y en eut jamais d'autre exemplaire. En tout cas lui-même ne s'en souvient pas, pour autant qu'il cherche à s'enfoncer dans l'épais brouillard que l'accumulation des siècles a peu à peu déposé dans sa mémoire.

Jusqu'à il y a quelques millénaires, il était carnivore. D'un cachalot, il ne faisait qu'une seule bouchée, une seule goulée de tout un banc de thons. Un jour pourtant il eut à souffrir énormément à cause d'un vaisseau phénicien qui était resté coincé dans son palais. C'était l'Attila des grandes profondeurs.

Mais, au fil des siècles, leurs douloureuses expériences finirent par enseigner aux cétacés et aux poissons diverses manières de fuir l'insatiable ennemi. D'ailleurs, les remous qu'il provoquait par un simple frétillement de sa queue suffisaient amplement à donner l'alarme aux familles sous-marines les plus avisées. On organisa contre lui ce qu'on nommerait de nos jours une obstruction systématique. Le soi-disant serpent de mer commença à souffrir de la faim. Sa dernière véritable bombance remonte à l'époque de l'arche de Noé, quand des millions d'êtres vivants, noyés, vinrent échouer sur les fonds marins.

Cette provision épuisée, le monstre se trouva fort démuni. Le nombre de poissons étourdis qui transgressaient imprudemment les normes de sécurité, pour venir ainsi s'offrir à lui, diminuait de jour en jour. Alors il lui fallut prendre une résolution héroïque : le serpent de mer se fit herbivore.

Il goûta d'abord avec répugnance, déglutit avec peine, puis avec une satisfaction croissante, les algues qui jusqu'alors lui avaient seulement servi de cachette pour guetter ses victimes. Il apprit à en différencier les diverses espèces par leur forme, leur couleur, leur saveur, et se fit une sorte de règle diététique, dévorant en premier telle algue puis telle autre, de la même façon dont nous usons pour établir l'ordonnancement de nos propres repas. Il prit conscience que cette nouvelle nourriture lui apportait un appréciable mieux-être physique. Il se sentait plus léger dans ses mouvements, plus décontracté, même s'il y perdait quelque énergie.

L'idée même d'avoir à engloutir un poisson lui parut peu à peu toujours moins séduisante. Arriva le jour où elle lui fut tout bonnement indifférente. Par la suite, ses goûts en vinrent même à s'inverser totalement : poissons et cétacés finirent par sembler à notre monstre des objets absolument immondes. Alors que jadis il allait les chasser avec une voracité enthousiaste, il se mit à les éviter ; ce qui ne lui fut guère difficile puisque eux-mêmes, plutôt froussards par nature, ne manquaient pas de tout faire pour le fuir à la moindre approche. Il convient de noter que le serpent de mer navigue à l'accoutumée dans cet immense secteur des océans, presque totalement désert, compris entre les zones pélagiques et abyssales ; ce n'est qu'en de rares occasions qu'il se dirige vers la surface des eaux pour y grignoter quelques feuilles de *Sargassum fluitans*.

Une fois disparue la postérité de ces races dans lesquelles l'appétit du monstre avait ouvert de larges brèches, survinrent de nouvelles espèces auxquelles il ne causait aucun dommage et qui, ne l'entr'apercevant qu'en de rarissimes occasions, en vinrent même à douter de son existence. Il n'en restait pas moins, comme en suspension dans les eaux salées, une vague et insistante légende, sporadiquement remise à flot par les apparitions du colosse.

Le soi-disant serpent de mer se serait volontiers établi définitivement dans la mer des Sargasses, où il pouvait trouver sans aucune difficulté une inépuisable nourriture, si l'espoir de ne pas être seul au monde n'avait persisté en lui contre vents et marées.

De sorte que son existence n'est plus qu'une éternelle attente. Quelque chose — et il s'agit d'une fallacieuse prémonition — lui fait encore croire que quelque part dans le monde existe un être comme lui, peut-être un autre monstre solitaire, une créature à sa ressemblance, et amicale. L'idée de se trouver à tout jamais condamné à la solitude ne peut faire sa place, même dans son cerveau embryonnaire, et y pénétrerait-elle qu'elle provoquerait vraisemblablement la mort de tout cet organisme infécond. C'est le tout-puissant instinct de conservation que ni les privations ni l'expérience ne sauront jamais étouffer.

Voilà pourquoi le soi-disant serpent de mer vagabonde de par les océans, cherchant sans répit ce qu'il ne pourra jamais trouver. Il s'engouffre dans les plus profondes crevasses, les plus difficiles d'accès, longe les continents, fouille dans les assises des îles, va fouiner dans les golfes et les fjords. Il croit parfois entrevoir quelque chose qui lui ressemble et s'en approche, le cœur battant ; mais non, ce n'est qu'un sinistre piton rocheux ou la carcasse délabrée d'un navire. Alors il s'arrête un instant, encore tout haletant, puis reprend sa désolante pérégrination.

Il n'ose que fort rarement émerger au soleil : chaque fois qu'il l'a fait, toujours, vraiment toujours s'est trouvé un bateau à moins de deux encablures et sur ce bateau un bonhomme avec des galons, des jumelles en main, prêt à l'observer. Et une telle attitude, il faut le reconnaître, est pour le moins aussi vexante que fastidieuse.

Les humains qui sont parvenus à l'apercevoir une fois attendront donc bien inutilement l'instant de l'admirer à nouveau ; d'année en année, ils mettront toujours un peu moins de cette conviction qui les poussait à raconter leur propre aventure sitôt leur retour ; et pour finir, à bien y repenser, ils reconnaîtront qu'ils avaient peut-être un peu trop abusé de la bouteille ce fameux jour et ils se persuaderont à leur tour qu'il ne s'était agi que d'une simple illusion.

Ainsi, on y croit et on n'y croit pas. Pour l'humanité entière, le serpent de mer existera toujours et n'a pourtant jamais existé. Au cours des longues traversées transatlantiques, pendant les ennuyeuses soirées, les passagers en font un sujet de plaisanteries, quittes à y repenser ensuite en pleine nuit, dans la solitude de leurs cabines : « Et qui peut savoir s'il n'est pas là, justement, en dessous de nous... » Dans le fond, les humains l'aiment bien ; sans s'en rendre compte, ils y font sérieusement référence tout au long de leur vie ; et s'il leur arrivait un jour de le trouver, là, affalé, mort, sur le bord d'une plage, ils comprendraient aussitôt qu'ils venaient de perdre pour toujours quelque chose qui leur tenait à cœur.

Oui, nous pouvons l'affirmer, c'est vraiment lui qui s'en est allé jeter un coup d'œil il y a quelques mois dans les eaux du Loch Ness. En surface, il ne s'est hasardé qu'un seul instant, et il a fait demi-tour, une fois de plus désappointé, pour s'en retourner en haute mer. Il ne faut prêter aucune foi aux racontars de ceux qui prétendent l'avoir vu ressurgir là à plusieurs autres reprises.

Où se trouve-t-il maintenant ? Nul ne le sait. Mais il s'y trouve, voilà qui est certain, en un endroit précis de l'immensité des mers. Tout-puissant et inoffensif, un mystère pour tous les autres animaux et l'humanité entière, il s'obstine à chercher, sans même s'en apercevoir, dans des eaux où il a déjà cherché en vain tant et tant d'autres fois, se persuadant qu'il est en train d'explorer des océans jusqu'alors ignorés. S'il doit lui arriver, dans le futur, de mettre à nouveau la tête hors de l'eau, on peut être assuré que se trouvera un vaisseau pas trop loin, et sur ce vaisseau un nautonier porteur d'une longue-vue. Aussi mieux vaut qu'il navigue dans les profondeurs, et qu'il consume là-bas les années inutiles dans sa recherche désespérée de son utopique âme sœur. Sincèrement, cela nous fait beaucoup de peine, d'autant qu'il ne mourra peut-être jamais.

Corriere della Sera, 15 mars 1934

À sa place habituelle

Après un sommeil de vingt ans, la serrure se déclencha et la porte laissa entrer Giuseppe Coro dans la maison envahie de poussière et de silence.

Bien qu'il ne fît pas encore nuit, quelques faibles rais de lumière filtraient seulement des fenêtres closes, et l'on n'y voyait pas grand-chose. Après avoir allumé sa lampe de poche, Giuseppe Coro alla tout au long du couloir d'entrée, regardant avec étonnement ces murs entre lesquels il avait vécu toute son enfance et qui étaient demeurés à l'abandon depuis vingt ans. Puis il gravit l'escalier et pénétra directement dans la grande salle à l'imposante cheminée, le cœur de la maison, où la famille avait peut-on dire connu son destin.

Il parvint avec quelque difficulté à ouvrir les volets d'une fenêtre et regarda au-dehors, vers cet herbage rectangulaire qui avait été jadis un jardin ; c'était par un soir mélancolique de septembre dominé par un ciel plombé de nuages.

Oui, ce morceau de terrain inculte avait été un jardin, Giuseppe Coro n'en conservait le souvenir qu'inondé de soleil, avec ses allées blanches contournant les plates-bandes, le doux bruissement des insectes, insectes inoffensifs au milieu desquels il jouait, insouciant, avec ses frères. Et même les nuits, en ces temps révolus, demeuraient toujours sereines, la lune accomplissait son voyage galbé dans le ciel, on n'entendait que les balbutiements de la fontaine et quelques chants au loin, devant cette maison endormie le jardin resplendissait sous une douce et placide lumière.

Ces années-là avaient été celles, bienveillantes et heureuses, auxquelles tous les humains ont plus ou moins goûté sur cette terre ; années dont le secret s'est perdu et qui ne pourront jamais plus revenir. Giuseppe Coro, appuyé à la rambarde, était en train de penser à tout cela, contemplant la campagne silencieuse, quand une voix lui parvint de l'intérieur.

— Bonsoir, Giuseppe.

— Qui est là ? fit-il, tout affolé.

Mais, dans le fond, il savait parfaitement qui avait parlé. C'était l'âme de l'antique demeure qui résidait dans la cheminée, derrière un blason de pierre encastré dans le manteau. Giuseppe s'en souvenait vaguement mais, revenant après tant de temps passé hors de la maison, il ne savait plus bien s'il s'agissait d'une rêverie puérile ou d'une chose véridique. Il aurait préféré, de toute évidence, la première hypothèse.

— Bonsoir, Giuseppe répéta l'esprit sans répondre à la question posée.

— Bonsoir, fit Coro, comme pour faire entendre qu'il avait compris.

Giuseppe n'en restait pas moins fort embarrassé. Il avait beau ne s'en souvenir que vaguement, il lui semblait bien qu'il s'agissait d'un esprit plutôt bourru et sévère. Qui pouvait connaître la dose d'irritation qu'il avait accumulée pendant ces vingt années d'abandon ? Et maintenant, devoir s'en justifier...

Pourtant l'esprit ne disait plus rien et ce fut Giuseppe qui rompit à nouveau le silence.

— Je suis juste venu jeter un coup d'œil, dit-il. Il va me falloir repartir tout de suite.

L'esprit n'émit aucune objection. Alors Giuseppe Coro regarda plus attentivement tout autour de lui, pour reconnaître, dans la pénombre de la grande salle, les meubles, les murs, les encoignures qui avaient pendant un temps fait sa vie.

Tout était à sa place comme alors, sinon l'épaisse couche de poussière, l'odeur de renfermé et cette étrange atmosphère qui s'empare des maisons depuis trop longtemps désertées. Mais les regards de Giuseppe s'arrêtèrent soudain sur un étrange objet qui faisait une tache blanchâtre dans un coin.

Il ralluma sa lampe de poche en direction de cette chose. Il s'agissait d'un squelette de bête.

— Qu'est-ce que c'est ? s'enquit Giuseppe stupéfait, en se retournant vers la cheminée.

— C'est Giusto, le chien, tu devrais le savoir, reprit l'esprit d'une voix placide.

Giuseppe Coro eut un frisson. Jamais, jamais une seule fois pendant ces vingt années écoulées, il n'avait pensé à Giusto, le chien d'une ferme pas très éloignée mais qui s'était pris d'une telle affection pour la famille Coro qu'il venait vivre ici, chaque fois que la maison était à nouveau occupée. Un chien banal, avec cette bonne grosse tête qu'ont les chiens perdus, un chien tout simple et fidèle.

Jamais il n'y avait pensé pendant toutes ces années. Et pourtant, désormais, Giuseppe Coro prenait conscience de ce qu'avait été cette poignante et inexplicable sensation qui était parfois venue le perturber au cours de cette longue absence. Maintenant, il se souvenait parfaitement qu'après avoir quitté la maison, en ce lointain automne, il avait été tourmenté pendant des jours et des jours par un incompréhensible souci ; avec l'usure du temps, cette pénible impression s'était affaiblie, revenant, mais avec des pauses de plus en plus longues, pour pratiquement finir par disparaître. Mais pas vraiment tout à fait. Parfois, sans raison apparente, cette vague préoccupation lui traversait brutalement l'esprit, comme un obscur reflux du passé.

Tout était clair à présent, il pouvait s'expliquer cet amer relent, à présent il pouvait s'expliquer cette mystérieuse fermentation au fin fond de sa conscience. Avant de quitter définitivement cette maison, Giuseppe Coro, encore enfant, était convenu avec ses frères que c'était lui qui irait ramener Giusto chez ses véritables patrons. Et, en fait, il l'avait totalement oublié, laissant par mégarde le chien enfermé dans la maison.

Oui, à présent tout était clair, mais vingt ans avaient passé et il ne restait plus rien du chien Giusto, sinon ce petit tas d'ossements recroquevillés dans un coin de la pièce. Et c'était une indicible angoisse que Giuseppe Coro sentait croître en lui, à l'idée de l'atrocité commise et que nul ne pourrait jamais réparer. Il se retourna vers la cheminée, presque suppliant, comme pour demander pardon. De partout dans la maison, de toutes les autres pièces obscures, des meubles qui semblaient assoupis, de là-haut sous les combles embrasés, du plus profond des caves, il lui semblait qu'allait éclater contre lui une haine accumulée tout au long des années. Le chien Giusto était mort, et bien mort. Mais les témoins de son agonie demeuraient, tels que Coro les avait laissés, les meubles solennels, les portraits étrangement livides des ancêtres, les livres qui le surveillaient sournoisement dans leurs rayonnages engourdis. Au-dehors, une petite pluie commençait à tomber.

— Dis-moi, esprit de la maison!... se mit à hurler Giuseppe Coro, appelant à l'aide dans l'insupportable silence. Dis-moi que ce n'est pas ma faute! Au nom du Ciel, réponds-moi!

— Les années passées ont tout effacé, dit la maison. Tout est enfermé dans le grand livre du temps, pourquoi chercher à se souvenir d'un triste événement?

— Quoi qu'il en soit, il a eu lieu, raconte-moi ! implora Giuseppe Coro, dans le fol espoir que l'esprit de la maison pourrait le libérer du poids qui l'oppressait.

— Je m'en étais immédiatement aperçu, dit l'esprit, et j'ai cherché à te rappeler, ce matin-là, mais hélas vous étiez déjà tous sortis et on barricadait déjà la porte d'entrée.

« Il s'était endormi à sa place habituelle, continua-t-il, là où sont ses ossements, et personne n'y avait pris garde. Quand il s'est réveillé, alors que le soleil était déjà à son zénith, il n'a pas compris pourquoi tous les volets avaient été fermés, pourquoi on n'entendait aucun bruit dans la maison.

« Alors il a commencé à fouiner partout, explorant tout, cherchant quelqu'un des vôtres. Jusqu'au soir, sans trêve, silencieusement, il s'est obstiné. La langue pendante, tout essoufflé.

« Quand le soir est venu, il s'est mis en quête de nourriture. Dans la cuisine, il a trouvé un morceau de pain, tombé sous un bahut. Mais rien d'autre. Tout avait été fermé à clef.

— Et pour boire, n'a-t-il rien trouvé ? l'interrompit Giuseppe.

— Si, boire, il le pouvait, fit la maison. Le robinet d'un lavabo avait été mal fermé et l'eau filtrait goutte à goutte. En se redressant contre le rebord de la cuvette, il est parvenu à en lécher un peu.

— Et quand, quand s'est-il vraiment aperçu qu'il était prisonnier ? s'enquit encore Giuseppe Coro.

— Le lendemain, je m'en souviens encore comme si c'était aujourd'hui. Il avait sommeillé par-ci, par-là, sans bien savoir s'il faisait nuit ou non puisque tous les volets étaient fermés. Mais quand est revenu le petit matin, Giusto s'en est bien rendu compte en entendant chanter les coqs puis tous les oiseaux du jardin... Alors il s'est mis à aboyer. Ah ! quelle terrible voix : elle transperçait nos murs, se propageait partout dans la campagne déserte ! Mais il n'y avait pas le moindre paysan dans les environs, et personne n'est venu le délivrer.

« Pendant deux jours, presque sans interruption, pendant deux jours et deux nuits, il a continué d'appeler. Il croyait qu'il était resté tout seul. Alors qu'il y avait nous, tout ce qu'il y a dans cette maison et que vous autres, les humains, tenez pour choses mortes. Mais nous ne pouvions rien faire, puisque c'était justement nous qui lui servions de prison.

« Il s'acharnait contre la porte d'entrée : “ Ouvre-moi ! laisse-moi sortir ? criait-il. Oui, bien sûr, je t'ai si souvent grattée de mes ongles que tout ton vernis en est abîmé, je le sais, mais tu ne vas quand même pas me faire mourir pour ça ! ” Et la porte aurait bien aimé le laisser sortir, même si ce n'avait été que pour faire cesser tous ces hurlements obsessionnels. Mais que pouvait-elle faire, cette porte, barricadée comme elle était ?

« Qui sait où tu te trouvais, toi, Giuseppe, pendant ce temps-là, tu étais peut-être en train de plaisanter avec tes copains, tu te mettais à table en famille, tu dormais bien tranquille dans ton lit douillet pendant qu'ici c'était l'horreur.

« La troisième nuit, deux paysans qui passaient sur la route, du côté de la rivière, l'ont entendu aboyer et se sont arrêtés. Je les voyais de loin, je parvenais à comprendre ce qu'ils disaient. “ Écoute-moi ça comme il aboie, disait l'un, on dirait qu'il se passe quelque chose. ” “ Tous les chiens aboient la nuit, a répondu l'autre, qu'est-ce que tu veux que ce soit ? Tiens, avant-hier je n'ai pas pu fermer l'œil à cause du sale cabot des De Colle qui avait cru voir des ombres dans la nuit : un peu plus et je descendais pour lui tirer dessus ! ” “ Bon, ce sera ce que tu voudras, reprit le premier, mais moi, pour ce qui est des bêtes, je m'y connais. Ces aboiements-là ne me semblent pas normaux... ”

« J'aurais tout donné, tout, je te le jure, pour que ces deux paysans viennent jusqu'ici ou du moins donnent l'alarme, j'aurais même laissé se consumer ces murs. Malheureusement, ils ont continué leur chemin et ont bientôt disparu.

« Au quatrième jour, il a cessé d'aboyer. Je me souviens, c'était une journée splendide et la nature entière semblait en fête. Lui, il était méconnaissable désormais, les yeux qui lui sortaient de la tête, la langue brûlante, des pattes flasques qui ne le soutenaient plus. Il se traînait de pièce en pièce, allant gratter encore de temps en temps à la porte d'entrée.

« Les rats, jusqu'aux rats qu'il massacrait naguère, eh bien même eux l'avaient pris en pitié. Sans qu'il s'en aperçoive, ils lui laissaient dans le couloir des petits morceaux de pain et d'autres nourritures encore dont on se demande bien où ils allaient les chercher. Mais c'était peine perdue et, eux aussi, ils ont compris qu'il n'y avait rien à faire et ont fini par se lasser. Le museau pointé au bord des trous dans le plancher, ils n'ont pu que le regarder se traîner de-ci de-là, sans répit, taraudé par la faim.

« Désormais, il ne donnait pratiquement plus de la voix, sinon un ou deux jappements, comme si lui revenait à l'improviste un absurde espoir qui tout aussitôt l'abandonnait. Ailleurs la vie continuait bien tranquillement, le tintement des cloches, les coups de fusil des chasseurs, le chant des oiseaux, tout parvenait toujours jusqu'ici, avec, de temps en temps, le ronflement d'une voiture qui passait du côté de la rivière.

« Vers le soir du quatrième jour, un autre chien a entendu ses appels et s'est mis à lui répondre dans je ne sais quelle ferme. Mais il se trouvait trop loin et ils ne sont pas parvenus à bien se comprendre. D'autant que la voix de Giusto se faisait de plus en plus faible. Au bout de quelques heures, l'autre a cessé de l'entendre ; il n'en a pas moins continué à l'appeler, par scrupules, et à le questionner. Alors Giusto se redressait, tout titubant, levait la tête au plafond pour que sa voix porte le plus loin possible, mais ne parvenait à émettre qu'un misérable gémissement.

« Il a finalement compris qu'il lui fallait mourir. Il aurait aimé, à l'instar de tant d'autres animaux, aller se cacher dans un endroit désert, au fond de la campagne, dans quelque petit vallon discret ou sur la berge de la rivière, là où passent seulement les corbeaux. Et, tout au contraire, c'est une mort de bourgeois qui lui est tombée dessus, à sa place habituelle, là, dans ce coin où il allait si volontiers s'endormir jadis, par ces chaudes après-midi d'été, près de toi qui lisais dans ton fauteuil.

« Au septième jour, il s'est allongé pour ne plus se relever. J'avais pensé qu'il aurait voulu aller mourir sous le lavabo pour au moins s'épargner le supplice de la soif. Il a pourtant préféré renoncer à boire, afin de demeurer blotti en cet endroit qui lui rappelait les jours heureux du passé.

« Il branlait de la tête, sans arrêt, chuchotait doucement un gémissement résigné. Un petit rayon de soleil filtrait d'une persienne et je me souviens que, vers les quatre heures de l'après-midi, il venait toucher sa queue puis, au couchant, juste après lui avoir illuminé la tête, s'éteignait.

— Et il est mort en rageant ? s'enquit Giuseppe Coro, avec une sorte d'absurde espérance.

— Non, répondit l'esprit de la maison. Cela s'est passé le dixième jour. Comme ils voyaient qu'il ne bougeait plus, les rats ont pénétré plus avant dans la pièce. L'un d'eux avait apporté un assez gros morceau de fromage, en extrême secours. Mais ses compagnons l'ont empêché de le lui tendre. C'est inutile, disaient-ils, c'est trop tard. Et ils avaient parfaitement raison.

Dans le silence, on n'entendait plus que sa respiration haletante et de plus en plus pénible. Il avait cessé de geindre.

« Neuf jours avaient déjà passé. J'ai entendu dire que d'autres chiens ont su résister sans rien manger beaucoup plus longtemps, pourtant je t'assure que j'ai bien compté. Je me les remémore une à une ces journées épouvantables, je pourrais te dresser la liste des fois où il est entré dans telle ou telle pièce, des fois où il a pointé le museau entre les barreaux du soupirail de la cave, des fois où il est allé boire.

« Neuf jours avaient passé. Et même la dernière horloge, une fois son mécanisme épuisé, s'était arrêtée. Il était neuf heures et demie du matin, à peu près. Il avait fermé les yeux, comme pour un sommeil normal. Dehors, par bonheur, pas mal d'oiseaux se trouvaient au jardin, six ou sept linottes, je m'en souviens, s'étaient perchées sur les branches du charme qui fait l'angle. On les entendait parfaitement, même d'ici. Les yeux clos, avec ces chants d'oiseaux, sans doute a-t-il cru se trouver au bord de la rivière, sous un grand arbre, à l'air libre, et de s'y trouver bien seul, comme il convient à la dignité de la mort. Et, quand sa respiration s'est éteinte, alors les oiseaux se sont tous envolés.

L'antique maison se tut. Giuseppe Coro se tenait immobile, toujours appuyé à la rambarde, mais dos à la campagne environnante. On entendait le clapotement de la pluie. Une sensation de paix, entrant par cette fenêtre, allait chasser dans toutes les pièces obscures les tristes ombres qui s'y étaient accumulées.

— Il va falloir l'ensevelir, dit Giuseppe Coro. Là où tu m'as dit, près de la rivière. Dans un champ, sous un arbre.

— Oui, dit l'esprit de la maison. Je crois que c'est ce qu'il aurait aimé.

La lettura, septembre 1936.

Le bœuf vide

Cet après-midi-là le patron, passant dans la cour de ferme, y croisa par hasard le paysan Berto qui était en train de porter du foin à l'étable.

Berto mit sa fourche à terre et se disposa à bavarder un peu ; il était bien clair qu'aucun des deux n'avait grand-chose à faire, et l'heure était propice.

— Bonjour patron, dit Berto, et puis il fit une sorte de signe de connivence, en désignant l'étable dont le portail était ouvert.

Il ajouta, d'un air de commisération :

— Il est là qui se lamente. Et il va continuer à beugler toute la nuit.

Le patron n'y comprenait rien.

— Ah oui, pourquoi ? Que s'est-il passé ?

— Le bœuf, reprit Berto, le bœuf qu'on mène demain à l'abattoir, celui qu'on a vendu hier.

Alors le patron se souvint : effectivement, Berto avait vendu, pour mille deux cent soixante-quinze lires, un bœuf à un maquignon, et le lendemain matin, comme convenu, quelqu'un irait le conduire jusqu'aux abattoirs.

— Et alors ? dit le patron. C'est pour ça qu'il se lamente maintenant ? Comment voudrais-tu qu'il se doute qu'on va le tuer ?

— Non, bien sûr, il n'en sait rien, reprit Berto. C'est

en réalité parce que je ne lui ai rien donné à manger aujourd'hui.

— Tu ne lui as rien donné à manger ? Et pourquoi, la pauvre bête ?

Le patron s'approcha du portail de l'étable et vit le bœuf en question. En ce même instant, pensant que quelqu'un venait peut-être enfin pour lui apporter du foin, le bœuf tourna la tête vers lui, de sorte que leurs regards se croisèrent, si tant est que pareille éventualité puisse se produire.

Berto dit :

— Il faut qu'il y aille vide, demain, à l'abattoir. Si je lui donne à manger, les autres feront payer plus de taxes au boucher. Quarante-cinq lires, à ce que je crois, par quintal abattu. Et si je lui donne à manger, quand le boucher le débitera ensuite, il s'en apercevra en lui ouvrant la panse. Et alors il protestera, faut faire attention à ça.

— Mais franchement, fit le patron, quelle différence veux-tu que ça fasse ? En un jour combien de kilos peut-il en manger, ton bœuf ?

— Celui-ci, c'est un jeune, reprit Berto, il a eu deux ans en mars, mais ses dix kilos il se les mange à chaque repas.

— Dix kilos ! fit le patron surpris. Et combien de repas lui donnes-tu ?

— Deux fois par jour. Certains arrivent même à leurs quinze kilos par fournée. Eh, c'est qu'ils mangent, ça se comprend...

— De sorte que, si tu lui donnes à manger, quelle différence ça peut faire ? Oui, combien de kilos de différence ?

— Oh, ça peut faire une trentaine de kilos.

— Trente kilos ! Et pourquoi tant que ça ?

— L'eau, dit Berto. Une bête, elle se les boit ses vingt litres. Non, inutile : même à boire, on ne peut pas lui donner. En admettant qu'il se soulage d'ici à demain, les trente kilos de différence y seront malgré tout.

Le patron pensa à la misère de cette bête, mise à la diète complète la veille de sa mort, tout en restant en parfaite santé ; et il eut comme un remuement de pitié. Pour trente kilos de différence, bref pour épargner une quinzaine de lires, on tourmentait pendant vingt-quatre heures une créature innocente destinée à la mort.

Ils se turent un instant, puis Berto reprit.

— Pauvre bête, d'abord il n'a pas cessé de me regarder pendant que je donnais à manger aux autres, il tournait sans arrêt la tête. Alors je lui en ai donné une goulée, mais c'était bien trop peu, et maintenant le voilà qui se lamente. Et c'est ce qu'il va faire tout au long de la nuit.

Le bœuf mugissait par intermittence. Ce n'étaient pas à proprement parler des mugissements, de ceux qu'émettent d'habitude les bœufs (et qu'en ce même instant d'ailleurs produisaient quelques autres bêtes, pas encore tout à fait rassasiées), mais plutôt de longs et lamentables vagissements assourdis.

Sans aucun doute, le bœuf sentait confusément qu'on était en train de commettre à son encontre une cruelle injustice. Bien sûr, il ne parvenait pas à s'en expliquer la raison, ni même à formuler la moindre hypothèse. Toutefois le patron avait l'impression que se trouvait dans ces lamentations, outre la faim et la soif, une sorte d'obscur pressentiment, comme on prétend que cela arrive à l'approche d'un tremblement de terre.

Berto était un brave homme, et il était évident que contraindre cette bête à jeûner lui déplaisait. Toutefois, l'idée de le rassasier ou de l'abreuver, de s'exposer à la colère du boucher, ou de risquer d'avoir à payer la taxe correspondante ne lui venait pas même une seconde à l'esprit. Non qu'il fût près de ses sous, mais pour un paysan l'argent est, en quelque sorte, une chose sacrée sur laquelle il ne convient pas de plaisanter.

Le patron dit :

— Quand on pense que, la veille de leur exécution, on laisse les condamnés à mort manger et boire tout ce qu'ils veulent. Et que ce malheureux doit au contraire tant souffrir...

Pour un instant, il eut la tentation de délivrer le bœuf de son supplice, de donner à Berto les quinze lires qu'on réclamerait à l'abattoir ; Berto ne s'en serait sûrement pas offusqué. Mais il se rendit bien compte de ce qu'il y aurait eu d'immoral dans un tel geste.

Omnibus, 1938.

Panique sur la rivière

Adami Tullo (Galla et Sidama)

La rivière Sucsuc descend lentement du lac Zuai au lac Hora Abaita. Elle est belle et sauvage, les hommes blancs ne savent rien de son parcours tortueux, sur ses rives les arbres sont aussi grands que des églises et les oiseaux y donnent concert tout au long des jours.

Il était à peu près 3 heures de l'après-midi quand, troublant cette gigantesque quiétude, une bête inconnue lança un cri fort déplaisant. Les oiseaux de la rivière ne l'avaient jamais entendu, ni les singes, ni les phacochères, ni les chacals, ni aucun des habitants de la forêt. Comme ils ne le connaissaient pas, ils prirent peur, s'imaginant des choses étranges et terribles. Quel dommage ! C'était une journée tellement propice, par d'imperceptibles mouvements les plantes croissaient à leur rythme, des oiseaux voletaient çà et là, des oiseaux construisaient leur nid, des oiseaux pêchaient, des oiseaux s'exerçaient au chant ou se contentaient tout simplement de contempler le paysage ; les poissons, les papillons, les coléoptères, les limaces, tous faisaient tranquillement ce qu'ils avaient à faire, un vent modéré provoquait de petites rides sur les eaux et vivifiait les feuillages et les roseaux, chacun se sentait en excellente condition spirituelle ; et maintenant ce maudit cri, dont on ne sait pas ce qu'il signifie mais qui n'est, en tout cas, sûrement pas de bon augure.

C'était un long hurlement, d'une intonation vulgaire, exprimant d'une certaine manière quelque maligne satisfaction. Peut-être était-ce un cri d'oiseau, peut-être non, difficile à dire. Ils étaient tous là, à attendre qu'il se reproduise alors qu'ils le sentaient résonner encore tout autour d'eux, comme s'il était demeuré accroché dans l'air à la façon d'une mauvaise odeur.

— Un jour j'ai entendu dire..., fit un héron perché sur un des bois morts de la berge, les ailes déployées, aux aguets de quelque poisson, on aurait dit un épouvantail... Un jour j'ai entendu dire : « Quand le cormoran blanc fera entendre sa voix, alors c'en sera fini de notre paix et nombreux sont ceux qui auront à succomber. »

Il referma le bec et commença un si curieux mouvement de son col serpentin qu'on aurait pu croire qu'il allait y faire un nœud.

Il y eut dans le même temps un coup de vent, qui plia brusquement toutes les tiges de papyrus, et la rivière s'enrichit de mille et mille vaguelettes.

Un nuage en forme de kangourou passe devant le soleil et met tout dans l'ombre pendant quelques minutes. Il y en avait tout à l'heure six ou sept, disséminés un peu au hasard dans le ciel, comme cela se passe souvent ; mais maintenant il en vient toujours davantage, et toujours de plus en plus gros. Les oiseaux, volant un peu plus haut, peuvent apercevoir vers le nord, encore assez loin toutefois, comme un immense et sombre bouchon chargé d'orage. Les autres s'expriment en sourdine, plus personne ne se hasarde à chanter, en fait toutes les voix ont subitement baissé d'un ton, c'est presque le silence, seulement quelques gazouillis en rapport avec ces affaires vraiment urgentes qu'on ne peut remettre à plus tard.

Le sinistre cri ne s'est pas répété et c'est peut-être encore pis ; si on l'avait entendu de nouveau, on aurait pu y aller voir et découvrir qui l'avait émis ; pour l'heure, on sait seulement qu'un être nouveau est arrivé dans les bois, on ignore s'il est grand ou petit, mais plus vraisemblablement grand (tant est forte sa voix) on ignore s'il est bon ou méchant (mais certes plus probablement méchant).

À cause d'un nouveau coup de vent une très vieille branche morte, suspendue au-dessus de la rivière, s'écroule brusquement et son plongeon dans l'eau fait fuir des myriades de bestioles, prises de panique. Une fois enfuis leurs petits occupants, sur les eaux désertes, pour quelques instants, des ondes concentriques de plus en plus faibles s'élargissent autour de la branche brisée, bientôt elles disparaîtront et le bois pourra commencer sa lente décomposition.

Oh, cette histoire du cormoran blanc, qui tout à l'heure semblait absurde ! Un vanneau, ressentant le besoin de se tranquilliser, dit à son compagnon :

— C'est peut-être vraiment le cormoran blanc qui a crié. Ce ne serait pas la première fois que le héron dit la vérité. Sans doute faisait-il allusion à ces poissons qui dans la fosse, là-bas, n'en finissent pas de crever…

Effectivement, quelques kilomètres plus en aval, des poissons continuent de mourir dans une vaste fosse cernée par deux barrages de scories volcaniques : quand elle coule chichement comme actuellement, la rivière Sucsuc ne parvient plus à franchir ces obstacles de mâchefer. Alors les eaux de la fosse se mettent à stagner, le soleil les boit avidement, le niveau descend à vue d'œil, les poissons n'ont plus de quoi respirer, ils cherchent en vain l'oxygène, l'un après l'autre ils se retournent, ventre nacré en l'air, et flottent par centaines. Dans leurs ultimes sursauts, certains vont parfois finir hors de l'eau, sur les pierres brûlantes, et une épouvantable odeur se répand dans les bosquets d'alentour.

La prophétie du héron pourrait donc effectivement se rapporter à ces poissons mais, en fait, le vanneau lui-même n'en croit rien.

— Je ne sais pas, je ne sais pas... répond son compagnon, et ils hésitent entre s'envoler ou attendre. Si la nuit pouvait arriver ! Dans l'obscurité on peut beaucoup mieux se cacher.

Et voici que se fait le brusque silence total, plus le moindre piaillement, aucun bruissement de feuilles, tout demeure absolument immobile, figé. Et tout au fond, là-bas où la rivière fait un coude, s'avance lentement une petite barque. Sur la barque trois hommes, différents de ceux qu'on avait vus jusqu'ici ramer sur la rivière. Ceux-là sont entièrement vêtus, ils portent sur la tête de curieuses grandes coiffes, leur figure et leurs mains ne sont pas du tout noires, mais, tout au contraire, aussi blanches que le duvet d'un poussin à peine éclos.

Trois hommes donc d'un genre nouveau avancent à coups de rames sur la rivière inconnue. Est-ce à cause d'eux que le cormoran a lancé son cri ? Ou bien est-ce l'un d'eux qui l'a imité ? Étrange : ils se parlent et se répondent d'une voix calme et mesurée, leur aspect n'a rien d'effrayant, sinon qu'ils sont plutôt laids. Mais qui peuvent-ils être, et pourquoi viennent-ils ? Le héron de mauvais augure grince : « Je l'avais bien dit, je l'avais bien dit... » et il plonge de son perchoir pour disparaître la tête la première dans l'eau. Alors l'un après l'autre les oiseaux quittent les roseaux, les buissons et les arbres, pour s'enfuir à tire-d'aile le long des berges, en direction du lac.

Les animaux s'enfuient, ils n'en savent même pas le pourquoi et ont pourtant probablement raison. Inutile de prétendre que les trois hommes blancs n'ont pas de mauvaises intentions, que ce ne sera pas eux qui troubleront la paix de la rivière ; inutile de souligner que l'un d'eux est le professeur Paranzan, directeur de l'Office impérial des eaux et forêts, venu étudier la singulière hécatombe des poissons dans la fosse, que le deuxième est un fonctionnaire de la municipalité d'Adami Tullo, bon diable s'il en est, et que je suis le troisième ; inutile de soutenir que l'arme à bord de cette barque n'est qu'un fusil à balles inapte à tuer des oiseaux et que les étrangers l'ont seulement emporté avec eux comme ça, pour passer le temps... Ce n'en sont pas moins des hommes blancs, les premiers jamais parvenus en ces lieux, et après eux il en arrivera d'autres, avec probablement des intentions autrement rigoureuses. Et ceux-là seront autrement plus entreprenants que tous les hommes noirs aperçus jusqu'ici, autrement plus avisés, autrement plus rusés, ils emmèneront avec eux des machines qui marchent toutes seules, et ils bouleverseront tout le paysage, abattront les grands sycomores et les débiteront en planches pour en faire des maisons, ils embraseront les nuits de lumières éblouissantes.

À mesure que la barque va de l'avant sur la rivière, le rideau invisible qui existait depuis des siècles se déchire en silence, s'affaisse peu à peu dans l'eau et personne ne pourra jamais plus le réparer. Tendu d'une rive à l'autre, il calfeutrait un monde séparé du reste de la terre. Maintenant ce rideau est tombé. Le maître n'est plus le soleil, ni le vent, ni le vautour à la collerette blanche, ni les singes zanzibarites, désormais c'est l'homme blanc qui va régner. Et, bien qu'ici nul n'en sache encore rien parmi les habitants, un pressentiment néfaste flotte dans les airs : il vient d'une espèce d'ombre que laissent derrière eux les trois hommes blancs, ramant dans leur bateau. Naturellement, ces trois-là ne se sont aperçus de rien, ils sourient avec insouciance, bavardent, prennent des photos.

Seules parmi tous les autres animaux, deux oies

sauvages éperonnées sont demeurées impassibles sur la berge. Elles n'ont pas entendu le cri du présumé cormoran blanc, ni les sinistres prophéties du héron, ni le battement des rames dans l'eau, aucune inquiétude ne les tient. Voici que la petite barque s'approche maintenant des deux volatiles et que l'un de ses occupants — oh, seulement par jeu ! — pointe le fusil dans leur direction. Mais nous l'avons déjà dit : il s'agit d'un fusil à balles, absolument contre-indiqué dans la chasse au gibier d'eau, ce serait une extraordinaire conjoncture si le projectile parvenait à toucher sa cible, d'où il convient à l'évidence de ne pas s'effrayer, comme l'ont bien compris les deux oies, même si la balle est passée tout près avec un sifflement fort désagréable.

Et voici enfin la petite barque des trois hommes blancs, qui ont apporté la peur avec eux, à l'embouchure du lac Zuai. Maintenant le soleil est presque en fin de course. Il parvient péniblement à éclairer, entre une nuée et l'autre, le visage pâle des trois étrangers et un groupe d'oiseaux blancs qui dérivent paisiblement sur le lac. Vers le nord, on distingue des îles et des montagnes, sous un ciel plombé par l'ouragan qui menace. La carte topographique indique : lac Zuai, îles Chelilà, Tulugiuto, Tedaccià, Fundurù, cote quatremillehuitcents et des poussières, mais il est fort vraisemblable que tout cela soit erroné et que jamais aucun être humain ne soit venu jusqu'ici, que ce lac soit situé à l'extrême limite du monde, ou même qu'il se trouve encore plus loin, dans l'invraisemblable royaume des rêves. Des vents contraires assaillent les roseaux qui, du coup, s'entrechoquent et agitent d'autant plus les eaux du lac ; il en résulte que les oiseaux nichés là commencent à être secoués dans tous les sens comme des bouées sur une mer déchaînée.

Les hommes avaient emporté dix cartouches, il leur en reste encore une, ce sera peut-être la bonne. Déjà elle est introduite dans le chargeur, il suffit désormais d'épauler, de viser, de sorte qu'un de ces oiseaux qui se balancent sur l'eau soit au point de mire.

Quand le coup est parti, on a pu voir la petite flamme contre l'écran noir de nuages et cette fois ce ne sont pas les hautes futaies de la forêt qui ont renvoyé l'écho, c'est le dôme du ciel lui-même qui a répondu, centuplant pour le moins le bruit. Même les nuages se sont mis à tonner et ils font tomber maintenant sur le lac un voile tissé de fines striures noires, comme s'il s'agissait d'immenses franges obliques toujours plus serrées, promptes à totalement noyer le chimérique paysage.

L'extraordinaire conjoncture s'est finalement avérée. La balle a fait son tracé bien rectiligne, trouvant devant elle un pélican, elle l'a pénétré de part en part. D'un des deux trous rougeâtres ainsi forés s'évade, avec le sang, une âme minuscule, pas plus grande qu'un papillon, en forme de pélican, et qui file tout en haut du ciel. Là où, l'instant d'avant, on pouvait voir des centaines d'oiseaux ne restent que quelques vagues livides et une pauvre chose blanche, informe, qui apparaît et disparaît au gré des ondes.

À l'arrêt près du rivage, les trois hommes, avant de s'en retourner, passent un moment à contempler le pélican mort, que les flots ont fini par rejeter sur la berge ; c'est une bête de toute beauté, immense, fort différente en fait malgré le premier coup d'œil des pélicans empaillés que l'on peut voir dans les musées d'Histoire naturelle. Son plumage doux et lisse, d'un blanc tournant tendrement au rose, le fait ressembler à une fleur. Tout à l'heure il était heureux, au milieu des siens, il pouvait voler ou se laisser aller sur l'eau en suivant son unique fantaisie, dormir ou manger, aller sur la droite ou sur la gauche, ouvrir ou fermer le bec selon les circonstances. Maintenant ce n'est plus qu'un sac avachi, destiné à pourrir et dont on pourrait même croire qu'il n'a jamais rien eu à voir avec la vie.

Le plumage d'un pélican ne vaut pas grand-chose, sa chair encore moins. Aussi les trois hommes cessent-ils de s'y intéresser. Ils se hâtent de s'en aller vers les bois, sans doute à la recherche d'une cabane-refuge, la tempête s'approchant à mesure que tombe la nuit.

Une bête en moins, il ne s'est rien passé d'autre ; cela ne méritait peut-être pas de tant se paniquer. Parti du milieu du lac, le rideau de pluie a rejoint le rivage, les premières gouttes frappent lourdement les roseaux. Mais que veut-il faire, ce funèbre marabout qui, de son pas lent d'enterrement, sort soudain du bosquet ? N'aurait-il pu attendre une heure ou deux, du moins par décence ? De toute façon, personne ne le lui aurait disputé, son splendide pélican mort.

Corriere della Sera, 16 juillet 1939.

Une créature stupéfiante

Il y a quelques jours, j'ai été témoin (à bord d'un navire de guerre mais sans aucun rapport avec celle-ci) d'un stupéfiant phénomène. Vers les 10 heures et demie du soir — nous faisions escale —, j'étais en train de lire, allongé sur la couchette de ma cabine, et notre bateau était particulièrement tranquille. Il me faut préciser que la cloison contre laquelle se trouve cette couchette est, jusqu'à une certaine hauteur, revêtue de bois et que ce revêtement présente, à environ vingt centimètres au-dessus de mon matelas, une sorte d'étagère permettant d'installer quelques livres, une lampe de chevet, une bouteille, etc., bref de façon générale tout ce dont on peut avoir besoin au lit. Au bout de cette étagère, là où elle s'insère dans la cloison, une petite moulure incurvée sert justement à cacher cette incrustation. Qu'on me pardonne ces méticuleux détails, mais ils sont d'une extrême importance pour la compréhension de ce qui va suivre. Ainsi donc, en m'extrayant un instant de ma lecture, ou peut-être pour répondre sans en prendre conscience à un mystérieux appel, j'aperçus sur la cloison de bois, à ma droite, quelque chose en train de se mouvoir. C'était une bestiole, minuscule, longue environ d'un millimètre, de couleur blanchâtre, presque transparente ; si elle n'avait bougé, peut-être n'aurais-je pu la distinguer du bois sur lequel elle se trouvait. J'incline à la prendre pour un cafard extrêmement jeune, à peine sorti de l'œuf, si je ne hasarde pas une hérésie, mais déjà complètement formé et pour ainsi dire conscient. Pour ce qui est de la présence d'un cafard, il n'y a pas ici de raison de s'en offusquer. Les cafards de nos bateaux, à la robe claire, sont de haute race et de nature inoffensive, à la différence de leurs ignobles homonymes qui infestent les cloaques ; aucun marin ne manifeste jamais d'aversion ou de dégoût à leur égard.

Au surplus, le nôtre était à tel point délicat et d'un aspect si gentil que l'envie instinctive de l'écraser m'en passa immédiatement. Partie de la ligne horizontale où je pose mes livres, ma bouteille et le reste, la bestiole avait dépassé la bosse de la moulure et se trouvait donc face à l'imposante cloison de bois verni, haute d'environ soixante centimètres. Quand je la surpris, elle se préparait justement à l'escalade.

Le cafard grimpa trois centimètres, à l'improviste ses six petites pattes s'embrouillèrent, du coup il trébucha, tomba et se retrouva sur la moulure. Il ne se démonta pas, ne perdit pas de temps à se remettre en ordre comme font les mouches, mais refit tout aussitôt une tentative, grimpa quelques centimètres, pour retomber à nouveau. Et ainsi de suite à plusieurs reprises. À chaque assaut qu'il donnait, il ne parvenait jamais à se hisser de plus de trois ou quatre centimètres. Mais il était tellement léger que, quand il retombait, cela ne faisait aucun bruit.

Je n'y prêtai d'abord qu'un faible intérêt. Je le regardai quelques minutes, pas davantage. Puis je me remis à la lecture, le laissant à son entreprise. Je ne relevai les yeux de mon livre qu'une demi-heure plus tard, et regardai à tout hasard si la bestiole se trouvait toujours là. Oh ! oui, elle s'y trouvait. Et toujours et encore elle tentait de vaincre la cloison de bois vernis, mais toujours et encore ses essais demeuraient infructueux et elle les recommençait inlassablement, tombait, puis se remettait à l'attaque.

Tenace, c'était peu que de le dire. Au point de faire naître en moi un vague sentiment de respect. Quel que fût le désir ou l'utopie qui l'attirait là-haut, ce petit animal démontrait une phénoménale force de caractère. Toutes proportions gardées, c'était comme si un alpiniste de taille moyenne, s'affrontant à une paroi en à pic de plus d'un millier de mètres, se retrouvait précipité tout en bas après son premier assaut, pour se reprendre tout aussitôt, regrimper, retomber à nouveau, refusant obstinément de s'avouer vaincu.

Je demeurai longtemps à le contempler, comptant le nombre de ses tentatives, et prenant note de chaque résultat. Ces observations commencèrent environ une demi-heure après ma première constatation. Mais cette lutte avait déjà commencé, depuis combien de temps ? Je m'étais rarement passionné à ce point pour une compétition sportive. Ce minuscule fragment d'existence allait-il vaincre, ou finirait-il par se lasser, se préparer à l'abandon ? Ou consumerait-il ses forces jusqu'à leur épuisement total, oui, jusqu'à ce que seul son cadavre demeure au pied de la muraille ? Et je pensais : il se lassera, c'est certain. En admettant même que les chocs répétés de toutes ces dégringolades ne l'aient guère atteint — comme il arrive chez presque tous les insectes —, sa résistance devait connaître des limites ; il devrait même déjà se trouver au bout du rouleau ; il n'en a plus pour bien longtemps.

Dans le grand navire endormi, cette bestiole se dépensait sans compter dans sa vaine entreprise. Et je me demandais quel désir pouvait bien la pousser au point d'exiger de tels sacrifices. Le retour au nid, peut-être ? La liberté, la faim, l'amour peut-être ? Au vingt-sixième essai — à partir de ma propre comptabilité —, le cafard parvint au prix de gigantesques efforts à se hisser sur près de huit centimètres. Puis il tomba. Les escalades suivantes ne dépassèrent pas trente millimètres. Le quatre-vingt-septième essai le porta, exploit remarquable, au-delà de douze centimètres. Cette fois, après un premier saut rapide, une prise lui avait manqué ; il avait alors hésité un instant en agitant fébrilement ses petites antennes, s'était reconcentré et, avec une application désespérée, avait repris sa lutte avec davantage de circonspection et de lenteur.

Quatre minutes après minuit, nous en étions à la centième tentative. Il continuait la lutte. La moyenne des sauts était désormais montée à la cote de quatre ou cinq centimètres : en fait l'insecte avait légèrement déplacé sa trajectoire sur la gauche, ce qui lui donnait l'avantage d'une paroi un peu plus rêche. Parfois, en tombant, il se retrouvait sur le dos et devait se pousser de la tête contre la cloison pour se remettre debout. D'autres fois je le perdais soudain de vue, signe que, dans sa chute, il avait même dévissé de la moulure et qu'en conséquence il lui restait à vaincre cet obstacle supplémentaire.

Après la cent vingt-cinquième chute, ce fut comme si les premiers doutes venaient à ce minuscule Sisyphe ; il se redéplaça de plusieurs centimètres sur la droite et après quatre autres essais manqués se mit à courir, à l'évidence totalement désorienté, partout sur l'étagère. À 0 heure 17 je le perdis de vue. Mais le voici qui court de nouveau vers la paroi, il affronte la brève difficulté de la moulure, tombe, franchit l'obstacle, et d'un merveilleux élan — cette course folle sur l'étagère lui avait en fait peut-être servi d'entraînement, l'avait remis en selle — le voici qui parvient à grimper sur plus de quinze centimètres, le quart de la muraille. Pourtant, même cette fois, ce sera l'échec. La paroi se refuse à lui, le rejette tout en bas.

Cette dernière désillusion sembla pour un instant l'ébranler. Maintenant il ne parvenait plus à se hausser que de quelques millimètres. Étaient-ce ses ultimes forces qu'il jetait ? Après la cent cinquante-septième chute — minuit était passé depuis vingt-quatre minutes — il chemina sur environ deux pieds de longueur de la moulure, retomba sur l'étagère, y courut dans tous les sens, comme exaspéré. Ensuite il disparut de ma vue. Oh ! le voici qui court à nouveau vers la muraille. Ne s'est-il donc toujours pas résigné ? Tiens, il revient sur ses pas, on dirait qu'il tente de fuir. Il se trouve maintenant tout au bout de l'étagère dont il tente de dépasser le bord. S'il tombe là, il sera précipité dans le gouffre qui sépare la cloison boisée de mon matelas. C'est pourquoi je lui barre le passage de mon doigt. Il s'agrippe à ce doigt. Je le ramène au pied de la paroi.

Il avait tenté de se soustraire à cette folle tentation mais le destin l'avait renvoyé à son point de départ. Et maintenant, face à l'objet de toutes ces convoitises, comment aurait-il pu résister ? De fait, je le vis se jeter contre le mur ennemi avec une vigueur renouvelée. Je ne suis guère matérialiste, encore moins enclin à tenir l'esprit pour un simple produit de la substance cellulaire. Les réactions mentales de la bestiole face à l'adversité pouvaient être embryonnaires, et même infinitésimales, son infatigable ténacité ne m'en émouvait pas moins. Et le fait que dans un être aussi minuscule une telle coordination des idées puisse perdurer m'émerveillait grandement. Quelle énorme dose de vitalité concentrée là-dedans... En comparaison, nous autres les mastodontes humains, quelles créatures lourdaudes et aboulíques nous faisons ! Stupidités, direz-vous. Pourtant, en me remémorant les immenses efforts de la gent humaine, les villes, les murs, les rues, les autos, les tours, les cathédrales, combien tout cela me semblait peu de chose.

Épopée pathétique cette nuit-là, sur quelques centimètres à peine de l'univers. Facile à prévoir : elle ne réussirait jamais. Trop dure, trop haute la paroi ; et le cafard ne pouvait s'en rendre vraiment compte. Ce spectacle n'en gardait pas moins toute son émouvante grandeur. Si l'on met en parallèle la durée respective de l'existence, l'alpiniste de la comparaison de tout à l'heure serait depuis longtemps bel et bien mort, enterré et totalement oublié. Lui non, en revanche, il tenait toujours. (Mais moi, n'avais-je donc pas honte ? Moi, le maître du monde, mollement allongé sur ma couchette sans rien faire, quelle piètre image je donnais ? Que pouvait penser de moi cet insecte, s'il avait l'intention de me juger ?)

En bon chroniqueur je continuai à compter. À 1 heure du matin, l'intrépide petit animal entreprit son assaut numéro 285. Pour franchir la moulure d'où il avait une fois de plus glissé, il lui fallut en trois minutes supporter cinq nouvelles chutes. Ce qui parut soudain décupler son énergie. Maintenant ou jamais, semblait-il vouloir dire. Avec une détermination rageuse il grimpa, grimpa, d'un pas rythmé et léger. C'était à croire que le ciel se montrait finalement apitoyé, lui accordait la victoire. Dix centimètres, onze, encore, encore, dix-sept, dix-huit. Hélas, cruelle désillusion. Je m'aperçus qu'une prise se dérobait à lui. Il demeura pour un instant en équilibre instable, et ce fut de nouveau la chute, d'abord sur la moulure, puis plus bas, sur le dos.

Ainsi donc, vaincu ? Non, pas encore. Il n'avait pas assez souffert encore. Franchir la moulure lui coûta treize nouvelles chutes consécutives. Certes il y parvint, mais à quel prix. Une telle inimitié de la part des choses n'allait-elle pas finir par le désarçonner ?

La trois cent dix-septième tentative (quinze millimètres de grimpé) fut la dernière que j'enregistrai. Ma montre indiquait 1 heure 10. Ce fut à cet instant qu'il commença à courir sur le plat de l'étagère, qu'il traversa entièrement pour s'y retrouver, après cinq sauts malheureux, tout au bord. Je n'eus pas le temps de l'arrêter et il tomba dans l'abîme, se précipitant tête la première vers un sort incertain. Adieu donc, intrépide bestiole. (Mais n'est-elle pas encore là, depuis des jours et des jours, armée de sa petite volonté de fer, et continuant à tomber, à tomber, luttant pour une victoire qui ne pourra jamais être sienne ?)

Corriere della Sera, 21 mai 1941.

Angoisses d'un chien de bord

À bord d'un croiseur.

Mon nom est Napoleone, mais on m'appelle plus familièrement Peo. En ma qualité de chien de bord de ce croiseur, officieusement admis par le commandement supérieur, j'ai le privilège de pouvoir demeurer au quartier des officiers pelotonné dans un fauteuil, pendant des heures si ça me chante. Tout le monde me tolère avec un sourire bon enfant, certains même me portent quelque amitié, mais ma véritable chance est d'avoir trouvé un protecteur qui me garde presque toujours près de lui, me couvre de son autorité et me préserve contre certaines plaisanteries de mauvais goût (dans les premiers temps, par exemple, un officier de très haute taille, le plus grand et le plus fort de tous, s'amusait à me faire enrager en me serrant au cou, quelle curieuse manie). Au soir, ce protecteur me prend dans ses bras, m'emporte en bas du navire dans sa cabine et me permet de dormir à ses pieds. Ce doit être un personnage important, à en juger par le respect qu'ils lui portent tous, par son nombre de galons, par les dimensions de sa cabine, par l'amoncellement de cartes maritimes sur son bureau. Il tient souvent dans ses mains des dessins bizarres, mais sur qui exerce-t-il son autorité ? C'est demeuré pour moi un troublant mystère.

Oh, je le sais que les chats font des gorges chaudes de moi. Non parce que je suis laid, petit et bâtard (comme s'ils étaient de lignée royale ! avec ce pelage dépenaillé et crasseux !). Ils se moquent de moi parce que, du matin au soir, ils vadrouillent dans le navire, en se donnant des airs, se faufilent partout, disparaissent et réapparaissent comme des fantômes. Tandis que moi, tout au contraire, excepté le quartier des officiers, le pont arrière, la cabine de mon maître et une autre petite pièce dont je vous parlerai plus tard, je ne connais rien de rien. Ils m'appellent le petit monsieur, ces maudits. Sans cesse, ils me tournent en dérision parce qu'ils peuvent voltiger sur les échelles de fer comme s'ils étaient des hirondelles. C'est vrai que, tout seul, je ne parviens pas à m'y lancer, dans ces précipices. Pour grimper, ça va encore. Mais descendre est une autre affaire. Je m'y suis essayé à deux ou trois reprises, et pour un peu je me rompais le cou. De sorte que, incapable de les poursuivre, je les vois s'engouffrer dans les entrailles du navire, frétillants et persifleurs.

Le navire ! Dieu sait combien j'aimerais pouvoir le parcourir en tout sens, l'explorer dans ses recoins les plus secrets, devenir populaire chez les marins subalternes, et finalement résoudre le problème qui me taraude.

Voici le hic : mon protecteur me tient avec lui tout au long de la journée, me pourvoit en aliments de choix, me soigne si je suis malade, me bichonne comme si j'étais un pur-sang. On ne pourrait imaginer un plus adorable maître. Si je descends à terre et que je tarde à revenir, il se fait un mauvais sang du diable, et quand je reviens ses mimiques me le font parfaitement comprendre. J'ai appris à lire bien des choses sur son visage fin et sagace. Et je suis toujours aussi surpris qu'un homme comme lui, considéré par ses semblables avec un tel respect, une telle estime, puisse apprécier la compagnie d'un clébard roussâtre, au corps disgrâcieux, en forme d'outre, flasque en particulier constitutionnellement pour ce qui est du train postérieur, vous voyez combien je suis lucide. (Lui-même, malgré toute l'affection qu'il me porte, je l'ai entendu dire, en me regardant : Quel dommage qu'il n'ait de gracieux que le petit bout de son nez.)

En fait, il me faut bien avouer qu'ici, à bord, je me sens comme un étranger. Comprenons bien que je ne pense même pas un instant à m'en aller. Je suis habitué, désormais. Et les plaisirs de la terre ferme m'effraient plus qu'ils ne me séduisent ; on voit de ces gueules sur les quais, de ces cabots sans honneur, de ces toutounes incultes et ridiculement prétentieuses qui montrent les dents sitôt que je m'approche. Je ne pourrais trouver nulle part au monde la paix et la mansuétude dont je profite ici. Et pourtant je me sens étranger. Je prends bien conscience que, même pour mon maître, je ne suis qu'une distraction, un joujou, mais que son esprit est ailleurs.

Quelle ridicule fatuité, me direz-vous, serait-il jamais envisageable qu'un homme puisse donner sa préférence à un chien plutôt par exemple qu'à ses amis, à sa propre famille ? Non, ce n'est pas ce que je voulais dire. J'entends assurer qu'ici, sur ce navire, vivent, cachés où, je n'en sais rien, de dangereux rivaux, qui ont priorité sur moi. Qui sont-ils ? Quelle fascination émane-t-elle d'eux au point d'enchanter mon protecteur, un homme tellement sûr de lui ? Au point, oui, de lui faire oublier parfois toute autre chose au monde ?

Tant et tant de fois, tout en feignant de dormir, je l'ai écouté avec anxiété, et tentant de surprendre son secret (même si je ne comprends guère le langage humain). Je n'en ai pas tiré grand-chose. Sinon que je l'ai souvent entendu dire : « Mes écuries... mes quadrupèdes... Bouffre ! si nous les avions lancés au galop... » et d'autres expressions du même genre. J'en ai déduit que mes rivaux devaient être des chevaux.

Des chevaux, facile à dire. Mais où peut-on les cacher à bord d'un navire de guerre ? Et à quoi peuvent-ils servir ? À tirer le bateau sur les flots ? Et combien sont-ils ? Je me souviens qu'il y a un certain temps quelqu'un a textuellement demandé à mon maître : « Et de combien de chevaux disposez-vous ? » « Cent cinquante mille », a-t-il répondu, je m'en souviens parfaitement. Quoi, cent cinquante mille chevaux cachés dans le ventre d'un bateau ?

Et puis, écoutez donc. De temps à autre, voici qu'une espèce de fermentation s'empare de tout le navire. Dans les premiers temps, j'en restais abasourdi. Maintenant, j'ai compris : cela signifie que nous allons bientôt appareiller. Alors commencent mes tracas. Finies les siestes au carré des officiers, les promenades sur le pont arrière, les nuits tranquilles dans la cabine. Mon maître me porte dans un misérable réduit, qui donne sur une espèce de couloir. À l'autre bout du couloir, on peut entrevoir, au travers d'une porte, un vaste local, cerclé de cloisons métalliques, une sorte d'immense puits rectangulaire. Ils le nomment, si je ne m'abuse, la claire-voie. Et il en sort un énorme vacarme, avec des bouffées d'air brûlant.

On me met une sorte de sous-ventrière, on m'attache à l'embout de je ne sais quelle tuyauterie, qui sort d'une cloison, de sorte que je ne puisse me sauver. Mais tout cela est le moindre mal. Ce qui m'angoisse c'est de constater que mon maître ne me prête plus du tout attention, se désintéresse totalement de moi. À noter qu'il ne porte plus son bel uniforme bleu nuit, mais une casaque de toile que les hommes nomment une combinaison ; tous les officiers qui entrent et sortent, pareillement revêtus, lui donnent des informations dont je ne comprends rien ; et très souvent, ils sont totalement en sueur. Parfois, quand on lui donne ces informations ou à la fin d'une communication téléphonique, mon maître se lève en toute hâte : « D'accord, dit-il, je descends voir tout de suite. » Et, sans même me regarder, il quitte le réduit, et va s'enfourner dans la prétendue claire-voie d'où sort ce souffle ardent. Je pense que c'est pour aller retrouver ses exécrables chevaux. Pour ses chevaux, il me laisserait mourir de faim, j'en suis persuadé. À se demander ce qu'elles peuvent avoir de spécial, ces sales bêtes.

Il y a pire encore. Pendant la navigation, il arrive qu'on entende soudain le son tout particulier d'une sirène. « Branle-bas de combat ! » disent les marins et les machinistes, mais j'ignore ce que ça signifie. Et pas question d'espérer des caresses ; mon maître oublie totalement mon existence, il téléphone tous azimuts, s'en va et s'en vient sans cesse ; et si son visage est toujours aussi expressif, c'est d'une façon différente de l'habitude. Et puis voici qu'un terrible coup ébranle tout le navire. D'autres explosions ne tardent pas à suivre, très rapprochées, littéralement infernales. Et moi, désespéré, je m'aplatis au sol tant que je peux, les oreilles rabattues (en position de défense passive, aime à répéter mon commandant).

J'attends ainsi pendant de longues minutes, en proie à une obscure épouvante. Oh, ces coups, si je n'ai jamais très bien compris leur signification, ils ne m'en effraient pas moins ! J'entends les marins qui parlent de bataille, d'affrontement, de combat : énigmes hermétiques pour moi.

Et c'est alors qu'ils s'en donnent à cœur-joie, les chevaux. Mon maître ne pense plus qu'à eux, s'informe minutieusement de leur santé, veut savoir s'ils ont soif, s'ils ont faim, s'ils galopent volontiers, et il court de temps en temps pour s'en assurer personnellement. Comme si c'étaient eux qui commandaient, ces bestiaux !

Ou bien, au lieu de cet épouvantable raffut, ce sont d'autres coups qui retentissent, beaucoup moins forts, mais plus secs, et plus mauvais encore ; l'un après l'autre, avec la rapidité d'une machine à écrire. Les plus exécrables de tous. Et alors, il me faut l'avouer, je ne sais plus me contenir. Je perds toute retenue. Des aboiements d'abjecte terreur s'échappent de ma gueule. Et les officiers sourient, croyant que je désire combattre moi aussi, que j'ai un cœur de guerrier, ils me félicitent. Comme ils se méprennent, les pauvres, s'ils savaient...

Et pendant des jours et des jours sur mer. Parfois mon protecteur s'étend sur une couche rudimentaire installée dans notre réduit, et y fait une sorte de somme, tout habillé. Il ne dort que d'un œil. De l'autre il ne cesse de regarder l'entrée, au cas où quelqu'un lui apporterait de nouveaux messages. Je l'observe, de bas en haut, je lis sur son visage ce que ses mots ne savent me dire. Il pense à ses destriers, il pense, c'est pour eux qu'il sacrifie son somme, qu'il en perd ses couleurs, se consume ; il pense à ses cent cinquante mille chevaux de feu que je ne parviens jamais à voir, enfermés là, tout en bas, dans la caverne interdite. Ce n'est que leur souffle ardent qui me parvient ; et, au lieu de hennir, ils rugissent comme des lions.

Et maintenant mon maître me laisse encore une fois. Un sous-officier est entré tout à l'heure pour annoncer : « Il y a une petite fuite d'eau dans le... », mais je n'ai pas compris la suite. Le patron a immédiatement sauté à bas de sa couchette. « Allez, oust ! ôte-toi de là ! » m'a-t-il dit sans aucune douceur, car j'encombrais le passage. Et il a disparu dans les ténèbres. C'est qu'il a peur que l'eau leur manque, à ses maudits chevaux, il a peur qu'ils aient soif, les pauvres petits. Et je suis là à l'attendre pendant des heures, le cœur battant, toujours coincé avec ma sous-ventrière, ignoré de tous. Je me sens laid, malheureux, toujours plus faible du train postérieur. Tandis que les chats du bord, insensibles au pathos guerrier, me font la nique et murmurent : « Napoleone... » avec force insultes et gros mots.

Corriere della Sera, 6 juin 1941.

Le loup

En ville, pour une raison ou pour une autre, on ne se sent jamais tranquille. Une fois passées les angoisses de la guerre, disparus Dieu sait où les brigands, stoppées les épidémies, on espérait pouvoir demeurer tranquille pour quelque temps.

Il en va tout autrement. La guerre a laissé un peu partout une couche de poussière que les services municipaux de voirie ne sont pas encore parvenus à évacuer et, dans cette poussière, le long du mur d'enceinte des Distilleries, un gardien a découvert il y a quelques mois certaines empreintes sur le trottoir de la via Mancuso : empreintes d'un gros animal, pas celles d'un chien ni d'un chat ni d'un veau ; tout à la fois sveltes et puissantes, marquées dans la poussière de façon assez éloignées les unes des autres, comme si l'animal avait plutôt bondi que marché. Les chiens amenés là pour renifler ont aussitôt manifesté leur inquiétude. Les gens ont parlé de loups.

On en a devisé longuement pendant quelques jours dans le quartier, puis les humains ont pensé à autre chose et le gardien, pour ne pas devenir ridicule, s'est gardé d'insister sur son extraordinaire découverte. Bref, il ne s'était rien passé de grave, on avait juste remarqué dans la poussière des empreintes inhabituelles.

Deux semaines plus tard, à l'autre bout de la ville, dans la cour de la Metalmeccanica, à l'issue d'une nuit pluvieuse, les ouvriers ont découvert dans la boue les traces du passage d'une bête : grande, aurait-on dit, fort agile, bien différente des habituels chiens errants. Cette fois, les commérages sont allés bon train et même les journaux en ont fait état ; vous vous en souvenez sûrement, non ?

Par la suite, les énigmatiques empreintes se sont faites de plus en plus fréquentes. Et pas toujours dans les mêmes quartiers. On les a signalées de toutes parts, et avec des descriptions tout à fait concordantes. Parfois de larges flaques de sang ont été trouvées à côté de ces traces.

Ces derniers temps — s'il faut en croire les racontars qui circulent —, les traces ont véritablement pullulé partout, plus particulièrement dans les zones les moins peuplées de la périphérie, ce qui est bien naturel. Aucun animal, depuis la guerre, ne s'est enfui du jardin zoologique, à l'exception d'une famille de perroquets, évidemment hors de toute suspicion. Et il n'y a dans les environs aucune montagne, forêt ou terre assez sauvage pour qu'en soient sortis des animaux féroces. Il est donc difficile de trouver une explication.

Certaines personnes assurent même l'avoir vu, ce loup. Mais elles mentent. On a dit qu'il était tout noir, très grand, avec une tache claire sur l'échine, et qu'il boitait. Inutile d'ajouter qu'il avait — selon ces témoignages — les yeux verts et phosphorescents, une queue démesurée, un hurlement sépulcral et tout à l'avenant. Pures affabulations. Jusqu'ici, personne ne l'a vu.

Fort heureusement, les empreintes et les traces de sang n'apparaissent que par intermittence. De sorte que, après des journées de très vive alarme, les appréhensions se calment peu à peu et les gens se mettent à s'occuper d'autre chose. Le souci demeure toutefois et un vague malaise s'empare la nuit de ceux qui se sont trop attardés dans les rues noires et désertes.

Et les autorités ? les autorités ne se prononcent pas, sinon par des déclarations ambiguës qui, sous l'apparence d'un démenti, ne sont néanmoins pas suffisamment formelles pour dissiper toute crainte. « À ce jour, aucune preuve absolue... il serait imprudent d'accorder un quelconque crédit à des informations issues trop souvent de fantasmes surchauffés... les précautions qui ont été prises sont d'ailleurs de nature à... » Bref, des phrases équivoques qui voudraient tranquilliser sans pouvoir y parvenir.

Et puis il y a le ululement. Aux heures les plus calmes de la nuit, pendant que reposent les tramways, que les pas se sont éteints dans les rues, les fenêtres obscurcies et que seul parvient le ronflement d'un camion solitaire, quelqu'un va relever la tête de l'oreiller : « Maria, susurre-t-il (et sous ses chaudes couvertures il sent battre son cœur), as-tu entendu ? » « Quoi donc ? » « Écoute, écoute... » Un hurlement leur parvient de l'autre côté des fenêtres barricadées, long, modulé ; on le dirait venu de très très loin, comme certains coups de sifflet des trains aux petits jours humides de l'été. Il est à la fois pitoyable et agressif, pas du tout lancé au hasard, ce serait plutôt, mais avec une obscure détermination, comme s'il cherchait à avertir quelqu'un.

Petit brouhaha dans l'immeuble : d'autres ont donc été également réveillés et restent l'oreille tendue, aux aguets. Toutefois, pendant ce temps, le silence est revenu. Sur l'avenue passe lentement une auto, ronronnant. Puis une cloche, venue d'on ne sait où, frappe trois coups. Les humains se sont rendormis mais le ululement est demeuré en eux : quelque chose qui ne s'y trouvait pas encore et pèse lourdement.

Qui a crié ? Était-ce un chien ? À la campagne il n'est pas rare que des chiens d'humeur bizarre se mettent à aboyer à l'improviste, comme si on les écartelait, aux heures les plus insensées, furieusement ; et d'une voix fort différente d'à l'accoutumée, sauvage, qui semble leur être étrangère. Oui, peut-être que tout à l'heure c'était une de ces bêtes obsédées ; ou tout simplement en chaleur. Mais pourquoi n'avait-on jamais entendu un chien hurler en ville de cette façon ? Demain matin, on retrouvera les empreintes. À l'aube les gardiens, les portiers, les vigiles, le personnel de la voirie, tout ce monde se penchera sur la boue, avec curiosité : la bête sera passée par là.

Quand revient la lumière du jour, et que s'animent les rues, et que les humains se retrouvent dans la foule, alors ils reprennent tous courage. L'explication lupesque est tournée en dérision, nombreux sont, au demeurant, ceux qui évitent d'aborder le sujet, de peur de sembler stupides ou ridicules. Après tout, personne n'a été déchiqueté. Quant à certaines disparitions inexplicables, que le petit peuple voudrait évidemment imputer à la bête féroce, il n'en a jamais manqué dans une grande ville qui cache inévitablement ses mystérieux abysses.

Les alarmes se répétant de façon accélérée, voici pourtant que ressurgit l'inquiétude. Certains soirs, dans les rues, une impression jamais encore perçue nous étreint. Nous marchons, nos pas résonnent accompagnés d'énormes échos, les maisons tout autour font semblant de dormir, pourtant elles sont emplies de pauvres créatures éveillées, et qui attendent comme des sentinelles.

Elles sont là, par centaines, derrière les portes, l'oreille collée entre les battants des fenêtres, les épaules rentrées, le souffle court, guettant le bruissement éventuel d'une bête. Si nous nous arrêtons — et que nos pas cessent de résonner, laissant le silence se reprendre — leur sourde anxiété filtre à travers les issues barricadées. Elles attendent, tenues par une peur abjecte ; sur les carreaux de leur palier leurs pieds nus ressentent la froidure, derrière leur dos les pièces dans l'obscurité se creusent comme autant de cavernes.

Elles ne sont pas capables de rester au lit en se fiant à l'épaisseur de leurs portes, encore moins de tenter une sortie armées jusqu'aux dents pour donner la chasse. Elles restent là, claquant des dents, ne sachant se trouver d'autre moyen de défense qu'en balbutiant, lèvres mi-closes, certaines formules rituelles. « Loup, petit loup..., disent-elles, quel mal t'avons-nous fait ? Oh ! pour affligé, désespéré que tu sois, pourquoi viens-tu flairer à ma porte ? Oh ! loup, panthère, fauve, il n'y a pas de pain ici, pas de poulet, ici il n'y a ni viande ni mets d'aucune sorte. Pourquoi viens-tu flairer, oh ! loup ? Essaie donc à la porte voisine... »

Sorti des sombres murs des maisons, que l'on dirait mortes, ce mystérieux murmure semble psalmodié par une horde de petites vieilles récitant leur rosaire dans l'obscurité d'une cathédrale. Mais, dans le même temps, la vie se consume, des marais du faubourg s'infiltre lentement jusqu'ici notre vieille compagne la brume, et là-haut, dans le misérable interstice que laissent parfois les maisons entre elles, passe silencieusement la lune.

Corriere della Sera, 18 décembre 1947.

L'expérience d'Askania Nova

Au Kremlin, loin des salons, des chancelleries, des archives, des musées, des salles d'armes, des corps de garde, des cuisines, des entrepôts, des greniers et des tombes — c'est du moins la légende —, au cœur profond des profondeurs du Kremlin, se trouve tout un appartement où les anciens tsars allaient parfois s'enfermer, la nuit, pour mieux supporter leur solitude ; maintenant seul Staline y a accès. Dans cette suite secrète, où nul sinon lui n'a jamais pénétré depuis de longues années, se trouve une pièce qui de toutes ces pièces ignorées est la plus ignorée. La porte qui y mène est dissimulée dans un mur d'une façon tellement habile que, même en la cherchant pendant des mois et des mois, il serait impossible de la découvrir ; seul Staline la connaît. De toute façon, dans cette pièce, totalement vide et nue, se trouve un coffre-fort blindé ; et même en sondant les murs millimètre par millimètre personne ne pourrait parvenir à le détecter. De toute façon encore conviendrait-il de trouver ensuite l'endroit de la serrure, et, la serrure découverte, de connaître le code secret permettant de l'ouvrir, et le code secret connu encore faudrait-il avoir assez de force pour pouvoir faire bouger le pesant portillon ; et seul Staline le peut.

Au fond de ce coffre-fort demeure un autre secret : un

petit guichet masqué ferme une étroite cavité supplémentaire et la formule pour l'ouvrir est encore plus compliquée que la précédente, il faut sept années entières pour l'apprendre ; et seul Staline l'a apprise. Même les Martiens, bien plus savants que nous, s'ils parvenaient avec leurs soucoupes volantes à conquérir la Terre et la fouillaient de fond en comble, ne sauraient découvrir cette cachette ; cachette dans laquelle il y a uniquement un dossier où quelques feuilles se trouvent archivées. Et sur la couverture est écrit ASKANIA NOVA. Car, de tous les mystères de la si mystérieuse Russie, le plus ténébreux porte justement ce nom. De temps à autre, au cœur de la nuit, de la même façon qu'en usaient les anciens tsars, Staline se rend, seul, en chaussons pour ne pas faire de bruit, dans les appartements interdits et, de pièce en pièce, rejoint enfin le saint des saints où, dans l'effroyable silence qui y règne, il ouvre le coffre-fort et s'empare du dossier. Ensuite il feuillette les pages mises par ordre chronologique, les lit et les relit. Il doit les connaître absolument par cœur désormais, mais il ne s'en lasse jamais ; comme s'ils s'y trouvaient dévoilées des choses qu'un homme, quelque effort qu'il puisse faire, ne parviendra jamais à croire. Mais, dans le même temps, une ombre terreuse, semblable à un voile, s'installe sur le visage du dictateur. Heureusement, personne ne la voit. En ces moments-là, à l'instar des tragiques tsars obsédés par les spectres, il tressaille, se retourne brusquement, court à la porte poussé par la crainte que quelqu'un ait pu venir l'espionner. Son ombre, c'est Askania Nova ; il pourrait détruire ces feuilles mais il sait que la crainte n'en continuerait pas moins de le poursuivre ; il pourrait également supprimer ces hommes qui les lui ont procurées, il pourrait raser au sol Askania Nova elle-même, en faire un désert. Cela ne servirait à rien.

C'est un peu au nord de l'isthme de Crimée que surgit

le centre agricole d'Askania Nova. Depuis de nombreuses années, à sa périphérie, se trouve la fort réputée station de zootechnologie, et souvent — mais ce sont des habitudes du passé —, les journaux soviétiques annonçaient les succès de ses audacieuses expériences. On y bouleversait les antiques lois de la nature. Des voies imprévisibles s'ouvraient devant l'agriculture et l'agro-alimentaire humain. Des animaux totalement inconnus jusqu'alors sortaient de ces étables. On apprit que des chameaux avaient été appariés avec des dromadaires donnant pour résultat un quadrupède hybride ne ressemblant ni aux uns ni aux autres. Un autre croisement fut entrepris entre un bovin et un zébu. Les spécialistes d'agit-prop ne se privaient pas d'informer les paysans, citant Askania Nova en exemple d'un laboratoire à miracles. Le poète Lebedin pondit une ode à la gloire d'un nouveau mythe : Circé, convertie au bien, accomplissait à Askania Nova, dans l'intérêt majeur de la nation et sous la houlette illuminée du Soviet suprême, des métamorphoses extraordinaires. D'ailleurs, dans nombre de ses séances, l'Académie des sciences ne manquait pas l'occasion de faire l'éloge solennel des chercheurs du lieu. Puis, soudain, le silence tomba sur Askania Nova.

En toute hâte, des barrières infranchissables furent installées autour de la station ; et bientôt des sentinelles armées en firent continuellement la garde. Mais c'était bien inutile car, depuis pas mal de temps déjà, les paysans avaient cessé de s'approcher, en évitant même les parages, comme ces voyageurs qui prennent le large aux abords des lieux maudits.

Jusqu'alors, les habitants d'Askania Nova avaient pris plaisir, aux jours de fête, à se rendre aux abords de la station de zootechnologie, à s'arrêter tout autour des barrières périphériques pour admirer ces curieuses bêtes qui semblaient des chameaux et n'étaient pas des chameaux, semblaient des zébus et dont le nom ne pouvait être exactement celui de zébu ; ils paissaient çà et là sur leur pré d'un petit air plutôt hébété, comme surpris de se trouver au monde. Un des employés, un certain Simon Pavlovitch Ossipienko, moins mal dégrossi et bourru que ses collègues, s'entretenait souvent avec les curieux, se plaisant à leur donner des explications. Mais c'était un crétin présomptueux. Un certain samedi, cet Ossipienko s'était approché des visiteurs groupés derrière l'enceinte et, avec quelque peu d'excitation, leur avait dit :

— Ah, si vous saviez !... Aujourd'hui, on a commencé une expérience... Autre chose que la bombe atomique, vous pouvez m'en croire... Le monde en restera pétrifié !... Nous allons créer une nouvelle race pour la patrie du socialisme... (Il sembla soudain très embarrassé.) Vous savez bien : fécondation artificielle... c'est un merveilleux croisement... on va obtenir de formidables travailleurs... nos industries feront des pas de géant... une immense découverte...

— Quel croisement ? lui avait-on demandé.

Et Ossipienko avait rougi, soudain gêné :

— Je devrais me taire, je le devrais, j'en ai déjà trop dit... Je ne veux pas d'ennuis. Mais on sentait bien que l'envie de parler lui brûlait la gorge.

— Allons, vide ton sac ! Tu n'as pas confiance en nous ? On n'ébruitera rien, tu le sais bien.

Ossipienko dit, à voix basse :

— C'est un croisement... quelque chose d'absolument nouveau... entre l'homme, vous me comprenez ? entre l'homme...

— Entre l'homme et quoi ?

— Oh, ça suffit maintenant ! fit l'employé. Je ne veux plus rien dire, c'est un secret... D'ailleurs, si vous avez des yeux pour voir..., et il s'éloigna en ricanant.

Les autres regardèrent mieux. Les habituels veaux qui

n'étaient pas des veaux, les petits dromadaires qui ne pouvaient plus être nommés ainsi se promenaient dans le pré comme à l'accoutumée. Mais dans le fond, tout au loin, près d'une grosse hutte, un homme marchait tirant derrière lui par une corde une bête qu'on n'avait encore jamais vue à Askania Nova ; attachée au collier, elle allait par bonds successifs, sans guère d'entrain, et semblait d'une étrange tristesse.

— Mais qu'est-ce que c'est ? demanda un enfant.

Les hommes se taisaient.

— Mais qu'est-ce que c'est ? insista le bambin. Est-ce que ça ne serait pas un singe ?

— Tais-toi, répondirent les grands.

Et, à la façon de qui assiste sans l'avoir voulu à quelque chose de honteux et se retire en se sentant en quelque sorte contaminé par cette honte, ils reculèrent. Puis, à pas lents, ils s'en retournèrent tous chez eux, sans même se saluer les uns les autres.

Les barrières restèrent donc désertées, le lendemain personne n'y revint et, même pour le jour férié qui suivit, aucun des habitants d'Askania Nova n'alla admirer les animaux de l'élevage. L'obscur pressentiment d'un danger les tenait tous. Puis arrivèrent les gardes armés. Les allées et venues des camions qui apportaient les provisions à la station continuèrent. Mais plus aucun des professeurs, techniciens, employés et garçons d'écurie ne fit d'incursion, comme ils en avaient l'habitude, au village. Ils s'étaient enfermés à l'intérieur, tels des soldats dans une forteresse à l'écoute du son des trompettes ennemies. Et quand apparaissaient les camions de transport des animaux, sombres fourgons en forme d'immenses cercueils, les paysans, impressionnés, les regardaient longuement passer.

Alors une rumeur commença à se répandre dans Askania Nova et peu à peu en vint à parcourir toutes les routes de l'immense empire. Au soir, dans les carrefours déserts, on échangeait en toute hâte quelques mots, d'aucuns osaient secouer la tête, les femmes faisaient en cachette le signe de croix. Et le nom d'Askania Nova n'était plus jamais prononcé par les membres de l'agit-prop, et les journaux avaient cessé d'en faire état, et l'Académie des sciences ne lui décernait plus aucun éloge. Et, même si aucun ordre particulier n'avait été donné à ce propos, tout le monde sut que la prudence même exigeait de se taire. Comme si là-bas venait d'être libérée une épouvantable et mystérieuse force, comme si quelqu'un s'était hasardé à retourner au plus loin des millénaires passés pour en explorer la brume et, ivre d'orgueil, avait renoncé à la gloire d'être un homme pour un immonde accouplement. Les enfants de la nouvelle Russie !... Mais Dieu ? Qu'en pensait Dieu ?

Franchissant la porte de la station de zootechnologie, d'habitude aussi hermétiquement close qu'un sépulcre, un messager armé jusqu'aux dents s'en allait de temps en temps en motocyclette jusqu'à Moscou. Les paysans, en le voyant voler au loin dans leurs campagnes, l'imaginaient déjà au seuil du Kremlin ; couvert de boue, il donnait le mot de passe, était aussitôt accompagné, aussi peu présentable pût-il être, jusqu'au chef suprême à qui il remettait en mains propres sa dépêche. Alors Staline s'enfermait dans son bureau, déchirait fébrilement l'enveloppe, lisait le dernier rapport sur l'expérience en cours, et l'ombre tombait sur lui.

Mais vint le temps — c'est du moins la légende — où même le messager en motocyclette cessa de sortir mystérieusement de l'établissement. Et, à Moscou, Staline attendit en vain pendant des mois et des mois, sans rien oser demander, parce qu'il se doutait de ce qui venait de se passer. Il ne pouvait y avoir qu'une seule raison pour que les chercheurs d'Askania Nova manquent à ce point aux consignes, cessent de le tenir informé, sans craindre ni la prison ni la mise à mort ; eux aussi devaient avoir perdu toute ardeur face à l'œuvre ignoble issue de leurs mains. L'expérience avait réussi, le nouveau-né respirait, ce monstre, fils d'humain non plus humain, créature que même le dernier des scélérats n'aurait osé nommer. Et peut-être s'en trouvait-il déjà plusieurs. Peut-être une population entière de phénomènes était-elle en train de bouillonner, immonde lave issue d'un inépuisable volcan.

Ainsi, au cœur de la Russie, réside donc le plus noir secret que le monde ait jamais connu. Et par les plaines et par les steppes s'étend sans bruit la fable, comme une nuée, comme les brumes, comme cette ombre qui vient se plaquer à la nuit tombante sur le front des monarques. Plus aucun de ceux qui ont participé à l'expérience n'est ressorti de l'enceinte ; et nul n'a pu y pénétrer à nouveau. Personne n'en parle, personne n'approche, comme si sur ce lieu pesait une malédiction, la peste ou la lèpre. Le cœur des paysans est simple mais pas tant qu'il ne puisse comprendre : on a dépassé les confins extrêmes de ce qui était permis à l'homme, de l'autre côté se tient le Seigneur, l'Éternel, une épée à la main.

Corriere della Sera, 24 octobre 1948.

Les mouches

Une antique légende qui circulait chez les mouches disait ceci : Quand les villes de l'homme seront devenues totalement vôtres et que cet homme vous sera soumis et que la voix du grand peuple s'étendra d'un horizon à l'autre, alors ce sera le temps de l'orgueil et de la fornication mais, au beau milieu de ce triomphe, les armées étrangères surviendront pour tenter de vous exterminer ; et ce sera aussi le temps de la mort. Elles vous lanceront leur souffle et la moitié du grand peuple tombera aussi dru que tombe la pluie. Elles continueront de souffler et le reste du peuple tombera à son tour et le silence s'installera. Alors, oh ! mouches, c'en sera fini de votre règne.

Mais ce n'était qu'une légende dont il ne convenait pas de s'effrayer. D'ailleurs les mouches n'y croyaient pas. Pas plus que n'y croyait l'inspecteur de la Salubrité publique des régions du Sud, le professeur Santi Liguori, homme de nature sceptique et fondamentalement pessimiste. Obtempérant aux ordres du gouvernement, il avait fait appliquer dans les villes et les bourgs les mesures prescrites pour l'élimination des insectes fâcheux. Sans aucune illusion toutefois. Au contraire, le dépérissement dû à l'âge et la renonciation à certains des rêves de sa jeunesse avaient provoqué en lui un fort ressentiment à l'encontre de la science qu'il était censé servir. Une joie amère le prenait même à la vue de la prolifération de ces bestioles qu'il aurait dû haïr ; et dont il prenait en secret le parti. « Bien enfermer les déchets dans les récipients appropriés... dans les magasins, protéger les aliments à l'aide d'une résille... procéder régulièrement à la vidange des fosses d'aisance... ah ! ah ! ricanait-il en lisant les circulaires gouvernementales. Et c'est moi qui devrais les convaincre, ces misérables péquenauds, d'acheter des récipients appropriés ? Pouah ! » Pendant ce temps, dans les cours de fermes, des nuées de mouches noires et visqueuses s'agglutinaient sur les petits enfants, formant de véritables grappes au bord de leurs paupières, se précipitaient sur le lait, sur la soupe, sur les bouteilles de vin, et on les sentait soudain entre ses dents pendant qu'on buvait, les mouches tourbillonnaient autour des mulets, des paysans, des curés, des femmes en couches. Du matin au soir, ce maudit bruissement. Point d'orgue à la misère humaine.

Un jour, il reçut un avis du gouvernement : en provenance de Suisse, allait lui arriver avec ses assistants le Dr Schulte, qui avait été chargé de débarrasser les provinces du Sud de leurs mouches ; il apporterait un liquide nouvellement inventé à pulvériser dans les maisons. Liguori n'en rit que davantage. À l'évidence, ils étaient tous devenus totalement stupides, là-haut, à la capitale. Débarrasser le Sud de ses mouches ? Pas même Dieu n'en aurait eu l'idée.

Liguori se trouvait assis au café, sous la marquise, éloignant négligemment de son mouchoir une vingtaine de mouches qui tentaient d'envahir sa bouche. Et il faisait une chaleur torride ; quand, juste devant lui, deux camionnettes bleues, comme on n'en avait encore jamais vu, s'arrêtèrent sur la place. On aurait dit deux écrins à bijoux. Une portière s'ouvrit silencieusement, un homme gras et blond portant lunettes apparut. C'était le Dr Schulte qui venait le chercher, lui, Liguori. L'inspecteur de la Salubrité était trop avisé pour contrecarrer quiconque avait la confiance du gouvernement. Il se garda bien de manifester son opinion. Et il consentit, malgré la chaleur, à suivre le Suisse dans sa première tournée d'inspection.

On commença par une maison dans la campagne. Il y avait là, à l'intérieur, des nuages entiers de mouches, au point qu'on parvenait à peine à respirer. Un des assistants du Dr Schulte lui passa un petit engin. Le Dr Schulte appuya sur une espèce de bouton et une longue giclée sortit de l'engin en question.

— Oui, et maintenant ? s'enquit Liguori.

L'autre désigna sa montre-bracelet :

— Trois minutes, dit-il, puis il lui fit signe de se taire.

Et voilà que le bourdonnement s'éteignit, puis on entendit un épais crépitement, comme celui d'une pluie de minuscules grains de sable. C'étaient les mouches mortes qui tombaient.

— Formidable, dit Liguori, qui cherchait à sauver les apparences. Et combien en avez-vous de ces magnifiques amusettes ?

— Suffisamment, dit l'autre.

— Suffisamment ? pensa l'inspecteur. Suffisamment pour toutes les provinces du Sud ? Mais même s'il y en avait eu de quoi former un Himalaya, c'était comme vouloir assécher les océans.

Ensuite, il laissa Schulte continuer tout seul. Il était retourné s'asseoir à son guéridon du café et attendit là, un sourire sceptique aux lèvres. Il s'imaginait qu'il allait revoir passer le Suisse dans sa camionnette, vaincu et poursuivi par une tornade de mouches. Mais, dans le silence qui l'entourait soudain, il se surprit à tendre l'oreille, cherchant une vieille et amicale rumeur... Non, le bourdonnement habituel avait disparu, pas une seule mouche ne voltigeait au-dessus de son verre de liqueur de rhubarbe.

— Eh, mon cher professeur, lui dit le premier adjoint au maire en venant s'asseoir auprès de lui. Quelle belle leçon, ces Suisses ! Je parie que vous n'y aviez pas cru. Et pourtant ils y sont parvenus !

— Ils y sont parvenus ? Ce qui signifie quoi, au juste ?

— Oui, où en voyez-vous encore, des mouches ? Même en offrant de les payer cinq lires pièce !

— Ne vous y engagez pas trop, cher ami. Je ne voudrais pas que vous vous ruiniez... Attendez, attendez...

Mais les camionnettes bleues couraient partout. Et davantage encore couraient les jaseries. Dans chaque village, avant même la venue du Dr Schulte, on savait à quoi s'en tenir. Il n'y restait plus qu'à prendre livraison des engins. Une heure plus tard, les mouches avaient totalement disparu.

Trois mois passèrent ainsi et les deux camionnettes, moins bien lustrées qu'au début, s'arrêtèrent à nouveau sur la place. Et, au café, l'inspecteur était assis à sa place, le visage toujours aussi incrédule.

— Bon retour, docteur Schulte, fit Liguori, non sans quelque ironie. Vous nous laissez déjà ? Auriez-vous renoncé, par hasard ?

— Oh ! certes, je vous laisse. Désormais, tout est en ordre.

— Les mouches, kaput ?

— Très exactement, monsieur Liguori.

Et maintenant, à moi de m'amuser, se dit l'inspecteur quand les camions furent partis. Cela faisait bien des années qu'il ne s'était pas senti aussi vaillant. Il goûtait déjà à l'avance la saveur du rapport qu'il allait faire au ministère. Il en tournait et retournait les phrases dans sa tête : « Cette expérience, au demeurant non dénuée d'intérêt... Des résultats que seule une trop vive espérance pouvait... Des scrupules d'objectivité qui me contraignent à... »

Sur sa voiture de service toute délabrée, Liguori partit en inspection. Il s'engagea dans les terres, jusqu'aux villages les plus délaissés, les plus infâmes. Il s'arrêtait, éteignait son moteur, tendait la tête hors de la portière pour mieux écouter. Le silence, un épouvantable silence.

Allons de l'avant, courage ! Il s'engagea à pied sur des sentiers escarpés afin de rejoindre ces hameaux désolés où les excréments humains stagnent au flanc des masures dans des fosses putrides. Que diable, il en trouverait des mouches, tout au moins là. Il regarda tout autour de lui, pénétra dans les étables, s'informa auprès de tel et tel autre. Rien. Pas même l'ombre d'une seule mouche. Dans les cruches, le lait demeurait immaculé. Limpides les yeux des petits enfants. La misère n'était plus la misère. Mais tous ces merveilleux bienfaits ne comptaient pas plus qu'une guigne pour lui. Le Suisse était arrivé à ce qu'il n'était jamais parvenu à faire. Et il en éprouvait un profond déplaisir.

Au retour, il n'était plus qu'une chiffe. Il ne s'en confia à personne. Seul Antonio, son fidèle secrétaire, devina la cause de son chagrin, mais il se garda d'y faire allusion. La mort dans l'âme, Liguori fit son rapport : sans aucune excessive apologie pourtant, cela sonnait comme un hymne à la gloire du Dr Schulte. Car si l'inspecteur de la Salubrité publique pouvait haïr, il ne savait se montrer malhonnête.

Il se cloîtra dans son bureau, maigrissant presque à vue d'œil, immobile pendant des heures, à regarder fixement par la fenêtre les collines dénudées qui entouraient la ville, comme un amoureux transi peut contempler celle qui l'a abandonné. Il entendait les autos, les cris des humains, les oiseaux qui chantaient, les cigales, et jusqu'à un crapaud qui, vers le soir, lançait son appel pathétique ; et les grillons, quand venait la nuit. Mais plus jamais l'antique et subtil bourdonnement, plus jamais ce cher bruit domestique qui l'avait bercé dès sa plus tendre enfance, quand il reposait dans son couffin et que tranquillement sa maman s'endormait dans la chaleur moite de l'après-midi. La science avait donc vaincu ? Après des millénaires de cohabitation avec l'homme, les mouches étaient éradiquées ? Une sourde révolte nouait son cœur.

Une langueur maladive le prit, il demanda un congé pendant lequel il demeura assis à la maison, taciturne, les regards toujours cloués sur les collines environnantes. Antonio venait le voir chaque jour. « Courage, professeur, disait-il. Vous verrez, elles reviendront au printemps ! » Mais il secouait la tête. Non, non, il ne peut plus y avoir de remède, cette ignominie m'a définitivement lessivé.

Dès le mois de mai, il écrivit une lettre demandant sa mise en retraite anticipée. Sa plume grinçait mais il n'en réussit pas moins à faire une lettre exemplaire, d'une certaine noblesse même. Il la lut, la relut, la signa, la mit dans une enveloppe, écrivit l'adresse sur l'enveloppe. Bientôt viendrait Antonio, qui l'emporterait.

Bientôt ? Antonio venait de faire irruption comme un bolide dans son salon. Il tenait son poing fermé.

— Professeur, professeur ! hurlait-il. Écoutez bien !

Il lui mit le poing près de l'oreille.

— Vous l'entendez, professeur ?

Oui, le professeur entendait, son visage désespéré s'était soudain illuminé, les couleurs de la vie lui revenaient. Oh, bourdonnement béni !

— Allons, vite, laisse-moi voir !

Les doigts d'Antonio s'entrouvrirent, une mouche prit son envol. Elle était toute jeune, magnifique.

— Et ce n'est pas la seule, vous savez ? dit Antonio avec ravissement. Il en vient des nuées entières. Elles sont d'une race nouvelle... Et les insecticides suisses, elles s'en moquent ! Même à la mitraillette, on ne pourrait pas les avoir. Je viens d'essayer avec leur fameux petit engin.

— Tu as essayé ? Et alors ?

— Et alors rien ! C'est bien vous qui aviez raison, professeur. Comme si je les avais arrosées d'eau fraîche. Cinq minutes plus tard, elles volaient encore plus gaillardes qu'avant ! Et vous qui vouliez donner votre démission !

Il s'interrompit, resta immobile pour mieux écouter. C'était le plein milieu de l'après-midi et la ville somnolait sous le soleil. Aucun chant, aucun klaxon, aucun bruit. Mais, venu de loin, comme l'opiniâtre écho d'une cloche, un mystérieux vrombissement. Il semblait peu à peu vouloir se rapprocher, remplir l'immensité de l'univers.

Car, s'il y avait bien chez les mouches la légende citée au début de ce récit, il en était une autre qui disait : « Mais le tout-puissant en désignera une parmi vous toutes, et celle-là ne sera pas abattue, et de par la volonté de l'Éternel elle engendrera mille filles qui se multiplieront sur terre à l'infini. Or donc l'étranger reviendra pour livrer bataille et exhalera son souffle. Mais ce sera comme le vent du petit matin dans les ravines. Et alors dans le ciel une voix se fera entendre qui dira : " Voici revenu pour l'éternité votre règne, oh ! mouches. " »

Corriere della Sera, 30 novembre 1950.

Les aigles

Un courageux exploit vient d'être accompli par plusieurs guides du Val di Fassa qui ont atteint et forcé un nid d'aigles royaux sur une des parois du gouffre de Larsec... Le guide B est parvenu à capturer un aiglon qui a toutefois réagi en lui prenant une main dans ses serres ; et il a été contraint, pour s'en libérer, de le détruire en le fracassant contre les rochers. (Les journaux.)

Bien qu'il se soit passé plus de trente mille ans depuis lors, moi, le grand aigle des Feruc, de sexe mâle, fort vieux et peut-être même désormais immortel, je me souviens de ce matin-là comme si c'était hier.

C'était en ces temps bénis où ni route ni chemin de fer ni ponts jetés au-dessus du torrent ne venaient encombrer la vallée, et où aucun bruit ne se faisait entendre sinon celui du vent, des eaux, des avalanches et des oiseaux, et où les bois étaient bien garnis de bêtes bonnes à manger ; et je n'avais pas encore vu l'homme.

Mes parents m'en avaient longuement parlé, de ces étranges animaux qu'étaient les hommes, mais je ne les avais jamais vus. On disait qu'ils étaient fort laids mais rusés, plus rusés que nous les aigles et même que les marmottes et les renards, ces champions de la ruse. Qu'ils n'avaient ni bec ni serres, ni ailes ni plumes, ni à proprement parler de ce pelage dont même les taupes et les loirs sont couverts. Qu'ils se mouvaient plus lentement que n'importe quel autre animal mais que grâce à leurs ruses ils parvenaient à tuer jusqu'aux ours adultes. Et on racontait qu'un de ces hommes était allé voler des œufs dans un de nos nids, et qu'il les avait gobés ; mais il s'agissait peut-être d'une simple légende. Ce qui est certain, c'est que le monde était alors infiniment plus agréable ; le soleil plus resplendissant, plus hautes les montagnes, plus verdoyants les bois, tout plus joyeux et plus propre. Ou bien est-ce seulement une illusion qui m'est personnelle, et la seule différence réside-t-elle dans le fait qu'alors c'était au temps de ma jeunesse ?

Nous autres les aigles demeurons encore aujourd'hui les rois des escarpements, mais dans les temps anciens nous l'étions bien davantage. Nous étions immenses et magnifiques. Puis est venue la décadence, mais était-ce bien notre faute ? Dites-le, sincèrement, n'hésitez pas : est-ce notre faute si nous sommes désormais si peu nombreux et solitaires ?

C'était au petit matin, déjà les cimes et les crêtes, blanches, jaunes et roses, resplendissaient, splendides. Mais tout en bas, dans les vallons, restait encore un peu des brumes de la nuit. Le ciel limpide, le grand air du nord, l'odeur des rochers peu à peu réchauffés par le soleil... une douce journée s'annonçait.

J'ai vu s'élever rapidement, comme s'il lui fallait apporter quelque nouvelle urgente, ma sœur bien-aimée. Elle est venue près de moi, m'a dit qu'elle avait découvert un nid d'humains, homme et femme avec quatre jeunes enfants ; ils se trouvaient dans une petite caverne, au fond de la vallée, près de la rivière.

Je lui ai dit :

— Conduis-moi, je veux les voir.

Je me sentais à mon aise, j'avais faim. Nous avons plongé.

— Là, m'a montré ma sœur, à côté de cette rivière.

Alors nous avons lentement continué notre descente. Toute la famille se tenait sur un petit pré, devant sa grotte. Ils étaient en train de se réchauffer aux premiers rayons du soleil.

Des humains ! J'en restai tout ébahi. Je ne m'attendais pas à les voir aussi gros et encore moins tellement laids. Carrément immondes avec cette peau toute blanche et ces grotesques touffes de poils disséminés çà et là, et ces deux pattes d'en haut qui leur pendaient sur le devant. Ils avaient les épaules recouvertes de peau d'un autre animal, de chèvre peut-être. Mais le plus stupéfiant était leur façon de se tenir tout droit sur leurs pattes de dessous, à la manière des écureuils, en faisant avec les deux autres une phénoménale variété de mouvements. Leurs petits, hormis sur le haut de la tête, n'avaient aucun poil ; ils devaient être particulièrement tendres, succulents.

J'ai eu beau me tenir du côté du soleil, j'ai dû faire quelque fausse manœuvre car ils m'ont soudain aperçu. La femelle, qui avait le poil sur la tête particulièrement fourni et deux grosses mamelles, a pris ses enfants l'un après l'autre et les a emportés en hâte dans leur tanière tandis que le mâle, agitant un bâton, se mettait à lancer dans ma direction des hurlements comme je n'en avais jamais entendu, et non pas sur une seule fréquence comme le font habituellement les mammifères, mais avec nombre de modulations, de sorte qu'ils semblaient tantôt venir d'un chien, tantôt d'un mouton, tantôt d'une corneille, tantôt d'un ours, tantôt d'une poule.

Je suis retourné au nid, fortement impressionné, et j'ai dit à ma sœur :

— Il va falloir faire le guet. Prêts à nous précipiter dès que le père et la mère se seront éloignés.

— Pour quoi faire ? a-t-elle demandé.

— Pour capturer les petits. Tu n'as donc pas vu

comme ils sont d'un beau rose ? Plus roses encore que les porcelets à peine nés !

— Impossible qu'ils soient aussi bons que des porcelets, a dit ma sœur. Il n'y a pas de meilleure viande que celle d'un cochon.

Mon père et ma mère se trouvaient là, ainsi que quelques autres aigles amis de la famille, en particulier le plus ancien du Feruc, un gaillard aussi verbeux qu'un philosophe. Je me souviens de la discussion que nous avons eue.

— Mon garçon, m'a dit le patriarche, mieux vaut laisser les humains tranquilles. Ils ne sont pas comme les autres bêtes. Même s'il est incapable de voler, l'homme demeure une des grandes énigmes de la nature, l'homme peut allumer le feu aussi bien que la foudre, il sait mettre une pierre sur l'autre, il émet des sons compliqués. Son intelligence témoigne de la sagesse de l'Éternel, elle rehausse la majesté de l'univers. Lui faire du mal serait sacrilège !

— Des bobards !..., s'est irrespectueusement exclamé un de mes compagnons. Laisse-les donc faire, oh ! vieillard, et tu t'en souviendras ! Je les ai vus ramper sur une paroi à pic, on aurait dit des chamois. Je les ai vus partir à la chasse, ils tuaient les lièvres à distance, en leur lançant des petits bouts de bois. Laisse-les faire !... Un jour ils viendront jusqu'ici, ils brûleront nos nids, ils nous tailleront en pièces. La majesté de l'univers, tu parles !

Mais tous les anciens étaient d'un même avis, et ils m'intimèrent l'ordre de ne rien tenter.

J'étais jeune en ce temps-là et les personnes au langage recherché m'impressionnaient. Sur le moment je me suis tu, convaincu. Mais la convoitise m'est bientôt revenue, je ne pouvais m'empêcher de regarder là-bas, sur le pré. Et quand le soleil est parvenu à l'apogée de son voyage, j'ai vu deux humains, le mâle et la femelle, sortir ensemble de leur tanière. Ils ont longuement scruté le ciel, sans doute par crainte de m'y trouver, puis, de leur ridicule démarche, ils se sont éloignés en direction de la rivière. Je me suis aussitôt précipité, tête la première.

Je me suis retrouvé en un clin d'œil à l'entrée de la grotte. Elle était grande, peu profonde et sans protection. Les petits jouaient à même le sol. Je m'apprêtais à leur sauter dessus quand un homme s'est levé de derrière une roche ; il était maigre, très grand, tout ridé, et avec une longue barbe blanche. Je ne sais comment il s'y est pris, mais il a commencé à me jeter des pierres, qui sifflaient tout autour de moi.

Épouvanté, j'ai repris de l'altitude et me suis mis à tourner au-dessus de leur nid, à une distance suffisante pour ne pas être atteint par les pierres. Pendant ce temps les petits couraient dans tous les sens en piaillant. D'autres cris leur répondirent de la rivière. Les parents revenaient-ils ?

J'ai choisi le bon moment et, comme un éclair, suis tombé sur un des poussins qui s'était enfui dans le pré. C'était sans doute le plus petit. Aussitôt, j'ai repris mon vol, le tenant serré dans mes griffes, tout chaud, tout tendre, avant-goût d'un délicieux repas.

C'est alors que, venu d'en bas, un bruit totalement inconnu, fort curieux, m'est parvenu. Je suis un peu redescendu pour regarder ; de toute façon, n'étais-je pas hors d'atteinte désormais ? C'était la mère. De retour à la caverne, elle se tordait les pattes d'en haut dans ma direction. J'ai continué ma descente. Je la voyais mieux maintenant, avec toutes ses particularités. Les pattes toujours tendues, pour me menacer ou me supplier, elle était toute tremblante, frémissante, son visage se tordait en de curieuses grimaces et de l'eau sortait de ses yeux. Mais ce qui m'impressionnait le plus était sa voix. Je n'avais jamais entendu une telle lamentation.

Allez savoir pourquoi : d'entendre ces plaintes m'a fait passer l'envie de manger. En quelques coups d'aile j'ai pris de l'altitude. Mais j'ai eu beau grimper, je ne suis pas parvenu à retrouver le silence. La voix désespérée me poursuivait encore et toujours. Et cette proie, qui palpitait entre mes serres, est soudain devenue terriblement pesante.

Pour me réconforter j'ai levé mon regard, comme je le faisais souvent, vers les grandes parois, ces palais et cathédrales de mon empire. Et alors, là-haut, tout là-haut, perchés sur les plus grands des pics, j'ai vu mes anciens. Ombres noires se découpant dans le ciel, ils se tenaient aussi immobiles que des rochers, les ailes rigides, comme s'ils formaient un tribunal. Qu'attendaient-ils ? Pourquoi me regardaient-ils de cette façon ?... Brusquement, je me suis senti pris de honte.

J'ai refermé mes ailes, sans même savoir pourquoi. Je suis descendu, descendu, en courbes concentriques.

Je ne l'ai pas laissé tomber, je l'ai déposé doucement doucement sur le pré, et suis reparti soulagé. Avec d'ignobles simagrées, la femelle s'est précipitée vers son bébé, en se lamentant.

Et maintenant plus de trente mille ans ont passé, je suis une vraie pièce de musée, il se peut même que je ne meure jamais. Depuis lors j'en ai vu, et de toutes les couleurs ! Les humains ont envahi le monde, construit des routes, abattu des forêts, massacré les autres bêtes. Bientôt nous les verrons prendre aussi possession de nos falaises avec leurs fusils et leurs visages pâles. Ils se sont approprié l'une après l'autre toutes ces choses qui rendaient ce monde agréable, et ils ne s'arrêtent jamais, ils courent, ils courent sans cesse de-ci de-là, on pourrait croire qu'ils se sentent poursuivis. Qui peut savoir pourquoi ils s'acharnent à tant courir ? Comme s'ils cherchaient à ne pas se laisser rejoindre par la mort.

La paix, la solitude, le silence se sont donc en allés. Et

je suis désormais tout décrépit, je me déplace avec difficulté, je me nourris quasiment de l'air du temps, je ne m'intéresse plus à rien. Mais je continue de penser à ce jour si lointain. Et je me dis : stupide que j'ai été, crétin, mystifié, oie blanche plutôt qu'aigle royal. Ah, comme j'aimerais le tenir encore dans mes griffes, cet enfant !

Corriere della Sera, 22 juillet 1951.

Le héros

Sur la rive gauche du Piave, celui de Visome, nous sommes allés à la recherche de ce chien, sur lequel on a tant discouru dans la région. On nous a montré la maison. Nous nous y sommes rendus. C'était une ferme. Dans la cour, un paysan à l'air désinvolte est venu à notre rencontre.

— Excusez-nous, c'est à propos de cette histoire du chien.

— Un chien ? a-t-il dit en se renfrognant aussitôt. Il n'y a pas de chien ici...

Mais, comme pour le faire mentir, un chiot leste et gracieux, avec une longue queue en virgule, était en train de jouer tout à côté. L'homme s'est repris.

— C'est-à-dire... vous voulez acheter le petit barbet ? C'est sans doute M. Pasa qui vous envoie ?

— Non, non. J'aimerais connaître l'histoire de ce chien qui va pleurer sur la tombe de son camarade.

— Et pourquoi ? a dit l'homme, encore plus méfiant. Qu'est-ce que vous voulez en faire ?

— Rien. Simple curiosité. J'ai la passion des chiens. Allons, racontez-moi comment ça s'est passé !

— Mais il ne s'est rien passé, rien du tout...

— Comment rien ? N'avez-vous pas eu ici un chien mordu par une vipère ?

— Eh, qu'est-ce qu'on y peut ? C'est comme ça. Oui, on avait un chien là-haut, à la montagne, il s'appelait Bosco et il a été piqué par une vipère.

— De sorte qu'il est mort ?

— Non, non. On l'a ramené ici pour voir ce qu'on pouvait faire.

— Et puis ?

— Et puis il est mort.

— Et alors ?

— Alors on l'a enterré en bas, dans la petite vallée. Par là, vous voyez ? là où il y a ces grands arbres... Et l'autre chien n'a plus voulu manger, voilà ce qui s'est passé... rien de plus.

— Mais est-il vrai que cet autre chien a continué de se rendre à l'endroit où le premier avait été enseveli ? Et qu'il lui portait des morceaux de fromage ?

— Du fromage ? Bah... c'est bien possible. Mais pas tout le temps du fromage... de la polenta aussi, et même, certains jours, des os.

— Et il creusait la terre pour le sortir de là ?

— Figurez-vous !... ou alors juste un petit peu, le premier jour, mais après il y est seulement allé pour lui apporter à manger.

— Et il pleurait ?

— Et pourquoi voudriez-vous qu'il pleure ? Oh ! les premiers jours, bien sûr. Mais après, plus du tout.

— Et maintenant, il continue encore d'y aller ?

— Oh non, il n'y retourne que de temps en temps.

Un long silence. Et puis moi :

— À propos, ce chien, on peut le voir ?

Au même instant, un chien est sorti à pas lents de l'étable.

C'était une espèce de mélange entre le griffon, le

braque allemand et le classique chien de berger, couleur fauve, hirsute avec une barbiche du genre de celle des vieux rabbins de Jérusalem. Il a pris le large d'un air mécontent, avec un sourd gémissement.

— Oh, mais qu'est-ce que je vois !... Regardez-moi ça un peu !... a fait l'homme, en feignant puérilement la surprise. Vous qui vouliez le voir, vous êtes servis ! Au pied, Tell, au pied !

Mais le héros n'était pas en veine de politesses. Il nous a encore regardés d'un air dégoûté, toujours avec son grognement, puis il est retourné dans l'étable.

Corriere d'informazione, 2 octobre 1951.

Le rêve de l'agent municipal

Un beau jour, s'étant trompé de route, l'agent municipal Tomaso Frigerio se retrouva sur une grande place qu'il n'avait jamais vue, et où grouillait une multitude de chiens de toutes les races : or, aucun de ces chiens ne portait de muselière.

Il avait déjà sorti son carnet de contraventions quand, soudain, il se rendit compte de trois circonstances défavorables. En premier lieu les chiens étaient tellement nombreux que, de toute façon, son carnet n'y suffirait pas. Ensuite, s'il voyait bien les chiens, il ne trouvait aucune trace de leurs maîtres. Troisièmement, et c'était bien là le pire : tous ces chiens étaient gigantesques, les plus petits de la taille d'un bison. Il y avait même un dogue grand d'au moins quatre mètres. Bref, lui, Frigerio, avait l'air d'un nain en comparaison, ce qui suffit pour le dissuader d'exercer les rigueurs de la loi.

Tout aussitôt, il entendit une voix énigmatique et gutturale qui l'appelait : « Tom ! Tom ! » C'était un puissant boxer, aussi gros qu'un rhinocéros. « Au pied, au pied, Tom ! » Et l'agent municipal sentit — contre son gré — qu'une force mystérieuse le contraignait à courir en direction du quadrupède. Pis encore : quand il se trouva près de l'énorme bestiau, celui-ci se mit à lui lécher consciencieusement le visage, ce dont Frigerio éprouva une intense joie. Bref, il lui fallut se persuader qu'il se trouvait dans la cité des chiens et que le boxer était son maître.

Le chien se promenait par-ci par-là, l'agent trottinant derrière lui. Phénomène fort étrange, tous les trente à quarante mètres, une terrible envie de faire pipi le prenait et, comme ne se trouvait là aucun édicule prévu à cet effet, il dut se soulager contre les murs, sous le regard bienveillant des chiens.

Le boxer ayant rencontré une connaissance à lui, c'est-à-dire un sympathique bâtard tenant vaguement du berger des Flandres, ce dernier, apercevant l'agent, s'écria : « Ah, tu t'es enfin décidé à prendre un humain, toi aussi ? Pas vilain, il me semble. Joli petit museau. Et comment se nomme-t-il ? Tom ?... Ici, Tom, tout beau, au pied, Tom... » et il se mit à son tour à lui lécher le visage. Et l'étonnant en tout cela est que Frigerio s'en trouva extrêmement flatté.

— Quel âge a-t-il ? s'enquit ensuite le bâtard.

Et le boxer :

— Je l'ai pris déjà adulte car, je dois l'avouer, les petits humains qui font partout leurs saletés dans la maison me répugnent. Il doit avoir dans les vingt-cinq ans...

— Mais maintenant, il se salit encore ?

— Manquerait plus que ça, dit le boxer. Je peux le laisser une journée entière enfermé à la maison sans qu'il y fasse la moindre goutte de pipi... Quand vraiment il n'y tient plus, alors il se met à pleurnicher et je l'accompagne dehors.

— Eh, ça se voit que c'est un homme bien dressé... D'ailleurs nul n'ignore que les agents municipaux sont de belle race... Dans la maison où j'habite, il y en a justement un qui s'en va tout seul faire les courses pour son maître.

— Allons donc ! Comment veux-tu qu'un homme sache choisir les marchandises et compter les sous ?

— Bien sûr que non, évidemment ! N'empêche qu'il fait la tournée, il va chez le boulanger, le boucher, le maraîcher et ainsi de suite ; et ils lui mettent les provisions dans un sac qu'il porte entre ses mains.

— Eh oui, les agents municipaux sont bigrement intelligents...

— Parfois je me dis que je devrais m'en acheter un, moi aussi... mais ils sont tellement cabochards, ils ont tellement l'air sournois !...

— Penses-tu ! répliqua le boxer, fâché, il suffit de savoir les prendre. Bien sûr, si l'on se met à les exciter, ils perdent vite patience...

Leur dialogue fut interrompu par un doberman.

— À qui est cet humain ? s'enquit-il sur un ton impérieux.

— À moi, dit le boxer, pourquoi ?

— Parce qu'il piétine les plates-bandes et moi, cher monsieur, je dois vous mettre une contravention...

De fait, pendant que son maître bavardait, Frigerio, pris d'une irrésistible envie, s'était lancé dans une course effrénée tout au long d'un beau massif qui tenait le milieu de la place et se roulait dans l'herbe au risque de souiller son bel uniforme.

— Tom, Tom ! Au pied, immédiatement ! hurla le boxer sentant l'urgence des mesures à prendre. Mais le mal était fait. Le doberman, demeurant toutefois d'une parfaite courtoisie, ne voulut entendre raison. L'autre fut contraint de décliner ses nom, prénom, adresse, dont le gardien de l'ordre prit note sur son carnet.

— Et il me l'a encore fait ! commenta ensuite le boxer, tout en attachant une chaîne au ceinturon de Frigerio. Sans véritable reproche au demeurant, et même en lui passant une fois encore la langue sur les joues. C'est la troisième amende du mois ! Ah ça, on peut le dire : ils coûtent cher, les humains !

En ce même instant, l'agent municipal se réveilla. Il jeta un regard tout autour de lui. Dieu soit loué, ça n'avait été qu'un rêve. Contrevenant au règlement, il s'était assis sur un des bancs du jardin public et, sans s'en rendre compte, s'était endormi. Heureusement qu'aucun de ses supérieurs hiérarchiques ne l'avait vu...

Il se releva aussitôt, inspecta d'un œil professionnel les allées et les parterres environnants, avisa un chien sans muselière ni collier qui se roulait dans une belle plate-bande et, assise sur un banc tout proche, sa maîtresse, une jeune dame, passionnément absorbée par la lecture d'un magazine.

Avec la technique bien particulière des policiers municipaux — fort proche de celle des spectres et des zombies — Frigerio se mit en devoir d'exécuter selon toutes les règles de l'art une manœuvre d'approche. Et à l'improviste, comme surgi par quelque enchantement des profondeurs de la terre, il déboucha à moins de un mètre du chien.

Mais là, il demeura fort embarrassé. Le chien était un splendide boxer. Et plus il l'observait, moins il lui semblait inconnu. Et, quand leurs regards se croisèrent, l'homme en éprouva un étrange malaise. Non, impossible de s'y tromper : aussi réduit fût-il à une taille habituelle, il s'agissait bien de son ex-patron, le phénoménal boxer de son rêve qui avait payé tant et tant d'amendes à cause de lui !

L'agent municipal avait déjà sorti de sa poche le carnet à souches et le crayon à bille, déjà la maîtresse du chien s'était levée, en proie à la confusion caractéristique de qui est pris en flagrant délit. Pourtant le chien, sans bouger d'un pouce, regardait toujours l'homme avec une insoutenable insistance, faite à la fois de bonté, de commisération et de reproche. Il semblait dire : « Humain, te souviens-tu ? Il y a moins d'une demi-heure j'étais ton idole et ton dieu tutélaire. Tu me vénérais comme on vénère un roi. Et maintenant tu m'accables... »

Frigerio sentit son visage s'empourprer de honte, il remit en poche carnet à souches et crayon à bille, se fit tout petit petit et se hâta de filer tout en murmurant d'absurdes excuses.

Corriere d'informazione, 18-19 mars 1952.

Eux aussi

L'autre jour, vers les 10 heures et demie du matin, sur la berge de la rivière — les zoologistes vont se gausser de mon rapport —, j'étais en train d'observer un insecte ailé noir et gracile, on aurait pu dire une abeille naine en deuil. Un ichneumon, probablement. Au milieu de toutes ces grosses pierres lisses, qui devaient lui sembler autant d'immenses montagnes, cette bestiole allait en marche arrière avec une extraordinaire précipitation, comme si elle craignait d'être en retard, et elle traînait, le tenant j'imagine avec ses mandibules, un objet gris dont je ne pouvais pour l'instant deviner ce que c'était. Elle se hâtait à tel point que de temps en temps elle venait taper de sa queue contre quelque obstacle et que, sous la secousse, l'objet en question lui échappait, roulant dans les interstices entre les pierres.

Il fallait voir alors avec quel acharnement l'ichneumon se démenait à la recherche de sa proie. Laquelle n'était rien d'autre — je m'en aperçus au cours d'une de ces échappées — qu'une petite araignée grise, de celles qui peuplent habituellement les rivages : même si elle ne semblait pas blessée, cette araignée devait avoir été paralysée par une morsure venimeuse et elle n'opposait plus aucune résistance.

L'aventure de cet insecte, plus que toute autre raison,

suffira pour expliquer pourquoi je me trouvais à tel point absorbé quand la chose advint. D'ailleurs, autour de moi, tout jouissait avec enchantement de la paix du plein été. Le soleil resplendissait, les insectes bruissaient, une petite ramification de la rivière coulait en gargouillant entre les cailloux et, dans le grand silence de la terre, sa voix prenait de curieuses intonations ; il semblait parfois que de l'autre côté de tel ou tel buisson deux commères papotaient, ou bien l'on pouvait croire que quelqu'un marchait en traînant ses bottes entres les pierres, puis c'était une véritable petite musique qu'on percevait, une chanson mélancolique ; et puis aussi une longue longue mélopée, une histoire assoupie venue d'immensités lointaines et qui n'en finissait jamais.

Soudain — et c'est là que commence exactement le phénomène — apparut un deuxième insecte noir, identique au premier, mais qui marchait vers l'avant, sans araignée à porter. Il allait d'un pas rapide vers son congénère et je pensai : Maintenant il va l'agresser et lui voler sa proie. Tout au contraire, il vint se placer près de lui et l'accompagna sur une cinquantaine de centimètres. Lui parlait-il ? Lui posait-il quelque question ? Lui transmettait-il un ordre ? Je ne puis que relater ce que j'ai vu. À mesure que son compagnon lui parlait — ce fut du moins mon impression, qui n'a évidemment aucune prétention d'ordre scientifique —, le premier insecte, celui de l'araignée pour être plus précis, ralentissait son allure et surtout semblait de moins en moins affairé, comme si l'autre, par une argumentation dissuasive, lui avait fait comprendre l'inutilité de tant d'efforts. En tout cas, le fait est que la bestiole, comme si elle avait subitement changé d'idée, finit par lâcher totalement sa proie et s'en fut à toute vitesse vers l'aval, en compagnie de l'autre.

Jusqu'ici rien d'extraordinaire. Sinon que, une fois les deux ichneumons perdus de vue, mes regards tombèrent comme par mégarde sur un groupe d'une bonne demi-douzaine de fourmis qui rampaient en toute hâte sur le sable entre les pierres. Elles suivaient elles aussi la même direction que la rivière qui descend du nord au sud. Mais voici l'étrange : dès qu'à proximité apparaissait une autre fourmi un des membres du groupe le quittait, courait la rejoindre, bavardait un instant puis, toutes les deux, elles s'en allaient promptement retrouver dans sa fuite le gros du bataillon.

Cela me sembla tellement curieux que je les suivis à mon tour sur une trentaine de mètres. Dans le même temps le groupe eut de nombreuses occasions de grossir encore, par l'apport de nouvelles recrues, dûment averties. Mais averties de quoi ? J'en remarquai une seule qui ne voulut pas répondre à l'invitation ; la messagère déléguée auprès d'elle resta à discuter un instant puis, voyant qu'elle ne parvenait pas à la persuader, se hâta de se traîner pour rejoindre la troupe.

Certes, je le sais, il convient de se montrer d'une grande prudence dans l'interprétation que l'on peut faire des comportements animaux, qui diffèrent profondément des nôtres ; et surtout de résister à l'instinctive tentation anthropomorphique. C'est vrai. Cependant, cette fois-là, l'évidence était flagrante ! L'observateur le plus sceptique n'aurait pu se dérober face aux conclusions suivantes : primo, tant dans le cas des ichneumons que dans celui des fourmis, une injonction avait bel et bien été transmise d'individu à individu ; secundo, cette information était telle que l'ordre normal de leur existence s'en trouvait perturbé ; tertio, les insectes en étaient incités à prendre la fuite.

L'information concernait-elle seulement les fourmis et les ichneumons ? Ou bien pouvait-il s'agir d'une alarme plus généralisée, destinée à tous les insectes ? Et même aux oiseaux, aux mammifères, aux amphibiens et aux poissons ? Ou, carrément, pouvait-elle aussi concerner l'homme ? Oui. En regardant tout autour de moi, je pus distinguer d'autres signes de panique.

Je vis passer des corneilles en file indienne, faisant route vers le sud, et celles de tête lançaient parfois un croassement dont les échos, répercutés de part et d'autre de la vallée, résonnaient de façon lugubre et désespérée ; et à cet appel — n'était-ce vraiment encore que pure coïncidence ? — d'autres corneilles descendaient des bois pour rejoindre la colonne de leurs lourds battements d'ailes. Je vis nombre d'insectes ailés, de ceux qui volettent à l'accoutumée çà et là à la recherche nonchalante de quelque nourriture mais qui maintenant filaient droit, quasiment en rase-mottes, aussi vite que des balles traçantes. Et, du haut du ciel, dévalaient des essaims entiers dont je ne pus distinguer s'il s'agissait de moucherons, de guêpes, ou de tout un peuple de fourmis ailées.

Transmise par des voies et des voix mystérieuses, l'information se propageait également dans les eaux. Là où je me trouvais courait, comme je l'ai déjà indiqué, un diverticule de la rivière. Eh bien, semblables à des flèches microscopiques, des centaines et des centaines de petits poissons frétillaient, épouvantés, dans le courant qui les emportait. Et, dans une étroite mare boueuse laissée sur la grève par la dernière crue, l'agitation avait même atteint les larves visqueuses de je ne sais quel insecte ; certaines, vaguement en forme de crabe, se déplaçaient de guingois à grands coups de queue ; elles avaient totalement perdu leur calme habituel, se précipitant d'un point à l'autre en une frénésie désordonnée, comme sous l'emprise de la terreur, cherchant en vain un moyen de s'échapper.

Un immense silence s'était pourtant formé au-dessus de toute cette agitation, le soleil semblait rivé tout en haut du ciel, et moi, regardant au nord, là où la vallée s'étranglait vers les solitudes des hautes montagnes, je cherchais à distinguer quelque menace, une ombre, un feu. Mais rien. Les montagnes au profil inerte demeuraient dans l'attente immuable de la consumation des millénaires, et un énorme nuage blanc en forme de kangourou s'effilochait au-dessus d'elles.

Quelle était donc l'information reçue par ces myriades d'êtres qui peuplaient la rivière et la campagne environnante ? Que signifiaient de telles convulsions ? Pourquoi fuyaient-ils tous ? Quelle catastrophe était en train de s'approcher ? À ce qu'on dit, les animaux pressentent les tremblements de terre plusieurs heures à l'avance tandis que, bien tranquillement, les humains continuent de dormir. Cependant, s'il s'agissait d'un tremblement de terre, pourquoi les frelons, les corneilles et les poissons fuyaient-ils, alors qu'ils n'avaient rien à craindre ? C'était plutôt comme si, venu du nord, se préparait à surgir un ennemi, un monstre, un fléau qui allait exterminer toutes ces créatures.

De retour à la maison, je racontai ce que je venais de voir et ils se mirent tous à rire comme s'il s'était agi d'une extravagance un peu folle. Mais quand vint le soir, et que l'obscurité tomba sur nos campagnes, il leur fallut bien voir à leur tour une foule d'ombres qui fuyaient au beau milieu des champs. À cause des nuages qui cachaient la lune, on ne voyait pas bien s'il s'agissait de lièvres, ou de renards, ou de lapins, ou de chats, ou de fouines, ou de que sais-je encore qui avaient attendu le crépuscule pour entreprendre leur exode, tous et toutes dans la même direction, fuyant au galop vers le sud.

Cette inquiétante effervescence dura pendant des heures. Mais où se trouvaient donc les mouches et les moustiques qui venaient nous importuner chaque soir ? Et les rats qui commençaient ponctuellement sur le coup de onze heures leur sarabande dans les combles ? Et le chat en mal d'amour, avec ses sempiternelles et terrifiantes lamentations ? Et cette araignée qui s'était installée depuis une semaine tout en haut de l'escalier ? Sa toile était déserte. Où étaient-ils ? Tous enfuis ? Et nous, alors ? Le danger ne menaçait-il pas les humains ? La maison semblait morte soudain, jamais encore elle n'avait été tellement vide et silencieuse. Seuls les chiens, au-dehors, s'appelaient d'une ferme à l'autre, sans jamais arrêter de se communiquer la nouvelle. Mais quelle nouvelle ? Nous n'en savions rien. La radio transmit un soporifique et rassurant journal du soir, puis souhaita bonne nuit à tout le monde. Pour ne pas sombrer dans le ridicule, chacun décida aussitôt de s'en aller au lit.

Quelle longue nuit. Je dois l'avouer, je ne parvins pas à fermer l'œil. Oreilles tendues dans l'attente désespérée d'un coup de tonnerre, d'un crépitement, de n'importe quoi pourvu qu'il permette d'abattre finalement cette tension. Et je me relevais, j'allais à la fenêtre, je scrutais le nord. Mais là-haut il n'y avait que les montagnes.

Ma montre indiquait déjà cinq heures, la nuit n'était plus aussi noire quand sur le pré, juste sous nos fenêtres, s'avança une chose obscure. C'était un lapin. Les oreilles tendues, droites comme des antennes, il avançait avec une extrême prudence. Mais la circonstance était telle qu'elle en faisait un personnage extraordinaire : en effet, contrairement à toutes les autres bêtes du coin, non seulement il ne fuyait pas mais il se dirigeait vers le nord.

Une exception ? Un incrédule s'obstinant à ne pas vouloir partir ? Ou n'avait-il simplement pas reçu la nouvelle ? Mais voici qu'un autre lapin avait surgi d'une haie, symétriquement au premier. Il se mit à observer avec suspicion les alentours et me revinrent en mémoire les scènes du temps de la guerre quand — le bombardement terminé, mais non encore éteint le vrombissement des avions qui s'éloignaient — les premiers hommes, sortant des abris, observaient eux aussi les alentours pour vérifier avec une sorte d'allégresse sauvage que les maisons voisines ne s'étaient pas écroulées.

Une troisième ombre — un lièvre cette fois? — se faufila rapidement le long du petit muret là-bas, tout au fond. Deux autres encore la suivirent, allant toujours vers le nord. Et puis, à mesure que croissait la lumière du jour naissant, le silence mortel sembla s'évaporer. Un oiseau passa, volant vers les montagnes. Puis toute une compagnie. Puis, sur le pré, un crapaud suivi de ses petits. Ils s'en revenaient donc tous. La peur était passée. L'information avait reçu son démenti. Et tout reprenait comme avant.

Plus tard, je redescendis vers la rivière et retrouvai, là où l'ichneumon l'avait abandonnée la veille, la petite araignée morte. J'attendis, l'ichneumon reparut. Il fouilla entre les pierres avec la hâte fébrile de qui, retournant au travail après une longue absence, entreprend de regagner le temps perdu. Sa victime retrouvée, il se mit à nouveau à la traîner, toujours en marche arrière, sans doute en direction de sa tanière. La rivière avait désormais repris son harmonie habituelle, le bruissement des insectes tenait l'air tout autour de moi, l'eau courait en gargouillant entre les pierres et, dans la grande tranquillité de la terre, sa voix semblait tantôt le papotage de deux commères, tantôt un pas qui s'approchait, tantôt une lointaine musique, tantôt un interminable récit, une histoire assoupie venue de Sibérie ou des lointaines Amériques.

« Qui peut savoir ce qu'elles s'étaient mis en tête, toutes ces bêtes dit un ami qui m'accompagnait. Une telle panique, un tel tohu-bohu et la fuite éperdue. Et tout cela pour rien, il ne s'est rien passé... Dieu qu'elles sont bêtes, les bêtes ! »

Corriere della Sera, 10 septembre 1952.

Un verrat

Dans la cour de ferme de mon ami Nané Fàmega, je vis un porc exceptionnel. En ces temps de grande tristesse — je parle de 1944, la pire année de la guerre pour les Italiens —, les porcs étaient presque tenus pour des divinités ; et quiconque en possédait même le plus modeste des exemplaires était estimé à l'égal d'un Grand de ce monde.

Déclencher estime et vénération n'était donc guère difficile pour un cochon. Mais celui auquel je fais allusion en aurait aussi bien imposé en une époque de paix et d'abondance. Pas du tout à cause de son embonpoint, même si ses chairs débordaient effectivement de partout, montrant tout au long de son corps de merveilleux bourrelets. C'était sa ferme splendeur, impétueuse, péremptoire, qui faisait impression. Et son groin ? À lui tout seul ce groin, ramassé, semblait un compendium de la pure animalité digestive. Oui, ce groin puissant et méditatif suffisait à provoquer l'enthousiasme. Rien qu'à le voir, votre subconscient projetait dans le futur de somptueux spectacles emplis de côtelettes et d'immenses saucissonnailles, vous en donnait d'avance l'eau à la bouche, ce qui, en une telle époque, était particulièrement bienvenu.

Mon ami Nané l'aimait. Nané est un paysan doté

d'une franche, facétieuse et fantasque bonhomie.

— Imposant ! m'étais-je exclamé en désignant l'animal sitôt vu.

— Imposant ? avait répliqué Nané. Tu as le culot de seulement le trouver imposant ?... À Noël on en entendra parler, de mon Pompeo !

Et, tout en le menant prendre son repas dans les champs, il lui tenait de longs discours instructifs.

— Pompeo, disait-il, tu sais que nous sommes en guerre, que nous sommes tous réduits à la portion congrue, qu'il nous reste à peine les yeux pour pleurer... Penses-y, Pompeo. Tu es notre unique espoir. Mange, Pompeo !... Mange sélectivement, choisis les meilleures herbes, sois brave Pompeo, de toi la patrie attend beaucoup, la guerre est désormais perdue, que toi au moins ne perdes pas l'honneur...

Et Pompeo, sans rien dire mais hautement compréhensif, le regardait fixement.

Je dus quitter ensuite la campagne et n'eus plus de nouvelles de Nané jusqu'à ce que, dans les premiers jours du mois de décembre suivant, me parvienne un saucisson remis par un messager clandestin. Attaché, j'y trouvai un billet : « Petit souvenir de Pompeo. » C'était à vrai dire un saucisson microscopique, comme on en faisait en ce temps-là. Mais quel saucisson ! Au diable la guerre, les privations, les restrictions de jouissances gastronomiques ! Une simple petite tranche suffisait à rameuter des marées de bienheureux souvenirs. Dans le bref instant de sa mastication on se retrouvait projeté des années en arrière, et les hantises du moment s'effaçaient comme par miracle. Il y avait là comme une fougue physique, une phénoménale inspiration, une pétulance de saveurs qui ravissaient. Oh ! les sirènes de l'alerte pouvaient bien hurler : avec un tel viatique, plus aucun danger n'existait.

Mais le petit saucisson était vraiment petit et ne vécut

que l'espace d'un matin. Malgré ses sensationnelles vertus, son souvenir finit par se noyer dans l'entrelacs des événements qui suivirent. Les mois passèrent. Même la guerre trouva une fin et le temps reprit son cours implacable. Une année bousculant l'autre, c'est seulement hier que je m'en suis retourné voir mon ami Nané. La campagne est demeurée telle qu'elle a toujours été, par bonheur, et tel aussi le soleil, tel le chant des oiseaux, et presque tel encore lui-même, Nané Fàmega. Et sans doute l'anecdote du saucisson ne me serait-elle pas revenue en mémoire si dans la cour de ferme n'était arrivé un garçonnet à bicyclette qui criait à toute force :

— Monsieur Nané, c'est ma maman qui m'envoie ! Vous pourriez nous prêter l'os de Pompeo ?

— Oui, bien sûr, répondit vivement Nané qui rentra à la maison pour en revenir tout aussitôt avec un bel os long d'une trentaine de centimètres. Seulement, ajouta-t-il, tu voudras bien me le rapporter demain matin très tôt, je l'ai promis aux Formentini...

Et l'enfant fit demi-tour avec l'os.

Je savais l'usage que l'on fait encore dans nos campagnes du supposé « os assaisonneur », c'est-à-dire l'os qui reste d'un jambon quand on l'a totalement dépouillé : on le plonge dans la marmite préposée à la confection de la soupe pour que celle-ci s'imprègne de son fumet, et il arrive même parfois qu'il suffise pour donner du bouquet au bouillon tout entier. Pendant des semaines, et parfois des mois, le même os continue inlassablement à rendre des services et les familles indigentes se le passent tour à tour, de soir en soir.

Je connaissais donc cette sympathique habitude et ne m'en serais pas émerveillé si le nom de Pompeo ne m'avait quelque peu surpris.

— Pompeo, demandai-je, un autre cochon portant le même nom ? Un arrière-petit-fils peut-être ?

— Non, non, répondit Nané. C'est bien toujours lui,

le Pompeo du temps de la guerre. Et il m'expliqua cette surprenante situation.

Depuis huit ans déjà — un certain nombre d'autres générations de porcs dévorées et digérées — le verrat Pompeo demeurait toujours sur la brèche grâce à cet ultime vestige. Bouilli et rebouilli des milliers de fois, l'os d'un de ses jambons n'avait pas encore fini de rendre tout son arôme. Bien au contraire, la meilleure façon d'obtenir un potage exquis était de le tremper dans l'eau bouillante. Cette brave bête avait été à tel point scrupuleuse, honnête, disons le mot : patriote, qu'elle avait su absorber ce qu'il y avait de meilleur dans la terre natale. Et elle en avait tant emmagasiné que la provision n'est pas encore épuisée de nos jours. Bouilli et rebouilli, réduit désormais à l'aspect d'une blanchâtre et poreuse chandelle, l'os est toujours apte à exhaler de miraculeux condiments. Et toutes les fermes environnantes se le disputent comme s'il s'agissait d'une précieuse relique.

Quel tempérament ! Quel prodigieux cochon ! Quel remarquable exemple de conscience professionnelle et d'altruisme ! Au pays, son nom est légendaire. Et les gens aiment à se remémorer son geste éclatant. Et tous de dire, en hochant la tête : « Ah ! dame oui, un cochon comme lui, il n'y en aura pas d'autre ! » Et quand vient le soir, tandis que s'élèvent dans le ciel serein les fumets des repas, il semble vraiment que l'esprit du fantastique verrat vogue çà et là, partout dans les campagnes.

Corriere d'informazione, 25-26 juillet 1952.

Un chien progressiste

Juste en face de ma maison s'élève l'ambassade d'une très puissante nation située de l'autre côté du rideau de fer. J'ajoute que le nom de cet État commence par un « R » mais je ne puis en divulguer davantage.

L'ambassade consiste en une villa entourée d'un jardin. Et le jardin, pour conserver son aspect privé, est entouré d'une haute grille, elle-même recouverte de tôles. En outre, afin d'éviter les regards importuns, une enfilade d'eucalyptus surplombe la clôture, sur deux ou trois mètres.

Les arbres sont toutefois quelque peu différents, certains sont bien garnis de feuillage, d'autres en sont presque démunis. De sorte que, de ma chambre du cinquième étage, je parviens à apercevoir un morceau du jardin : en fait juste un coin de gazon.

Malheureusement, il ne se passe rien d'intéressant en cet endroit. On n'y a jamais vu aucun être humain. Parfois, l'année dernière, j'y ai vu passer un chien. C'était, à ce que je crois, le chien de l'ambassadeur Goursov. Plutôt corpulent, bien portant, le poil jaunâtre, d'une race indéfinissable entre chien-loup et berger alsacien : dans l'ensemble une belle bête plutôt seyante. De temps à autre une voix appelait de la maison : « Palkàn ! Palkàn ! » Ce devait être son nom.

Presque quotidiennement, ce chien était emmené en promenade dans la rue. Il était toujours accompagné par un employé de l'Ambassade qui le tenait en laisse : un type paisible et grassouillet, d'une quarantaine d'années, et qui fumait cigarette sur cigarette.

Moi aussi j'ai un chien, Caligola, un épagneul au pedigree bien garni et vainqueur lui-même de je ne sais plus combien de concours.

Une rencontre aujourd'hui, une autre demain, les deux chiens ont commencé par échanger quelques coups d'œil. S'ensuivirent quelques reniflades. Ils finirent par devenir très amis et par bavarder très longuement. De quoi parlaient-ils ? L'employé les laissait faire.

Mais pas moi. En ma qualité de bourgeois réactionnaire, il ne me plaisait guère de voir mon Caligola fréquenter un olibrius de cette espèce, la tête probablement farcie de thèses révolutionnaires.

Mais j'avais beau le rappeler, peine perdue. Habitué à une trop grande liberté (comme il était fort habile dans les traversées de rue, je le laissais souvent sortir seul), Caligola me forçait la main. Au surplus, il rencontrait souvent Palkàn à mon insu.

Cette amitié ne manqua pas d'avoir de tristes conséquences. Caligola s'était laissé monter la tête. Rapidement, j'en vins à ne plus le reconnaître. Il aimait beaucoup se montrer élégant, naguère. Colliers, laisses, muselières, paletots n'étaient jamais assez richement ornés et recherchés. Il passait des heures à se lécher et à se bichonner. Il fallait que je le peigne avant chaque sortie. Ensuite il contrôlait sa *toilette* en se contemplant dans un miroir en pied de style Empire. Quant au lit : une sorte de nacelle avec matelas de plume recouvert de flanelle l'hiver et de cotonnade pendant les mois chauds... sinon il faisait la grève du sommeil. Et pour ce qui était de la nourriture, je crois vraiment qu'il n'y a jamais eu au monde de chien plus chichiteux. En un mot comme en cent, une bête terriblement dépravée et horriblement prétentiarde.

Et voilà qu'au fil des jours je l'ai vu devenir un autre. Il s'en revenait tout ébouriffé et couvert de boue, il refusait dédaigneusement d'être brossé, ne se regardait plus dans le miroir, ne se promenait plus de son pas infatué de Grand d'Espagne, le fier museau et la queue en panache, mais cheminait en traînant des pattes, tête basse, queue flasque, comme un bâtard avachi. Il se refusait à dormir dans son lit douillet, s'allongeait dans les coins les plus sombres, à même le sol ; et un soir où je l'avais contraint à se coucher sur son matelas, il y avait fait, en signe de mépris, ses gros besoins.

— Caligola, lui disais-je, que t'arrive-t-il ? Tu ne veux plus de friandises ? et je tentais les plus appétissantes séductions.

— Fiche-moi la paix me répondait-il, du regard et de mauvaise grâce ! J'ai d'autres choses en tête, désormais.

— Mais qu'est-ce qui te préoccupe donc, Caligola ? Ta sousoupe n'était-elle pas bonne, ce soir ?

— La sousoupe, la sousoupe ! ricanait-il. Comment peux-tu demeurer à tel point l'esclave de cette mentalité rétrograde et individualiste ? N'es-tu pas capable d'appréhender mon imminence sans cette vision historicienne ?

Il était clair que nous ne nous comprenions plus. La propagande — ce maudit Palkàn ! — l'avait totalement transformé. Ce n'était plus un fidèle ami que je gardais sous mon toit mais un révolté, un subversif qui me haïssait : à ses yeux je n'étais désormais qu'un sale profiteur, un égoïste, une raclure de la société.

Commencèrent ensuite les fugues. Il pouvait demeurer absent pendant trois ou quatre jours et, au retour, ne pas même m'accorder un regard. Où allait-il se nicher ? Je le surpris, un jour où je regardais par hasard à la fenêtre du côté de l'Ambassade. Comme s'il s'y trouvait chez lui maintenant, mon bel épagneul se promenait dans le jardin, en pleine conversation animée avec Palkàn.

Je descendis, sonnai au portail de la villa. Vint le portier, qui parlait un peu l'italien. Je lui dis :

— Mon chien a pénétré dans votre jardin. Faites-le revenir, s'il vous plaît.

Cela ne sembla pas l'étonner :

— Bien possible, bien possible. Automobiles vont viennent, possible que chiens s'introduisent... Pas la première fois !

Il gloussait de façon ambiguë. Puis il ajouta :

— Mais de sa propre volonté. Nous regarder autre côté et le chien entrer. Le chien voir le beau jardin et entrer. Mais de sa propre volonté ! Nous pas vouloir prendre chien des autres !

Il s'en fut, revint avec mon épagneul qui n'avait pas du tout l'air content. Je dus m'excuser.

À trois reprises il se faufila dans le jardin, probablement invité par Palkàn. À trois reprises il me fallut subir l'humiliation de me rendre à l'Ambassade pour le réclamer. Et il ne me suivait à la maison qu'avec des allures toujours plus arrogantes et quinteuses. La quatrième fois, j'y renonçai.

Il s'était découvert une conscience progressiste. Sa *Weltanschauung* s'était-elle éloignée vers des horizons dialectiques de lutte des classes ? Me méprisait-il désormais ? Pouvais-je, moi son maître, supporter ce continuel réquisitoire qui pointait avec une telle haine dans ses regards ? Eh, qu'il s'en aille donc suivre son destin ! Je n'irai plus le rechercher.

Ainsi disparut-il. L'avait-on titularisé au sein du personnel de l'Ambassade ? Ou avait-il émigré ailleurs ? Qui était son nouveau maître ? Ou bien n'avait-il plus de maître ? Je ne m'en préoccupai pas. Je cessai de loucher en direction du jardin. Je me sentais profondément offensé. Un chien que j'avais toujours traité comme un prince ! Je jurai donc de n'y plus penser. Le temps fit le reste. Au fil des jours mon mécontentement s'effaça. De temps en temps seulement, le souvenir émergeait à nouveau, comme une pique, comme un douloureux aiguillon.

Jusqu'à ce jour — plusieurs mois avaient passé —, où je rencontrai un ami journaliste qui revenait d'un voyage de l'autre côté du rideau de fer. Il avait en particulier visité la capitale du très important pays dont l'Ambassade faisait vis-à-vis avec ma maison, une grande et célèbre cité dont le nom commence par un « M », mais je ne puis en divulguer davantage.

— À propos, me dit cet ami en me tapant une main sur l'épaule, sais-tu une chose étrange ? Un jour à M..., tandis que je me promenais sur la place R..., j'ai bien cru être l'objet d'une hallucination. Juste devant la porte du K... (il faisait allusion à l'antique palais, siège désormais du gouvernement), je vois sortir une automobile conduite par un jeune homme en uniforme. À l'arrière est assis un personnage d'une cinquantaine d'années, vêtu en bourgeois, à l'air particulièrement autoritaire. Et, à côté de ce personnage, sais-tu qui je vois ? Qui je vois que tu connais parfaitement ?

— Que je connais, moi, à M... ?

— Et comment. Je te le donne en mille... Sais-tu qui c'était ? Caligola !

— Caligola, mon chien ?

— Bon, évidemment, ce ne pouvait pas être vraiment lui. Je te jure pourtant que la ressemblance était frappante ; pareil au même, je te dis. Et je le connais bien, non ? La même truffe, les mêmes yeux, et jusqu'à cette petite tache blanche sur une oreille. Mais le plus fort, c'est la suite, tu vas rire. Il regardait par la vitre et m'a aperçu en passant près de moi, et alors il s'est redressé comme mû par un ressort : Caligola quand il se trouve nez à nez avec un chat, pareil je te dis ! Alors j'ai rassemblé tout mon courage et, au risque d'encourir quelque désagrément, je l'ai appelé.

— Appelé comment ?

— Caligola, je l'ai appelé... Ce sera si tu veux encore une coïncidence, mais en entendant ma voix, ce chien a semblé devenir fou, il avait l'air de vouloir sauter hors de la voiture... Et il fallait voir le visage renfrogné de son maître — j'ai appris par la suite qu'il s'agissait du ministre Goursov, tu sais, l'ancien ambassadeur —, curieux, non ? À propos, toujours en forme, ton Caligola ? Comment se fait-il qu'il ne soit pas avec toi aujourd'hui ?

— Oh ! pour rien. Je l'ai juste laissé à la maison, ai-je fait évasivement.

Un certain nombre de mois passèrent encore et de nouveau l'épagneul m'était sorti de la mémoire quand, une nuit où je me trouvais seul à la maison, voilà que j'entends un étrange bruit dans le couloir d'entrée. Je vais voir, il y a quelqu'un qui gratte contre la porte.

J'ouvre. Un chien ou, pour mieux dire, ce qui peut rester d'un chien qui a marché et marché pendant des milliers de kilomètres, au milieu des broussailles, des ronces et des fils de fer barbelés, sous la neige, la grêle et les bastonnades : une épave, un spectre, le misérable spectre de ce magnifique épagneul, sale, laid, boiteux, pelé qui vient s'abattre, épuisé, sur le seuil. Et qui parvient à relever seulement les yeux vers moi.

— Caligola, Caligola, oh, mon Dieu ! Tu as fait un tel voyage ? Pour venir ici, près de moi ? Et pourquoi es-tu revenu ? Dis-moi pourquoi ? Tu n'étais pas heureux, là-bas ?

— Arrête, je t'en prie, ne te moque pas de moi..., répondent ses regards tandis qu'il se traîne en direction du salon. De tout cela, nous parlerons plus tard... Dis-moi plutôt, tu as toujours mon petit lit ? Et le miroir, comment se fait-il qu'il ne soit plus à sa place ? Tu l'as vendu ? Et pourquoi mes colliers ne sont-ils plus accrochés au portemanteau ? Comment se fait-il que la boîte à biscuits soit vide maintenant ? Et puis, il faudrait que tu me donnes un bon coup de peigne...

Cette fois, je le reconnais pour de bon ; ce n'est plus le chien rebelle et séditieux. Malgré la poussière et la boue, mon bel épagneul de jadis est vraiment revenu, mondain, snob, grandiose, aristocratique.

Je le regarde avec embarras et sans rien répondre. Comment lui expliquer ce qui m'est advenu depuis tout ce temps ? Comment lui dire qu'à force de ruminer sur son exemple, la contagion m'a prise ? Et que moi aussi j'ai eu une crise d'identité ? Et que maintenant c'est moi qui suis devenu progressiste ? Hélas, plus de biscuits à la maison, ni de miroir réactionnaire, ni de matelas de plume décadent, ni d'autres signes du capitalisme. J'ai tout fait enlever.

Ah ! que la vie est compliquée. Je ne sais pourquoi, quelque effort que je puisse faire, j'arrive toujours avec un temps de retard. Maintenant que j'ai à mon tour évolué, que j'ai commencé à penser comme un chien, et qu'au bout du compte nous aurions enfin pu tomber d'accord, le voilà qui revient et remet tout à l'envers.

« Vois-tu, Caligola, il te faut convenir... pour parler franchement... »

Il me regarde. Il remarque mon aspect négligé, ma barbe mal rasée, mon visage sombre, mon gilet de corps, l'absence de pli à mon pantalon. Il comprend aussitôt :

— Aïe, mon maître, mon maître, gémit-il. Tu ne veux pas dire, j'espère, qu'à ton tour...

Et, comme je ne bronche pas, il s'écroule à terre le souffle coupé.

Corriere della Sera, 1er juillet 1953.

L'opportuniste

Dans les cuisines de Castel Moro, on caquetait ferme à propos des dragons. De fait, descendus des montagnes, les dragons s'étaient emparés d'un certain nombre de pitons rocheux de la vallée, en en chassant les propriétaires.

Parfois les châtelains avaient pu fuir à l'approche du danger ; d'autres avaient été dévorés ; d'autres enfin étaient parvenus à lever à temps le pont-levis et à se préparer pour l'assaut final.

Castel Moro avait beau avoir de robustes murailles, la peur s'y était installée à mesure que parvenaient les nouvelles. Certains ne se laissaient pas impressionner pour autant : par exemple Tarquinio, le maître queux.

Comme il convenait à sa charge, Tarquinio était ventripotent à souhait, le visage rubicond et tout sourire. Néanmoins, sous cette apparence débonnaire, perçaient hypocrisie et ambition. Un fameux opportuniste : humble avec les puissants, dur et despotique avec les subalternes, malheur à qui lui manquait de respect. Aux cuisines, il aimait pontifier.

— Bof, vous autres les jeunots, vous me faites rire avec ces racontars sur les dragons... J'aimerais qu'il en vienne un par ici, ça me plairait beaucoup, oui, je m'en amuserais bien.. On n'est plus au temps de saint

Georges, quand on les combattait à la lance... Je voudrais qu'elle s'aventure jusqu'à nos remparts, une de ces bestioles... C'est qu'il possède des fusils, monsieur le comte, notre cher, notre excellent patron, et quels fusils !... D'un seul coup d'un seul, il peut vous renvoyer un éléphant au Créateur... C'est un spectacle qui me plairait, ça je vous le jure !

— Possible, possible, commenta Geo, le vieux chef rôtisseur, le seul qui pouvait se permettre de tutoyer Tarquinio et même de le contredire.

— Possible ? Mais puisque je te le dis...

— Ah, je ne parle pas des fusils ; que monsieur le comte soit bien armé, je le sais. Simplement, je me le demande : des fusils et des munitions, est-ce qu'ils n'en possédaient pas, eux aussi, dans les autres châteaux ? Et alors, comment ça se fait ? Les dragons, il n'y en avait pas des centaines... À titre d'exemple, il a suffi d'un seul, un seul et unique dragon pour s'emparer du Castel Trasone, et il n'était pas tellement grand... Alors comment tu expliques ça, toi ?

— La peur ! dit Tarquinio avec une grimace de mépris. Cette maudite peur ! la trouille ! Je te parie qu'ils n'ont même pas eu le courage de tirer. Un dragon ? Franchement, je serais ravi qu'un de ces gros serpents vienne pointer son nez par ici... Et vous là-haut, les gamines, dites donc : On peut savoir ce que vous êtes en train de manigancer ?

— Monsieur Tarquinio, venez voir, tout de suite ! lança une des servantes. Venez voir... Dans le bois, on aperçoit quelque chose...

Tarquinio s'en alla. Dans l'arrière-cuisine, là où se trouvait la buanderie, deux fenêtres donnaient sur la partie supérieure de la vallée : le torrent avec ses grèves blanchâtres, les talus escarpés de pierraille et de terre rouge, puis des bosquets, des buissons, des ravines, de grandes roches désertes, d'autres bois encore puis les montagnes nues. Au loin, sur le versant opposé de la vallée, les antiques murailles d'un autre château.

— Et alors, qu'y a-t-il d'extraordinaire ?

— Là, sous les sapins, lui expliquèrent-elles. Là où il y a cette petite avalanche, où s'arrêtent les graviers, juste au bord des herbages...

— Vous voulez dire, là où se trouve ce tronc d'arbre abattu ?

— Oui, oui, exactement. Maintenant vous voyez ?

La voix du maître queux baissa d'un ton, comme s'il était au bord d'une toux intense. Oui, oui, je vois... quelque chose qui remue... mais je ne sais pas très bien si... On dirait comme une bête... Qui croyez-vous que ce pourrait être ?

— Ce que nous croyons ? Vous nous demandez ce que nous croyons que ce soit ? fit Giacomo, le cocher. Mais vous ne voyez pas ? Vous n'avez donc plus d'yeux ?

— Par tous les diables ! c'est vrai, c'est ma foi vrai..., se mit à murmurer le maître queux.

— Comment donc, monsieur Tarquinio ? N'êtes-vous pas content ? Pourquoi n'êtes-vous pas content ? Ne disiez-vous pas tout à l'heure que ça vous ferait tellement plaisir ?

Sortant d'un bouquet de sapins à la limite de la prairie, se détachant parfaitement sur l'arrière-fond de graviers, en de lentes contorsions de ses membres dont les écailles miroitaient sous les rayons du soleil déclinant — et au-dessus desquels se balançaient ses têtes fureteuses, comme si elles reniflaient l'air au bout de leur long cou —, lourd, massif, irrésistible, avançait un dragon.

— Mais, dit Tarquinio après un long silence, mais... Il m'a l'air bien grand : il aura bien au moins dans les deux mètres...

Les autres ne soufflaient mot.

— Bah, dit encore le maître queux en quittant la

fenêtre au bout d'une autre pénible attente, je m'en retourne aux cuisines, monsieur le comte y pensera bien tout seul, au dragon... Allez, allez, fillettes, ça suffit maintenant... je ne veux pas d'alarmes inutiles... et puis il faut préparer les champignons, vous le savez bien.

Il s'en retourna donc. Mais, de temps en temps, les servantes de la buanderie signalaient quelque nouveauté concernant le dragon. « Il vient de passer le torrent... il a cinq têtes... non, non, six... il est sur le sentier d'accès... à deux cents mètres à peu près... Sainte Vierge, comme il est grand !... Maintenant il arrive au bord du fossé d'enceinte... »

En cuisine, parvenant difficilement à se dominer, tout le monde s'affairait avec un zèle exagéré histoire de ne pas céder à la panique. Et maintenant, se demandaient-ils anxieusement, le comte Moro va-t-il oui ou non donner l'ordre de tirer sur ce dragon ? Et le dragon, qu'est-ce qu'il fera ? Est-ce que le portail du château résistera à ses coups de queue ? Est-ce que c'est vrai qu'il crache des flammes ? Ne vaudrait-il pas mieux tenter de le calmer, lui offrir même quelque chose à manger, l'amadouer, s'en faire un ami ?

Soudain, on entendit la voix de Tarquinio.

— Bon, les enfants, écoutez-moi voir. Toutes choses égales d'ailleurs, laissez-moi vous dire, moi qui ai l'expérience de la vie, toutes choses égales d'ailleurs, on a beaucoup exagéré. Pas besoin de toujours voir les choses en noir. Disons même crûment la vérité. Même si, même si... en somme, même si un dragon venait à s'emparer du château, toutes choses égales d'ailleurs... toutes choses égales d'ailleurs, pour nous, qu'est-ce que ça changerait ? Soyons sincères... Le dragon lui aussi, j'imagine, aura besoin de se restaurer. Et il a six bouches à nourrir... Nous faisons la cuisine pour monsieur le comte, et nous la ferions de même pour monsieur le dragon, pas vrai ? Nous autres, après tout, qu'avons-nous à craindre ?

Geo, le chef des rôtisseurs :

— Mais tu le sais, toi, ce que mangent les dragons ?

— Essentiellement de la viande, j'imagine...

— Et dis-moi un peu : si, pour prendre un exemple, il te commandait des steaks d'humain, des steaks de chrétien, qu'est-ce que tu ferais alors ? Les dragons sont des dragons, cher ami.

— De la chair humaine, dis-tu ?

— De la chair humaine. Toi, qu'est-ce que tu ferais ?

— Eh bien, ça dépend...

— Comment : ça dépend ?

— Oh, en somme... tu vois toujours le pire. Évidemment si tu prêtes attention à toutes ces histoires qu'on raconte...

Soudain, dans la buanderie, éclatèrent des cris et des rires.

« Il est ici, il est ici, piaillaient toutes les servantes surexcitées. Regardez-moi cette tête, mais quelle grosse tête ! Mon dieu, ce qu'il est laid !... Bof ! franchement laid, je n'irais pas jusque-là... Oh, et puis cette bouche ; d'un seul coup il vous avalerait toute la tête. Comme ses yeux sont petits... Petits, mais expressifs ! Oh, Teresa, c'est toi qu'il reluque comme ça... Si si, tu lui as tapé dans l'œil... Oh, le pauvre malheureux ! »

Le dragon, allongeant un de ses immenses cous par-dessus les douves, avait propulsé sa tête pour examiner ce qui se passait de l'autre côté de la grille. Son crâne oblong et lisse, ressemblant à celui d'une couleuvre, avait la taille d'une grosse barrique. Le front fuyant, la bouche de caïman tordue en une sorte d'affreux sourire servile, les yeux minuscules, tout exprimait en lui une avidité froide et bornée. Et pourtant, après leurs premiers frissons, les soubrettes, se sentant en sécurité derrière la grille, ne manifestaient plus aucune terreur.

En outre, le simple fait que ce reptile semblât s'intéresser à Teresa, qui était une fille vraiment magnifique, les divertissait au plus haut point.

Tarquinio, pour bien montrer son autorité en présence du monstre, se fraya un passage au milieu de la foule des domestiques massés devant la fenêtre.

Alors les regards du dragon, se détachant de Teresa, passèrent comme à regret sur le maître queux.

— Monsieur le dragon, fit Tarquinio, raffermi par l'allégresse ambiante, vous me regardez, à ce que je vois. Honoré, très honoré de vous connaître... Allons, Silvio, apporte-moi le morceau de rosbif qui reste de ce midi... Oui, oui, le rosbif... et un couteau. Et dépêche-toi ! Voyons un peu si ce gentilhomme sait faire honneur à la cuisine raffinée !

Silvio apporta la viande. Au milieu de l'hilarité générale, Tarquinio en découpa une belle tranche qu'il piqua de la pointe du couteau avant de la passer au travers de la grille. Le dragon, après l'avoir reniflée, s'en saisit d'un coup sec de mandibules...

— Un autre petit morceau, il n'a pas pu le mastiquer... Eh, il lui en faudrait davantage... Vous avez vu toutes ses quenottes ?... Monsieur Tarquinio, donnez lui encore une tranche !...

En moins de temps qu'il n'en faut pour le dire, le rosbif en son entier, soit un bon kilo et demi, disparut dans le gosier du phénomène.

— Maintenant ça suffit, cher ami, fit Tarquinio. Si monsieur le comte l'apprenait ! Et puis, à franchement parler, cher monsieur le dragon, tu pues tellement... Cela dit, il se recula, comme pris d'une nausée subite.

De l'autre côté de la grille, le dragon se mit à remuer la gueule, à peine à peine, et des bords tendineux de ses lèvres sortit un borborygme étouffé.

« Il parle ! Le dragon parle ! C'est extraordinaire... » Les exclamations fusaient de toutes parts. « Mais qui peut le comprendre ? qui ? le bibliothécaire, l'archiviste, le Pr Gomez... Le Pr Gomez, évidemment. Je suis sûr qu'il comprendrait, lui. Et alors, allez me le chercher ! Oui, oui, que quelqu'un fonce l'avertir... C'est qu'il s'y connaît, Gomez ! Les langues étrangères n'ont plus de secret pour lui. Mais il s'agit d'un dragon ! Qu'est-ce que ça change ? Je vous parie que notre grand savant le comprendra. Alors que quelqu'un y aille !... Toi, Susanna, au lieu de rester là, bouche bée, cours donc le chercher ! Et en vitesse ! »

Dix minutes ne s'étaient pas écoulées que déjà le Pr Gomez, bibliothécaire du château et polyglotte réputé, faisait son apparition et saluait tout le monde.

— Me voici, mes chers amis... Un dragon dites-vous ? Et que désire-t-il ? Qu'on lui parle, dites-vous ? Mais je ne sais pas, mes chers petits... Dieu seul sait comment parlent les dragons. C'est une langue difficile... Et puis je n'en connais que quelques rudiments. Et s'il va se mettre à parler en dialecte... Bon, on peut quand même essayer... Où est ce monsieur ?

On le conduisit dans l'arrière-cuisine. Le professeur vit le dragon. Le silence se fit parmi les humains. Et le monstre reprit ses balbutiements.

— Monsieur le professeur, s'enquit Tarquinio au bout d'un moment. Dites-nous, vous le comprenez ?

— En fait, un petit peu... Mais il parle d'une façon tellement confuse !

Puis il se retourna vers le dragon :

— *Cheo fro slohem cefaïs bahatta ?*

L'énorme tête du monstre eut un frémissement. Et un nouveau flot de sons bizarres sortit aussitôt de sa gueule.

— Qu'a-t-il dit ?

— Il a dit : Hé, hé ! traduisit le professeur.

— Tout ce discours pour seulement dire : Hé, hé ?

— Précisément, chers amis. Le langage des dragons

se distingue par une redondance excessive de pléonasmes...

Suivit, de la part du monstre, un interminable verbiage.

— Et maintenant? Qu'est-ce qu'il vient de dire?

— Il a dit : Trop cuit.

Éclat de rire général.

— Il le voulait bleu, son rosbif!... Monsieur Tarquinio, il va falloir changer la recette... Beau caractère en tout cas... Un sacré gourmet, ça on peut le dire!

Mais le dragon ne s'arrêtait plus de parler.

— Et maintenant, professeur, que dit-il?

— Il a demandé... il a demandé comment vous vous nommiez, monsieur Tarquinio.

— Et vous le lui avez dit? fit le maître queux avec quelque angoisse soudaine, tout en se sentant flatté malgré tout.

— Pourquoi ne le lui aurais-je pas dit?

Et, en ce même instant, au-dehors, retentirent deux coups de feu. La tête du dragon se retira tout aussitôt de la fenêtre. Deux autres coups de feu suivirent.

Sans se presser, comme s'il entendait se montrer totalement indifférent à l'ouverture des hostilités et qu'il s'en allait seulement pour raisons personnelles, le dragon s'éloignait au milieu de la forêt. Dans la lumière incertaine du crépuscule, deux de ses têtes émergeaient encore au-dessus des arbres, pour regarder par instant en direction du château; et elles soufflaient de façon menaçante. Puis elles se rétractaient comme les cornes d'un escargot géant. Et l'on ne voyait plus rien.

Les commentaires allaient bon train : « Mais, l'ont-ils touché?... » « Oh! il en faudrait bien d'autre, contre une telle carapace, il faudrait un canon... » « Non, non, il est blessé, je l'ai vu, une de ses pattes était en sang... » « Penses-tu, tu l'as rêvé, oui! qu'est-ce que tu aurais pu voir, à cette heure? Il fait presque nuit... »

Tarquinio retourna en cuisine. Et là, personne n'osait parler, tous attendaient ce qu'il allait dire, pour savoir ce qu'il en pensait avant de prendre position. De fait, au bout de quelques minutes le maître queux prit la parole.

— À dire vrai, dragon tant que vous voudrez, je m'attendais à pire. Il est même fort sympathique. Soyons honnêtes, ne s'est-il pas montré sympathique avec nous ? Tellement simple, tellement sans façons, c'est ce qu'on appelle un vrai démocrate. Et spirituel par-dessus le marché. Trop cuit ! ha ! ha ! le rosbif trop cuit !

Il éclata de rire. On le sentait tranquillisé, soulagé. Après cette première rencontre, même si le dragon venait à s'installer au château et en déboutait le comte Moro, qu'aurait-il à craindre, lui, Tarquinio ? Une sorte d'alliance secrète ne s'était-elle pas installée entre eux deux, une vague radiance d'amitié ? Désormais, le dragon connaissait même son nom !

Mais, de l'autre côté, dans l'arrière-cuisine, demeuré à la fenêtre pour voir si la bête ne revenait pas, le Pr Gomez gardait un sourire aux lèvres. Et peu à peu ce sourire prenait davantage d'ampleur. Jusqu'à ce que l'hilarité contenue finisse par éclater. Avec de drôles de petits soupirs, le visage écarlate, le bibliothécaire se tordait carrément de rire.

— Professeur, s'enquit le chef rôtisseur, professeur, si je puis me permettre, qu'est-ce qui vous pousse à une telle gaieté ?

— Je ris, hoqueta Gomez, je ris à cause de ce pauvre Tarquinio. Oh ! oh ! oh !... s'il savait ! s'il savait ce qu'a dit le dragon !

— Pourquoi ? pourquoi ?

— Après que je lui ai indiqué son nom... oh ! oh !... sais-tu ce que le dragon a dit de notre cher Tarquinio ?... oh ! oh ! oh !... il a dit : « Cet homme me plaît. Il doit être doux et délicat. Si jamais je viens m'installer un de ces jours chez vous », oui, voilà ce qu'il a dit « la première chose que je ferai, ce sera de le manger tout cru, ce gros tas de lard ! »

Corriere della Sera, 17 octobre 1953

Tyrannosaurus Rex

On frappait à la porte de Mme Leontina Fuchs, l'épouse du médecin municipal. Elle alla ouvrir. C'était Olga, une couturière en chambre qui travaillait pour de nombreuses familles de la ville.

— Faites excuses, madame, mais je serais venue, vous savez bien ?... à propos de cette petite facture...

— Quelle petite facture ? fit Mme Leontina avec une grimace de surprise. Je ne me souviens pas...

— Cette jupe écossaise... j' vous l'ont faite, ça fait dans les trois mois...

— Une petite facture pour cette jupe-là ? Alors vous, mademoiselle ! Ainsi donc je devrais aussi vous donner de l'argent, pour m'avoir dégradé une splendide étoffe comme celle-là ?... C'est vous, vous à la rigueur, qui devriez me rembourser... Six mille lires d'étoffe jetées en pure perte...

— Pourtant, chère madame, vous l'avez eue, la jupe... Et le travail, moi je l'ai fait...

— Mais venez, venez donc la reprendre votre jupe, tenez, je vous l'offre ! Chaque fois que j'ouvre l'armoire et que je l'aperçois, je vous jure que j'en deviens verte de rage.

Pendant qu'elles discutaient ainsi passa dans la rue, tout essoufflée, Mme Maria Calza, la propriétaire de la droguerie et épouse du maître d'école. Femme aux exceptionnelles dimensions, elle avançait avec la vigueur d'un wagon de chemin de fer abandonné dans une descente. Enroulée dans un grand châle noir, elle transportait une incroyable quantité de paquets et de baluchons. En regard d'un tel monument, sa fille cadette, six ans, qui trottinait à son côté, était presque invisible.

Mme Leontina appela la bourgeoise d'une voix stupéfiante, douce et mélodieuse, éthérée, qu'on n'aurait pas imaginée sortant d'une aussi énorme bâtisse.

— Quel malheur, si vous saviez !

Leontina la regarda, piquée de curiosité.

— Que vous est-il donc arrivé, chère Mme Calza ?

— Quel malheur !... Ma fille aînée est déjà partie depuis deux heures, maintenant j'emmène aussi Adelina et mon mari (le mari, on ne le voyait pas ; peut-être se trouvait-il derrière elle, complètement caché par sa trop puissante silhouette)... Il arrive. Et cette fois c'est malheureusement la bonne...

— Qui est-ce qui arrive !

— Le mastodonte, le monstre, le dragon, je ne sais plus comment on l'appelle... On l'a vu qui sortait de sa grotte et descendait la colline... Quel malheur, quel épouvantable malheur !

Elle poursuivait déjà son chemin à la même allure. Les deux autres femmes la regardèrent jusqu'à ce qu'elle eut disparu. Alors Mme Fuchs éclata de rire :

— Ah, ah, le mastodonte, le dragon !... Et cette imbécile qui y croit !

Olga ne rit pas :

— Mais, faites excuses, madame... En fin de compte, la jupe, vous l'avez bien mise...

— Moi ? Pas même en rêve !

— On vous a vue avec dimanche, à la messe.

— Moi, porter cette horreur pour aller à la messe ? Vous voulez plaisanter, j'espère.

On entendit au loin une sorte de bruit sourd, un geignement sépulcral qui tenait à la fois du mugissement et de la trompette bouchée.

Dans son jardinet, le vieux Pr Gustavo Placci, illustre helléniste, agenouillé sur une toile de sac, vernissait une petite grille en vert. Pour ne pas se salir, il avait revêtu une salopette.

— Clotilde ! appela-t-il, en se retournant vers la maison. Clotilde, tu m'entends ?

Sa femme apparut à une fenêtre du rez-de-chaussée.

— Clotilde, veux-tu regarder s'il te plaît dans le couloir d'entrée ; dans le cagibi à outils, il devrait y...

En ce même instant, Mme Calza qui passait à toute vapeur l'interrompit.

— Professeur, professeur..., gazouilla-t-elle avec force roucoulades, quel malheur, quel terrible malheur !

— Je vous en prie, que se passe-t-il, madame ?

— Le mastodonte, le colosse, le monstre, quel que soit le nom qu'on lui donne...

— Bon, le mastodonte, et ensuite ?

— Il arrive. Il va venir au village. Je prends la fuite. Tout le monde s'enfuit. On l'a vu qui descendait la colline. Il n'y a plus un instant à perdre...

Du dessous de son grand châle, son gringalet de mari s'extirpa.

— Illustre professeur, à dire vrai « mastodonte » n'est pas exactement le terme qui convient, expliqua le nabot sur un ton pompeux. Il s'agit, semble-t-il, de l'unique spécimen survivant d'une espèce éteinte depuis une centaine de millions d'années...

— Bortolo, allons, dépêche-toi ! lui ordonna avec

de merveilleux trémolos péremptoires Mme Calza, et elle lui tira le bras avec une telle vigueur qu'il en trébucha.

Entraîné et tout bringuebalant, l'instituteur parvint toutefois à crier en se retournant :

— On l'appelle Tyrannosaurus Rex... Un beau nom, n'est-ce pas ?

Il ajouta encore quelques mots, mais ils se perdirent au loin.

le Pr Placci resta ımmobile, regardant Mme Calza, son époux, la gamine, le châle noir et les paquets jusqu'à ce qu'ils eurent disparu au détour d'une ruelle voisine.

De sa fenêtre, Mme Placci :

— Dis-moi, Gustavo, qu'est-ce qu'ils avaient donc, ces deux-là, à brailler comme ça ?

Lui :

— Rien du tout. Les habituelles idées fixes... Le mastodonte, le dragon tu t'imagines un peu...

— Quel mastodonte ?

— Rien du tout, je te dis !... Écoute-moi plutôt : dans le cagibi à outils du couloir, il doit y avoir un racloir. Tu veux bien me l'apporter, s'il te plaît...

— Peut-on savoir, insista-t-elle, ce que c'est que cette histoire de mastodonte ?

— Mais quel mastodonte ! une stupide baliverne, oui ! Occupe-toi plutôt de mon racloir.

Tout à l'heure, le petit jardin de la famille Placci était inondé de soleil, et maintenant la lumière du soleil a disparu. Comme masquée à l'improviste par un nuage. Mais ce n'est pas un nuage. Pourtant le professeur n'en a cure, il ne relève même pas les yeux pour regarder.

Devant la trattoria del Moro, des joueurs de scopa étaient attablés.

Le contremaître Valès, au chef comptable Laodicella, préposé à la procure :

— Ah non, non, non et non ! Juste au moment où je dois dépareiller, voilà que vous me prenez un roi, un roi que vous me prenez !

L'attention du comptable était occupée ailleurs :

— Dites donc, Valès, vous pourriez m'expliquer ce qui se passe au village ?

— Pourquoi ? je n'entends rien...

— Mais vous ne voyez pas tous ces gens qui se sauvent de chez eux ?... Ils emmènent même leurs meubles...

— Ne vous tracassez pas pour si peu ! C'est toujours cette même histoire du mastodonte, du monstre... De temps à autre, leur belle crise de trouillomètre à zéro... Le comble du ridicule...

Au même instant Mme Leontina Fuchs, dans son couloir d'entrée, brandissant la jupe incriminée sous le nez d'Olga, la petite couturière :

— Je vous le redis, reprenez-la, cette saloperie. Vous avez un chien, non ?

— Oui, un caniche, pourquoi ?

— Faites-lui donc une couverture, un paletot pour l'hiver !

Pendant ce temps, l'épouse du Pr Placci se penchait par la fenêtre, le racloir à la main. Elle s'apprêtait à le jeter dans le jardin. Elle regarda, vit, s'affaissa évanouie en émettant un faible sifflement.

Le Tyrannosaurus Rex, avançant d'un pas, posa son énorme patte antérieure droite sur le village. Cela fit un bruit sourd, accompagné d'un crépitement du genre des noix que l'on casse. Puis la patte se releva. L'église, le bâtiment de la coopérative, les viscères de Mme Fuchs, l'orme de la grand-place, la mairie, la cuisse gauche du Pr Placci, le lavoir public, la matière grise du chef comptable Laodicella, le sept de carreau, les larmes de la petite couturière Olga, et puis le reste, tout cela formait une infâme gadoue. Pas un cri, pas un gémissement, pas même l'aboiement d'un chien. Ils n'avaient matériellement rien eu le temps de faire.

Corriere della Sera, 26 février 1954.

Le déluge universel

Divers signaux et avertissements *ad personam* ont précédé le déluge. Après le repas, alors que je me rendais à mon bureau, je vis des nuages bas s'accumuler dans le ciel, courant précipitamment les uns sur les autres. Le vent soufflait. Une de ses rafales me jeta un morceau de papier entre les jambes. Je m'en libérai d'un coup de pied.

J'allais parvenir au coin de la rue quand une autre feuille déboucha d'une venelle latérale. Poussée par le vent, elle procédait par bonds, à la façon d'une personne affairée. Je remarquai que ce n'était pas à proprement parler une feuille de papier mais plutôt une pochette. Après deux ou trois bonds, elle s'en vint soudain sur moi en droite ligne, comme si elle avait finalement trouvé la bonne direction. Quelques passants s'arrêtèrent pour regarder.

Elle alla s'entortiller autour de mon pied droit. Plutôt déconcerté — une dizaine de passants, qui sait pourquoi, m'observaient — je me penchai et la ramassai.

En fait, c'était une enveloppe. Je l'ouvris. À l'intérieur je trouvai une feuille, sur laquelle était écrit :

CELA S'APPROCHE DE TOI

OUI DE TOI, JUSTEMENT

Était-ce une plaisanterie ? Et que signifiait-elle ? Les passants me regardaient d'un œil soupçonneux, comme si j'étais un délinquant. Au coin d'une maison voisine pointait à peine la tête d'un homme qui m'épiait à l'aide de jumelles.

Sitôt arrivé au bureau je m'aperçus qu'il y avait quelque nouveauté dans l'air. Tous fort distraits. Goffredo, l'huissier tellement attentionné d'habitude, ne broncha pas quand je le sonnai. Bonelli et Infarsa, mes collègues, ne répondirent que par un grognement à mon salut.

— Mais peut-on savoir ce que vous avez aujourd'hui ?

— Eh, fiche-nous donc la paix, répondit Infarsa.

Alors, j'allai trouver l'huissier.

— Oh, pourquoi ne viens-tu pas quand je te sonne ?

Sans se lever, il fit un geste du menton, comme pour dire : « M'en fous, j'en sais rien, c'est pas mes oignons. »

— Est-ce que par hasard, dis-je sans élever la voix, tu aurais envie de te faire mettre à la porte ?

Il eut un petit rire bref, sans véritable méchanceté, plutôt désenchanté, comme de compassion :

— Vous, cher monsieur le docteur Morra, me licencier, pas possible !

— Ce qui devrait signifier ?

— Vous êtes une brave personne, ça c'est sûr. Et puis... et puis... ici maintenant vous...

— Moi, quoi ?

— Vous avez reçu l'avertissement, non ? Dans le joli petit paquet, qu'est-ce qu'il y avait d'écrit ?

— Ah, c'est toi qui avais combiné cette curieuse plaisanterie ? lui demandai-je, rassuré d'avoir enfin une explication.

— Moi ? Une plaisanterie ? Mais tout le monde vous

a vu dans la rue ! Le vent y était, non, et c'est bien vous qu'il avait choisi... Drôle de plaisanterie !

— Ce qui signifierait ?...

— Désormais, docteur, vous... ici, plus personne ne vous prêtera la main. Tout est consommé... Quantité négligeable ! Même moi, misérable huissier, comprenez-vous, même moi je suis plus important que vous...

— Mais qu'est-ce que vous croyez tous. Que ce bout de papier... que je devrais... bref que, d'une façon ou d'une autre, je suis liquidé ?

— Exactement, monsieur, voilà ce qu'on dit.

— Et le *commendatore* Stazzi, il le pense également ?

— Oh, je n'en sais rien. Mais pourquoi ne vérifiez-vous pas ? Trouvez un prétexte, allez le voir, et vous verrez bien...

J'allai donc chez le patron. Il leva les yeux de ses dossiers, me regarda d'un air excédé, et me dit d'un ton sec :

— Je vous en prie, Morra, ce n'est pas le moment... De toute façon, je n'ai pas le temps...

Et comme je demeurais, indécis, sur le pas de la porte :

— N'insistez pas, s'il vous plaît, au revoir...

Mais, à la fin — me demandai-je sans y trouver de réponse —, qu'est-ce que ça signifie ? Sont-ils tous devenus fous ? Me prennent-ils pour un condamné à mort ? Et tout ça, à cause de ce ridicule bout de papier ? C'était donc un maléfice ? Ou bien un message des Enfers, laissant sur moi de tels stigmates que tout le monde pouvait les apercevoir ? Je m'en allai, fort perturbé.

Dehors, le soleil resplendissait. Toutefois, vers l'est, ces nuages d'aspect lugubre demeuraient, entassés en couches successives les uns sur les autres. Tandis que je traversais la grande place de l'Incoronazione, le vent se remit à souffler, en soulevant à plusieurs reprises des tourbillons de poussière. Et soudain deux choses blanches rampèrent en crissant sur le pavé.

« Cette fois vous ne m'aurez pas », pensai-je en me disposant à les éviter. Mais, plus rapide encore, une troisième se précipita vers moi en d'énormes bonds. Celle-là n'était pas blanche, mais rouge.

Six ou sept personnes, sortant des arcades qui entouraient la place, se mirent à courir dans le but évident d'attraper l'enveloppe, comme si elle était une séduisante proie, au contraire des blanches que tout le monde craignait.

Mais la feuille de couleur, prenant encore plus de vitesse, vint aussitôt se plaquer contre mon pied.

Indécis, trois ou quatre de ceux qui avaient couru pour l'attraper s'arrêtèrent, tandis que les autres continuaient la course. Mais j'avais l'avantage, il me suffit de me baisser et je tins aussitôt l'enveloppe rouge entre mes doigts.

Ils renoncèrent seulement alors, tel ou tel se donnant un faux air décontracté, d'autres ronchonnant, d'autres encore me jetant des regards assassins, ils prirent tous le large.

Je déchirai l'enveloppe et regardai à l'intérieur. Un billet s'y trouvait, portant ces mots :

CELA S'APPROCHE
DE TOI, TOI SEUL
LARCHE VALSOFFA

Valsoffa ? Qu'est-ce que ça signifiait ? J'y réfléchis. Il y avait bien, pas très loin, un endroit qui portait un nom y ressemblant. Val Sofia, petit vallon solitaire de l'autre côté des Colli Mantici, inhabité, lieu de promenade. Était-ce là ?

Pendant ce temps, le ciel avait pris un aspect fort

inquiétant. Le soleil s'était caché. On n'avait jamais vu des nuages d'une telle forme, aussi serrés et sombres.

Quel cataclysme se préparait-il ? Peu de gens dans les rues. Devant quelques portails, des attroupements où l'on discutait en regardant la sinistre chape de nuages.

Je venais à peine de revenir chez moi quand Goffredo, notre huissier, sonna à la porte. Il se faisait tout miel maintenant. Il me dit que le patron me demandait de revenir, il y avait eu un malentendu, il regrettait de m'avoir reçu aussi brusquement. Et, sur sa lancée, Goffredo s'excusa à son tour de m'avoir manqué de respect tout à l'heure.

— Mais ce n'est pas grave, répondis-je, sans bien comprendre en fait ce qui se passait.

Je reviens au bureau, Bonelli et Infarsa se lèvent d'un bond. Ils rougissent, balbutient, me font mille courbettes.

— Eh ! fait Bonelli. C'était justice, plus que justice, nous l'avons tous dit immédiatement, et c'est le sentiment général, tu l'as parfaitement mérité...

— Moi ? Et quoi donc ?

— Non, non, renchérit Infarsa, ne fais pas le modeste à présent, si quelqu'un le méritait, c'était bien toi.

— Mais mérité quoi ? Vous voulez avoir la gentillesse de vous expliquer ?

— Oh ! ne joue pas au mystérieux. Désormais tout le monde est au courant. On t'a vu, sur la place, en train de recevoir le message.

— Mais quel message ? Arrêtez une fois pour toutes de plaisanter.

— Plaisanter ? Infarsa en devient écarlate ; au comble de l'émotion il cherche à se faire tout petit. Tu appelles ça une plaisanterie ? Cette enveloppe rouge...

— Oui, et alors ?

— La communication n'y était pas inscrite ? L'arche t'attend. L'arche pour te sauver, toi et toutes les bêtes de la terre, quand viendra bientôt le déluge. La même chose que pour Noé.

— Moi ?

— Toi, toi seul, comme c'est écrit sur le papier.

— Mais alors, avant, pourquoi m'avez-vous traité de cette façon ?

— Pour rien, nous nous étions trompés. À cause de cette enveloppe blanche. Interprétation erronée. Eh, ça arrive ! On te croyait coupable, abhorré par le Ciel. Alors que c'était le contraire.

Le *commendatore* Stazzi m'emmena en automobile à l'endroit désigné. C'était vrai, dans la clairière qui s'étend au beau milieu du Val Sofia, j'aperçus un énorme ponton couvert d'une quantité de baraques et de hangars, vides. Sur une petite cabane était écrit : HOMO SAPIENS. Je découvris ensuite que l'ordonnancement des animaux avait été très bien organisé : chacun à sa place, désignée par une pancarte. Un quartier pour les insectes, un autre pour les araignées, un autre pour les serpents et tout à l'avenant. Pour les oiseaux, trois arbres immenses avec une prolifération de branchages qui s'étendaient dans toutes les directions. Une baraque beaucoup plus grande que les autres, presque un hangar pour dirigeable, m'étonna fort. J'allai l'examiner de plus près. L'étiquette indiquait : BRONTOSAURUS. Et nous qui en croyions la race éteinte depuis des millénaires !

Et me voici à l'œuvre maintenant. Sous un parasol, un grand registre à la main, je contrôle l'embarquement de tout ce monde. Je n'ai pas besoin de faire l'appel. Suivant l'ordre qui leur a été attribué dans le volume, ils sortent des bois environnants et s'engagent, deux par deux, sur la passerelle. Autour de moi, toute une foule. Il y a là le *commendatore* Stazzi, mes collègues de bureau, les secrétaires, nos petits coursiers et quelques conjoints mis dans le secret. En effet, les rares personnes au courant de la présence de l'arche se sont bien gardées d'en parler, espérant être les seules à pouvoir en tirer profit. Et désormais, le déluge ; depuis presque un an et demi, il n'a quasiment pas cessé de pleuvoir.

Voici le zèbre, le chameau, le dromadaire. Tous ces mammifères portent, attachées çà et là sur leur pelage, une certaine quantité de petites étiquettes secondaires : le nom des parasites qui se trouvent aussi bien en leur intérieur que sur eux y est inscrit, vers, poux, tiques, amibiens ou autres. Voici le kangourou.

— Allons, cher monsieur Morra, me susurre à l'oreille le patron, soyez raisonnable. À quoi pourrait bien vous servir le kangourou? Laissez-le à terre! Donnez-moi sa place! Je vous ai toujours terriblement estimé!

— Mais ne comprenez-vous pas que c'est impossible? Je ne suis qu'un modeste instrument. Cela ne dépend pas de moi. Les places sont toutes réservées à l'avance.

Je n'osais pas lui dire qu'entre lui et le kangourou, ma préférence allait sans aucun doute possible à ce dernier.

Les eaux déferlaient. Ce fut bientôt le tour des bisons, des éléphants, des hippopotames. À mesure qu'ils embarquaient, je faisais une croix sur le registre. La pulpeuse et affriolante Barbara, une secrétaire de mon bureau qui m'avait toujours dédaigneusement snobé, s'était approchée de moi en prétextant de la boue pour se relever la jupe.

— Silvio, me dit-elle, prends-moi. Tu as besoin d'une femme pour te mettre au monde des tas d'enfants, regarde ces hanches!

— Pur mensonge, effrontée! fit Nella, notre autre secrétaire, malingre celle-là. Les mères les plus fécondes sont toutes de mon gabarit. Monsieur Morra, un bon mouvement, prenez-moi avec vous sur l'arche!

— Mais je suis déjà marié, mesdemoiselles, ai-je répondu. Vous le savez bien...

— Et votre femme alors, où elle est?

— Elle va bientôt arriver, ai-je dit. Elle est un peu en retard, comme d'habitude.

Le bas de la vallée était totalement inondé. Les eaux, en grossissant, venaient déjà effleurer le fond de l'embarcation.

Vinrent les félins, puis les équidés, chevaux et ânes. Ensuite, à grands renforts de cris, toutes les races de singes. Deux gigantesques gorilles fermèrent la marche en titubant.

— Silvio, Silvio, criait la belle Barbara, au bord des larmes. Tu admettras quand même que c'est moi la meilleure ! Repousse-les, ces deux macaques, et fais-moi grimper à leur place, tu ne t'en repentiras pas, je te le jure !

Pauvre fille, elle me faisait de la peine, mais je n'y pouvais vraiment rien. Et les eaux qui grimpaient encore et toujours. Je vis arriver ma femme, chargée de baluchons inutiles.

— Allons, hâte-toi, lui criai-je, sinon nous finirons aussi par donner à manger aux poissons !

Nous sommes enfin montés sur la passerelle, en même temps que les derniers mammifères. L'arche était désormais au grand complet.

Appuyé au bastingage, je saluai.

— Morra, me cria le patron, par pitié, ne me laissez pas là dans toute cette eau !

— *Commandatore,* si cela dépendait de moi... je vous aurais déjà fait monter plutôt dix fois qu'une ! Mais c'est un autre qui décide...

— Vous savez ce que vous êtes, Morra ? se mit-il à hurler en me tendant le poing. Une infâme charogne ! Un vulgaire gougnafier ! Un incapable ! J'avais décidé de vous mettre à la porte. Pour incapacité congénitale ! Parce que vous n'êtes qu'un bon à rien !

Je savais que c'était un ridicule mensonge. D'ailleurs, si parmi des milliards d'êtres humains le Tout-Puissant m'avait justement choisi, moi, sans doute avait-il de bonnes raisons pour cela. Pourtant, ces ultimes paroles de Stazzi me provoquèrent un immense déplaisir. Encore maintenant, le déluge étant accompli et non seulement le *commendatore* Stazzi a-t-il disparu pour l'éternité mais aussi son entreprise et de même l'immeuble où se trouvaient ses bureaux et tout le quartier dont il ne reste pas un pan de mur et la ville tout entière et enfin cette glorieuse humanité dont ne subsiste qu'un si pâle souvenir, alors que moi, moi seul avec ma femme, je suis vivant et qu'il me reste à tout reprendre de zéro, — oui, encore maintenant, quand j'y pense, le jugement de mon ancien patron (« un gougnafier, un incapable ») me fouaille au plus profond de moi-même comme une dague, et ce souvenir me retire toute bonne humeur.

Corriere della Sera, 27 juillet 1954.

Le secret de l'imprésario

Linda Daccò, dix-neuf ans, une fille belle et ambitieuse assistait d'un balcon, en même temps que sa sœur et quelques amis, à une revue. Le spectacle était plutôt poussif. Au beau milieu d'une passerelle, une mulâtresse, se prenant pour Catherine Dunham, se tortillait en chantant un air mexicain. Et Linda se disait : « C'est du propre. N'importe qui en ferait autant, même moi. Sans compter que je chante bien mieux. Et qu'en comparaison je suis une Vénus... »

Un employé du théâtre — c'était un petit vieux aux cheveux blancs — survint et, discrètement, regarda tout autour, demanda l'autorisation de passer, s'approcha de Linda pour lui annoncer :

— Mademoiselle, attention, c'est bientôt à vous d'entrer en scène.

Linda ne s'en étonna aucunement, cela lui semblait tout naturel.

— Excusez-moi un instant, dit-elle à ses compagnons qui n'avaient pas entendu, et, savourant à l'avance leur surprise, elle sortit du balcon avec le petit vieux.

— Par ici, je vous prie. Je vous montre le chemin, dit-il en ouvrant une porte de service qui donnait sur un étroit couloir.

Elle ne lui demanda pas comment et pourquoi on

l'avait choisie, ni ce qu'elle aurait à faire sur scène, ni quel costume il lui faudrait endosser. Depuis des mois, et même des années, elle fantasmait au lit avant d'éteindre la lumière, les regards rivés sur une tache au plafond, et s'était en quelque sorte préparée à ce qui était en train de lui arriver maintenant. Le destin ! Banal et fascinant scénario rêvé par des millions de demoiselles : l'appel mystérieux, la montée sur la rampe, le cœur battant, l'impression de tomber dans un abîme, la voix qui s'étouffe, les murmures moqueurs du public, puis le chant qui soudain se libère en flots passionnés, la vue des larmes qui ruissellent sur les joues des premières rangées, puis l'ultime contre-ut victorieux, un instant de silence et de terreur, et voici enfin la cataracte des applaudissements, la foule ivre d'enthousiasme, la gloire, la richesse ; et l'avenir se perdait dans un panorama de joies infinies.

Mais au bout de quelques pas la jeune fille remarqua qu'un chat gris perle précédait l'employé et se retournait de temps en temps pour l'inciter à se hâter encore. Des lueurs émanaient de ce chat. Linda pensa d'abord qu'il s'agissait d'une illusion d'optique, puis elle dut se convaincre que ce phénomène était pure vérité.

— C'est votre chat ?

— Oh non, non ! Et le petit vieux se mit à rire, comme amusé par une telle énormité. Je suis seulement son gardien. Lui, c'est le chat du *commendatore* Stragioni, l'imprésario. Il avait prononcé ce nom à voix basse, mû par un respect instinctif, comme s'il se fût agi d'un dieu.

— Mais comment se fait-il qu'il soit phosphorescent ?

— Remerciez-en le ciel, mademoiselle. Cette bestiole s'est entichée de vous. Remerciez-en le ciel !

— Pourquoi donc ? s'enquit-elle.

Mais l'autre ne lui donna aucune explication.

Ils parcoururent un long couloir, descendirent un petit

escalier abrupt, tournèrent à droite, regrimpèrent, passèrent par une coursive qui entourait une espèce de patio, se glissèrent dans un autre couloir. Le petit vieux, essoufflé, haletait derrière le matou qui avait accéléré le pas. Et Linda commença à manifester quelque inquiétude. Au travers des murs lui parvenaient les lointains flonflons de la musique, bientôt il serait une heure du matin, le spectacle devait toucher à sa fin.

— Mais... c'est un bien long chemin !

— Assez long, répondit le vieux.

D'autres labyrinthes enfin passés, ils débouchèrent sur une galerie illuminée à l'extrême et où régnait une intense confusion. Artistes des deux sexes entrant et sortant des loges, visages congestionnés, sonnettes, cris, habilleuses, accessoiristes, paniers de fleurs et danseuses courant à moitié nues. Mais tous et toutes, sitôt vu le chat, s'empressaient de lui laisser le passage avec force sourires et compliments.

— Par ici, pressons-nous, par ici ! fit le vieil employé, tout agité, en poussant Linda dans une pièce où des centaines de vêtements de toutes les couleurs étaient alignés sur de longues tringles. Edmira ! Edmira ! Allons, dépêche-toi ! Le costume blanc avec des plumes !

Un petit bout de femme accourut en toute hâte, portant sur ses bras une robe garnie de plumes de cygne et de paillettes. Et, voyant Linda :

— Sainte Vierge, s'écria-t-elle, la voici enfin ! Mais, est-ce qu'elle sait que ça fait deux heures qu'on l'attend ? Allez, allez, pas de fausse pudeur j'espère. Il n'y a pas un instant à perdre. Qu'elle se change ici, sans façons.

Avant même qu'elle s'en rendît compte, on lui avait enlevé son costume et le restant, puis enfilé l'habit de scène. En un tournemain, Edmira lui farda le visage et couvrit ses lèvres de rouge.

— Allez, allez, ma petite. Voilà qui est fait. Tu es un amour. Et qu'est-ce que tu vas chanter ?

— *Fauvette rupestre,* dit Linda tout à trac, car c'était son morceau de bravoure. Il s'agissait d'une ritournelle un peu vulgaire, mais aux effets irrésistibles (quand elle la chantait à la maison, les hommes, même ceux d'un certain âge, de dignes pères de famille — c'était immanquable — se mettaient tous aux fenêtres côté jardin).

Maintenant Linda sentit qu'on la poussait vers la scène d'où venait une grande sonnerie de trompettes. En passant devant un miroir, elle parvint à se voir un instant. Ce fut à peine si elle se reconnut. Le décolleté lui parut scandaleux. Mais elle n'eut pas le temps d'y penser plus longuement.

Elle traversa les coulisses, au milieu des machinistes affairés. Près de la rampe, sous les feux de tous les projecteurs disponibles, l'ensemble de la troupe était aligné par ordre hiérarchique, braillant en chœur toujours le même refrain.

— C'est à moi maintenant ?

Son gardien lui fit signe d'attendre.

À ce moment précis l'orchestre sembla s'emballer, les choristes s'empressèrent d'ouvrir les lèvres pour le rictus réglementaire du sourire final et se précipitèrent sur le podium. Bref triomphe. Un petit tour et déjà les applaudissements s'étaient éteints.

— Et moi ? et moi ? s'enquit Linda avec angoisse.

— Il y faut de la patience, ma fille, dit le petit vieux. Ce sera pour une autre fois. Tels sont les aléas du métier.

— Mais pourquoi, protesta-t-elle, sentant la rage qui lui brûlait le cœur, pourquoi m'avoir fait venir jusqu'ici ? Me faire faire une telle figure ! Et elle éclata en sanglots désespérés.

— C'est la faute de Robi !

— Robi ? Qui est ce Robi ?

— Robi, le chat. Quand quelqu'un, homme ou femme, manifeste de bonnes dispositions théâtrales, il le devine aussitôt et se met à lancer des lueurs. Une merveilleuse sensibilité. C'est à lui que le *commendatore* Stragioni doit d'avoir fait fortune.

— Et il ne se trompe jamais ?

— Se tromper vraiment, non. Cependant, il lui arrive parfois de plaisanter... Allons, allons, ne pleurez plus, vous verrez que tout finira par s'arranger... Tenez, voici justement le secrétaire du *commendatore,* je parierais que c'est vous qu'il vient chercher !

Il avait deviné. Le secrétaire était envoyé par le grand Stragioni qui désirait la voir sur-le-champ. Linda se sentit renaître. Il s'agissait peut-être d'une offre de contrat. Elle demanda à Elmira de lui refaire son maquillage, abîmé par les pleurs. Puis elle se hâta de se rendre auprès de l'imprésario.

Elle s'était évidemment imaginée un gros et puissant bonhomme, un cigare au bec. Stragioni était encore plus que cela. Il était gigantesque, pyramidal, un monument, un véritable Everest de chair. Même son cigare était immense.

Sitôt Linda entrée dans son studio, il l'examina attentivement, gardant un œil toutefois sur le petit félin, allongé sur un fauteuil, d'où émanaient quelques faibles lueurs.

— Courage, mignonne approche-toi, je n'ai jamais mangé de chair humaine, dit-il en riant, même si cette éventualité semblait à le voir tout à fait vraisemblable. Mais quel ignoble costume t'ont-ils mis ? Allons, montre-toi !

De deux doigts, eux aussi faramineux, Stragioni prit un coin de la jupe ; et alors, soit qu'il y ait eu des fermetures Éclair, ou que ce vêtement ait eu son propre secret, toujours est-il que la robe se divisa, comme par enchantement, en une multitude de bribes qui tombèrent aux pieds de la jeune fille.

— Holà, *commendatore,* du calme ! réagit Linda avec

un courage qui ne laissa pas de l'étonner elle-même. Et, pour pouvoir se couvrir quand même, elle s'attaqua à un napperon disposé sur une grande table. Le napperon lui céda, précipitant au plancher vases, livres, cendriers, sans compter une lampe de cristal qui éclata en un tonnerre de particules. Intrépide, Linda se drapa l'étoffe autour des épaules.

— Eh bien, ce n'était vraiment pas la peine de monter sur tes grands chevaux, fit Stragioni, à l'évidence habitué à ce genre de scène. J'ai vu, j'ai vu. Pas si mal. Pour ne pas perdre de temps, voici donc ce que je peux faire pour toi... Dans la prochaine revue de Glen Morrow, qui sera montée dans trois mois, il y aurait le rôle... il y aurait le rôle de deuxième soubrette... ça te va ? (et il donna un regard de contrôle vers le chat). Vingt-deux par représentation. Contente ?

— Vingt-deux mille ? s'enquit Linda qui ne s'était pas attendue à une telle somme.

— Pourquoi ? Tu trouves que c'est peu ? Mais, ma petite, tu n'es pas encore une profess...

Il s'interrompit, et demeura la bouche ouverte, regardant avec effroi son matou. Lequel, par une subite métamorphose, n'était plus de couleur gris perle et avait cessé d'émettre ses étranges lueurs. Du coup il s'était transformé en une affreuse bête de cité-dortoir, au poil hirsute et terne.

— Mais... mais..., balbutia Stragioni, cherchant quelque échappatoire. Dis-moi un peu, ma belle. L'anglais, où l'as-tu donc appris ?

— L'anglais ? Mais je ne sais pas l'anglais.

— Oh là là, il doit y avoir maldonne !... s'exclama l'imprésario, tout heureux d'avoir trouvé un bon prétexte. Nous avons simplement besoin d'une fille qui connaisse le répertoire américain et qui ait une excellente prononciation. Ma petite poule, il s'agit sûrement d'un quiproquo !

— Mais, *commendatore*... gémit la fille.

— Terminé. Vous pouvez vous en aller. Bonne nuit. Filez vite vous rhabiller et me faire reporter ces haillons qui m'ont coûté les yeux de la tête.

— Vous... vous n'êtes qu'une ordure! dit Linda, blême d'humiliation et de honte. Et, serrant sur ses épaules le napperon, elle sortit en claquant la porte avec une telle violence que le théâtre tout entier en retentit.

Elle revint au vestiaire, remit son costume qui gisait tout froissé sur une chaise et s'en alla à la recherche de la sortie par les couloirs désormais déserts et silencieux.

Une ombre lui fila entre les jambes. C'était le chat du *commendatore*. « Saloperie de bête... ! » s'écria-t-elle en s'apprêtant à lui donner un coup de pied. Mais le chat s'était de nouveau transformé. Comme si son éclipse de tout à l'heure n'avait été due qu'à un instant de distraction, et qu'il désirait se la faire pardonner, le félin, marchant avec solennité, alla se poster devant la jeune fille, en se dandinant, la tête haute et la queue triomphalement dressée. Il était redevenu gris perle, resplendissait comme un flambeau d'argent.

Et voilà que des pas pressés résonnaient à ses épaules, et que retentissait la voix de stentor de l'imprésario.

— Mademoiselle, criait-il, en cherchant à la rattraper. Arrêtez-vous! Attendez-moi! Je vais vous expliquer!

Mais elle ne voulut rien entendre.

Il y avait au-dehors l'apaisante nuit, la lune, la bonne odeur des jardins et des prés. La sœur de Linda et ses amis, lassés d'attendre, devaient s'en être allés. La ville dormait. Il n'y avait plus de tram, on ne voyait aucun taxi en maraude. La jeune fille se mit en route pour rentrer chez elle.

— Minou, mon beau minou! Allons, viens, mon beau petit minet!

Mais point n'était besoin de l'exhorter. Comme si elle

obéissait à un mystérieux appel, bien plus pressant que celui du *commendatore* Stragioni, la bestiole s'éloignait du même pas que Linda et semblait d'instant en instant reluire toujours davantage.

Dans le silence de la nuit, les maisons se renvoyaient en de curieux échos le martèlement des chaussures sur l'asphalte. Puis, d'une lointaine campagne, parvint le sifflement d'un train, particulièrement troublant. Tout, autour de la jeune fille, dans le grand sommeil du cœur de la nuit, était splendide et enchanté. De sorte qu'elle se sentait comme transportée par une délicieuse exaltation. Le chat envoyé du destin — elle en était sûre désormais — ne l'abandonnerait plus, demeurerait à jamais auprès d'elle, fidèle esclave, de théâtre en théâtre, au milieu des tornades d'applaudissements.

— Mademoiselle, je vous en prie ! hurlait dans la nuit le *commendatore* Stragioni. Je vous donnerai cinquante mille ! Soyez compatissante, je vous en supplie ! Quatre-vingt mille... Arrêtez-vous, mademoiselle... Cent mille par représentation...

— Tu peux courir, pensait-elle. Nous en reparlerons plus tard, peut-être. Je te tiens désormais !

Et elle hâta le pas avec jubilation, gagnant toujours davantage de terrain. Jusqu'à l'extinction totale de ces misérables lamentations.

Corriere della Sera, 12 septembre 1954.

Les vieux amis s'en vont

Mlle Anita Cerri, 37 ans, passant un après-midi dans une rue des faubourgs, via Lefèvre, se souvint d'avoir fait enterrer quatre ans plus tôt dans un terrain inculte du voisinage son chien mâtin, nommé Orlando, renversé et tué par un chauffard. Elle avait alors éployé sur la modeste tombe nombre de fleurs et de larmes. Elle y était retournée, pendant plusieurs jours, en cachette, par peur du ridicule. L'endroit était désert. Chaque fois, sur la sépulture, elle déposait les marguerites qu'elle venait de cueillir dans les prés environnants. Elle restait longuement, debout devant le tertre fraîchement remué, en caressant l'espoir que ce petit être, là sous terre, se sentirait ainsi un peu moins abandonné. Et puis, comme cela arrive, la vie avait repris son cours, un autre chien était venu, puis un autre encore, la douleur s'était inexplicablement évanouie, et bientôt Orlando resta tout à fait seul sans plus pouvoir entendre, de là où il se trouvait, ni s'approcher le pas familier ni la chère voix qui l'appelait : « Orlando, mon Orlando, m'écoutes-tu ? »

Au bout de quatre ans, donc, Mlle Anita Cerri fut prise du remords de l'avoir à tel point négligé, et courut le retrouver. C'était le crépuscule, le jour s'en allait tranquillement, de sombres nuages s'accumulaient du côté des gazomètres mais sans intention menaçante. Presque personne dans les parages. Anita avait imaginé que, depuis le temps, bien des choses avaient dû changer, peut-être le terrain vague n'existait-il plus, peut-être y avait-il poussé des maisons, des bureaux.

Au contraire, fort étonnée, elle revit tout en l'état où elle l'avait laissé. Elle se souvenait d'un petit fossé, d'une sorte de sentier, d'une touffe d'arbrisseaux, d'un muret à moitié démoli ; fossé, sentier, buissons, muret n'avaient pas changé d'un pouce. On aurait pu croire que quelques jours à peine venaient de passer et non plus quatre années d'existence humaine, lesquelles, il est vrai, s'envolent toujours à la vitesse du vent pour sembler, quand on y repense, avoir été un fort long chemin. Mais le plus surprenant était que, là où le chien avait été enterré, l'herbe n'ait pas encore repoussé. La terre paraissait tout juste avoir été remuée et, à cet endroit précis, on pouvait remarquer quelques fleurs, fanées et desséchées par les intempéries. Qui avait bien pu les apporter ? Se pouvait-il que, par une étrange coïncidence, dans ce même coin de terre ait été inhumé un autre chien dont la maîtresse, inconsolable, était récemment revenue pleurer sur sa tombe ?

Impressionnée, Anita demeura immobile, regardant cette sépulture qu'elle avait négligée, et s'efforçant de raviver l'image d'Orlando déjà noyée dans les brumes difformes du passé. Mais elle eut beau faire, elle n'y parvint pas.

Elle entendit au loin les trépidations métalliques d'un tramway, le cri solitaire d'un enfant. À l'improviste, sans en comprendre la raison, elle eut peur. Elle se retourna, tout était tranquille. Elle se prépara alors à s'en aller quand ses regards, comme répondant à un obscur appel, se reportèrent une fois encore sur les mottes de terre qui recouvraient son chien. La terreur la laissa frigorifiée.

En cet endroit la terre remuait soudain comme si

quelqu'un la soulevait lentement. Gonflant de la sorte, quelques cailloux en tombaient en bruissant doucement. Puis une mince craquelure se dessina peu à peu sur les bords qui s'écartèrent et finirent par se briser. Et du trou ainsi formé sortit le chien. Orlando.

C'était lui, en toute certitude. Anita le reconnut dès le premier regard. Pourtant, depuis lors, le mâtin avait subi une profonde métamorphose. En particulier il était bien plus gros et musclé. D'autre part il était revêtu d'un uniforme militaire couleur kaki, avec un curieux casque orné de deux fentes d'où pointaient ses oreilles. Et il brandissait une flamboyante épée.

Orlando était assis, roide, la tête fièrement dressée, le regard fixé sur l'horizon, totalement inexpressif, comme si la présence de sa maîtresse lui était indifférente. Il semblait le dieu Moloch, semblait un monstre aztèque, semblait une sentinelle tartare pétrifiée dans son garde-à-vous et rendant les honneurs au drapeau.

Dès lors Anita put entendre, derrière elle, une sorte d'énorme marmottement, comme provenant d'une foule en train de prier à voix basse. Elle se retourna et vit que les lieux s'étaient soudain peuplés. Le long de la route qui longeait le terrain vague avançait un interminable cortège. Y regardant mieux, Anita s'aperçut qu'il s'agissait d'un enterrement. Sinon qu'il n'y avait pas de corbillard mais un immense convoi de véhicules à roues, attachés les uns aux autres comme des wagons de chemin de fer. Mais, en tête, y avait-il des chevaux ou une machine à moteur ? C'était impossible à discerner car le convoi se perdait à l'horizon. Sur ces véhicules, de hautes masses recouvertes de toile noire, et dont on ne pouvait comprendre ce qu'elles représentaient. Le spectacle était lugubre et redoutable.

Anita s'approcha. De cette procession s'échappait un sourd murmure parfois percé de quelque douloureuse lamentation, quelque sanglot, quelque pleur.

— Que se passe-t-il ? demanda Anita à un vieux monsieur qui marchait, tête basse.

Le monsieur lui répondit aimablement mais avec des accents désespérés :

— Madame, ce sont les chiens.

— Et qu'est-ce à dire exactement ?

— Ils sont tous morts aujourd'hui.

— Quels chiens ?

— Tous les chiens du monde.

— Tous ?

— Tous, y compris le mien.

— Mais comment est-ce possible ?

Le vieillard secoua la tête.

— C'est la vie, très chère madame. Les belles choses nous abandonnent, l'une après l'autre. Plus nous allons, plus nous nous retrouvons seuls. Il y a deux ans, ce sont les papillons qui ont disparu mais personne n'y a prêté attention. L'année dernière, les moineaux, vous vous souvenez ? Maintenant, et c'est bien plus triste encore, les chiens.

Anita jeta un œil sur le sombre cortège de voitures qui avançait dans la campagne. Un effroi la prit. Elle se mit à courir fébrilement sur le chemin du retour, remontant tout du long le douloureux cortège. Elle put voir des femmes qui pleuraient, des paysans, des aveugles, des mendiants, des chasseurs, carabine à l'épaule, le canon pointé au sol en signe de deuil. « Heureusement que Nerone et Puck, je les ai laissés enfermés à la maison !... » se disait Anita, se cramponnant à cet ultime espoir. « À eux au moins, il ne pourra rien être arrivé... » Et elle courait, courait, aucun raisonnement ne parvenant à calmer son appréhension.

Elle tourna dans un chemin latéral, échappant à la gigantesque procession mais continuant d'entendre encore pour un certain temps ce sourd murmure, ces sanglots, ces gémissements. Les autres rues étaient curieusement vides. Sur les trottoirs, la queue bien droite et en panache, gambadaient impunément les chats.

Le cœur au bord des lèvres, exténuée par sa course, elle franchit le portail, s'élança dans les escaliers :

— Nerone ! Puck ! criait-elle. J'arrive !

Mais, parvenue sur son palier, Anita sentit son sang se glacer. La porte de son appartement était grande ouverte. On pouvait voir à travers le couloir d'entrée jusqu'à la salle à manger. Tout était tranquille et en ordre. Mais il en venait un horrible silence.

— Nerone ! Puck !

Elle tenta d'appeler encore, à voix basse. De toute façon, elle savait que c'était en vain.

Elle ouvrit toutes les portes, regarda même sous tous les meubles, inspecta chaque armoire et le placard à balais. Rien. Les chiens avaient disparu. Sur un crochet du portemanteau pendaient immobiles leurs laisses.

« Pourquoi ? Pourquoi ? » se demandait-elle, et sur ses lèvres elle pouvait goûter à ses larmes amères. S'est-il agi d'une foudroyante épidémie ? Ou d'une prescription gouvernementale ? Ou d'un décret du Tout-Puissant ? Sans vraiment savoir ce qu'elle faisait, elle se retrouva bientôt dans la rue. Et elle se remit à courir à en perdre le souffle, de plus en plus exténuée, forçant toujours l'allure mais maintenant pour rejoindre le convoi. Sur l'un ou l'autre de ces milliers de chars funéraires, recouverts d'un noir linceul, gisaient son Puck et son Nerone. Et il lui fallait à tout prix leur dire adieu.

Elle finit par retrouver la queue du cortège de tous ceux qui avaient perdu la consolation de leur existence. Elle s'y infiltra et parvint à remonter presque jusqu'au début.

Il faisait déjà à peu près nuit mais sur les prés arides, sur les façades blêmes des maisons, sur les murs gris des usines, persistait le pur enchantement du soir. Lentement très lentement, amoncelés par millions dans ce convoi qui se perdait dans les brumes tout là-bas, au fond, les chiens s'en allaient pour toujours. Plus le moindre aboiement, le moindre jappement sur la surface entière de la Terre. Plus aucun de ces regards interrogateurs et humbles droit fixés dans les yeux de l'homme, plus d'heureux frétillements et battements de la queue à son retour du travail. Adieu, adieu donc.

Il se faisait tard. Fatigués, certains s'arrêtaient quand d'autres s'en retournaient déjà chez eux. Un vétérinaire qui, jusque-là, avait suivi la procession en manifestant les signes de la plus cruelle douleur, se décida à allumer sa pipe. De petits groupes de curieux s'étaient formés en plusieurs endroits, autour d'orateurs improvisés qui les haranguaient. Anita saisit quelques bribes de leurs discours : « ... Ce fidèle ami des classes laborieuses... Leur souvenir pour toujours planera au-dessus de nous... Notre pays, ce phare de la civilisation qui surpasse tous les autres... illustre berceau des plus nobles et plus généreuses races canines... » De temps à autre éclataient des salves d'applaudissements.

La procession passa devant le siège grandiose de l'Institut antirabique. Sur le seuil, près de sa femme et de ses enfants, se tenait avec consternation le directeur, l'illustre Pr Vernaccia. Silencieusement, la famille demeura jusqu'à la fin à regarder s'écouler le cortège. Quand il ne resta plus personne, Mme Vernaccia s'enquit :

— Dis-moi, Claudio, as-tu calculé à combien se montera ta retraite ?

Corriere della Sera, 12 octobre 1954.

Puissance de la haine

Cette histoire raconte la façon dont Stefano Bonanni, 47 ans, professeur de sciences naturelles au collège Jacopo Fabritiis, se trouva, par un enchaînement de circonstances indépendantes de sa volonté, maître du monde.

Peu fortuné, Bonanni était allé passé ses vacances à Vallesinetta, un village de montagne dans une vallée loin des circuits touristiques. Il avait loué, avec sa femme et ses deux enfants, trois pièces dans un chalet d'alpages. Le matin, tandis que sa petite famille dormait encore, il allait faire une promenade avec son chien, de race plus qu'incertaine, nommé Tom.

Ce Tom était extraordinairement laid, essentiellement en raison de ses jambes torses, de son gros ventre, de son museau tout pelé et, sans doute pour cela, les gamins du village s'amusaient à le taquiner, à lui jeter des pierres et à lui faire toutes sortes de petites misères.

En particulier un garçon du nom de Berto, dont le grand plaisir était de se moquer du chien, peut-être dans le but de ridiculiser même Bonanni, dont la pauvreté se voyait jusque sur son visage, ses tristes vêtements et sa façon humble et miteuse de se comporter.

Évidemment Tom, même si son maître tentait de l'en empêcher, réagissait en aboyant et en montrant les dents. Ce qui ne faisait qu'encourager les gamins, tout heureux de le voir s'exaspérer, dans leurs farces et lazzis.

Un jour, tandis que Bonanni était entré chez le marchand de tabac du village pour se procurer des cigarettes, la petite bande remarqua Tom, resté au-dehors sur la place.

Berto, le meneur, était armé d'un arc et de certaines flèches qu'il avait fabriquées lui-même, petites mais nanties d'un gros clou à leur pointe. Entendant les aboiements du chien, le Pr Bonanni, inquiet comme tous les timides, s'empressa de sortir de la boutique pour l'appeler.

Soit qu'il eût déjà reçu quelque affront ou bien qu'il sentît venir le danger, Tom se tenait debout sur ses gardes au milieu de la petite place et, le poil hérissé et la tête cocassement tendue vers ses ennemis, gémissait à pierre fendre.

— Tom, au pied Tom ! ordonna Bonanni, cherchant à éviter le pire.

Mais déjà Berto, encouragé par ses copains, décochait une flèche.

Soudain le chien se retrouva avec un long dard fiché dans la tête.

— Tom, au pied Tom! supplia désespérément le professeur.

Le chien se retourna vers son maître. Mais il chancelait. La flèche l'avait atteint en plein dans l'œil gauche. De l'autre, Tom regarda intensément pendant quelques instants le professeur, comme s'il lui demandait la raison de ces misères. Puis ses pattes de devant fléchirent et il s'affaissa lourdement.

— En plein dans le mille, vous avez vu, dans le mille ! jubilait le garçon en brandissant son arme.

Mais ses compagnons, pris d'une obscure gêne, ne répondirent pas à son enthousiasme. Et ils reculèrent en silence.

Bonanni, sans bien comprendre encore ce qui s'était passé, s'agenouilla près de son chien et voulut le soulever entre ses bras mais la tête de l'animal ballottait lourdement, signe évident de la mort.

Le professeur sentit alors son corps tout entier pris d'un spasme désespéré. Et, caressant vainement la pauvre tête inanimée, il se mit à dire :

— Ils me l'ont assassiné ! Ils me l'ont assassiné !

Tout d'abord sa voix était sourde et basse, puis elle grimpa, devint de plus en plus aiguë pour finir en un hurlement sauvage qui se répercuta partout sur la petite place de montagne, sous le soleil blanc du matin, tandis que tout autour, incroyablement hiératiques et hautaines, les montagnes assistaient à la scène.

Le jeune Berto était encore là, son arc à la main, ne sachant plus que faire.

— Maudit ! lui cria de loin Bonanni en se relevant, et il pointait sa canne de promenade dans sa direction comme s'il s'était agi d'un fusil.

— Maudit ! répéta-t-il avec des accents à donner la chair de poule. Misérable, meurs !

À ces mots, on vit Berto se contorsionner en de brusques convulsions, il leva les bras au ciel, une flamme blafarde surgit à ses pieds et sembla l'investir, le cachant pour un instant à la vue de tous. Puis apparut une sorte de noir squelette fantoche, un brandon carbonisé qui s'abattit brusquement au sol, pour y rester enfin, inanimé.

Inédit, 1955-1956.

L'expérimentation

Un matin, dans les laboratoires de recherche de la Farmisten. Le soleil pénètre par les grandes baies, les moineaux donnent concert dans les arbres du jardin d'en face. En blouse blanche, le laborantin Stefano Annoni, 48 ans, bonhomme placide, au teint bien rosé, grassouillet, sûr de lui, est en train de faire des piqûres intraveineuses aux rats de la cage étiquetée numéro 3. Il est assisté par Anita Menisio, étudiante en biochimie pharmaceutique qui est ici en stage.

Il est tout heureux, Annoni, de pouvoir montrer son adresse devant cette jeune novice, au surplus pas vilaine du tout, bien qu'au profil un peu plat et au teint pâlichon. Ses mains boudinées ne ratent jamais leur coup. Attraper à la pince la queue des petits rongeurs, les tirer hors du grillage de leur cage, les confier à la demoiselle Anita pour qu'elle les maintienne fermement avec une autre pince, choisir l'endroit exact, y enfoncer l'aiguille, injecter la juste dose de liquide, tout cela n'est pour lui qu'une question de secondes.

C'est une expérience qui tient beaucoup à cœur au Pr Amendolagine, le responsable des services de recherche. Il s'agit de démontrer l'efficacité d'un nouvel analeptique musculaire, justement mis au point par ce même Amendolagine. Il pourrait faire florès parmi les sportifs. Il a provisoirement été baptisé Myoerghina.

— Et de quatorze ! s'exclame Annoni, satisfait, après avoir marqué la queue du rat d'un signe rouge. Encore un et puis...

— Brrr... je n'aimerais pas être à leur place, hasarde timidement l'étudiante, plus livide qu'à l'accoutumée.

— Pourquoi ? Tout est dans la manière et le coup de main... Je parierai qu'ils ne s'en aperçoivent même pas... Évidemment, pas question de trop faire joujou avec ces bestiaux-là... Ce sont des charognes, ultra-charognes, je vous le dis... Voilà, je t'ai pincé, mon beau mignon, rentre ta queue.

Une porte s'ouvre. Grand, efflanqué, maussade, entre le Pr Amendolagine. Il s'arrête à une certaine distance.

— Alors, Annoni, sommes-nous prêts ?

— Je suis en train d'inoculer mon quinzième, professeur. Le dernier. Ensuite la compétition pourra commencer.

— Je vous rappelle, Annoni, le minutage. Il nous faut un protocole absolument exact. C'est vous, mademoiselle, qui prendrez des notes ? Très bien, très bien.

— Comment, professeur, vous n'allez pas y assister ? s'enquiert Annoni, déçu, en voyant l'autre se diriger vers la porte.

— Je ne peux pas, Annoni. On m'attend là-bas...

C'est un prétexte un peu trop évident. En réalité, le professeur a les nerfs très fragiles. Avant de sortir, il donne un long coup d'œil anxieux sur un bassin rectangulaire empli d'eau.

L'expérience est d'une merveilleuse simplicité. Quinze rats témoins et quinze traités avec la drogue sont immergés ensemble dans le bassin. Les parois du bassin sont lisses et les petites pattes n'y ont aucune prise. Il ne reste aux bestioles qu'à nager, et aux humains à enregistrer au chronomètre leur résistance. Pour que l'expérience soit probante, il conviendra que les rats traités, et eux seuls, se maintiennent à flot d'une façon et pendant un temps significatifs.

Le processus, qu'on aurait pu penser laborieux, se déroule sans faille. En couinant plus ou moins tous les ratons, magistralement expulsés de leur cage, sont rapidement précipités dans le bassin de un mètre sur soixante centimètres. Le chronomètre est déclenché. Le minuscule miroir des eaux est devenu une effervescence de petites et grasses échines blanches.

— Regardez-moi ça, regardez, mademoiselle, comme ils agitent leurs petites pattes, c'est mieux encore que le crawl ! Allons les enfants, du calme, du calme avant toute chose... si vous continuez à cette allure, vous allez bientôt tous y passer... Mais, mademoiselle, pourquoi êtes-vous si pâle ? Vous ne vous sentez pas bien, peut-être ? Que diable, il faut s'aguerrir un peu...

— Et combien... combien de temps pensez-vous qu'ils tiendront ? demande l'étudiante, dans un faible souffle.

— Ces gredins ? Capables de continuer comme ça pendant une bonne demi-heure, pour le moins. Oh ! nous avons le temps, asseyez-vous mademoiselle, on va pouvoir se fumer bien tranquillement une cigarette, pendant que ces blondinets se dégourdissent les jambes... Félicitations, mes petits, c'est bien... Vous avez pris le bon rythme.

Effectivement les rats, une fois le premier affolement passé, se sont repris, ils n'agitent plus frénétiquement les pattes, comprenant peut-être qu'il ne sert à rien de se dépenser ainsi, et leur grouillement, désormais plus lent, homogène, s'est régulé.

— Bon, laissons donc nos petits amis se livrer à leur sport favori. Pendant ce temps, je voudrais vous montrer un colifichet que j'ai acheté ce matin.

Il va prendre un petit paquet, en sort une espèce de

baigneur en Celluloïd qui émet, en branlant de la tête, un bruit faible mais harmonieux de clochette.

— Vraiment charmant, fait la jeune fille. Et comme il sonne bien !... On jurerait presque un carillon. Mais, excusez-moi, vous voulez en faire quoi exactement ?

— Moi ? Vous pensiez que c'était pour moi que je l'avais acheté ? Elle est bien bonne celle-là. À mon si jeune âge ? C'est pour Puccetti...

— Pucccetti ? Qui est Puccetti ?

— Mon petit neveu. Si vous le voyiez, quel trésor ! Neuf mois et il sait déjà marcher... (Tout en parlant, il maintient l'ordre parmi les nageurs avec sa grande pince). Moi, voyez-vous, j'ai toujours aimé les enfants, même avant de me marier, j'ai toujours eu un faible pour eux... Mais vous vous rendez compte que ça fait maintenant une demi-heure et qu'ils sont toujours aussi frétillants ?... Ah ! ah ! regardez donc celui-là, comme il souffle, on dirait un phoque... Une demi-heure ! Vous, mademoiselle, sur la mer, combien de temps pouvez-vous rester à flot ?

— Je ne saurais vous dire, je ne m'en suis jamais préoccupée.

— Eh bien moi, une heure, et même une heure et demie... L'important est de se sentir en communion avec l'eau. Moi, Puccetti par exemple, j'aimerais que...

L'étudiante l'interrompt :

— Pardonnez-moi, monsieur Annoni, il y a une chose que je ne comprends pas bien, comment faites-vous pour savoir quand les rats sont fatigués ?

Annoni éclate de rire :

— Cher petit ange ! Qu'aviez-vous donc imaginé ? Qu'ils allaient nous en avertir en sifflant ? Mais ma belle, quand ils sont fatigués, ils cessent de nager, tout simplement.

— Et vous... vous les laissez se noyer ?

— Évidemment. D'ailleurs, faites bien attention

vous-même, quand vous les voyez qui coulent, à marquer immédiatement le temps qu'il y ont mis. J'y veille, bien sûr, mais restez aussi sur vos gardes, il s'agit d'une expérience très délicate...

Il aspire encore quelques bouffées de fumée, jette sa cigarette, hoche la tête d'un air satisfait et rit.

— Monsieur Annoni, pourquoi riez-vous ?

— Oh ! je pensais.

— À quoi pensiez-vous ?

— Je pensais qu'il me ressemble.

— Qui donc ?

— Hé, Puccetti, mon neveu ! Tout le monde le dit. En bien plus beau, évidemment, et c'est heureux ! Eh oui, ma chère petite, moi, déjà devenu complètement gâteux à cause de mes enfants. Mais un neveu ! Je ne saurais même pas dire, c'est quelque chose de bien différent, de plus profond, une secousse qui vous prend là, dans les viscères... Bigre, déjà une heure de passée, nos petits marathoniens nous font honneur... Regardez-moi ça, à quelle allure ils vont ; fin prêts pour les prochaines Olympiades !

Une heure vingt. Annoni est tout émoustillé par cette belle prestation. Une seule chose ne va pas : entre les rats témoins et les sujets inoculés (ceux qui ont le signe rouge sur la queue) aucune différence ne se discerne. Ils rament tous dans l'eau avec une égale intrépidité.

L'étudiante, les yeux rivés sur le diabolique spectacle, se tait. Annoni se tait également, et, dans le silence, le temps, avec une lenteur exagérée, s'écoule, tandis qu'un très faible clapotis agite le bassin.

Et voici qu'enfin, une heure et quarante minutes après le début de l'expérience, les yeux perspicaces du laborantin remarquent qu'un rat a ralenti l'allure mais, fait particulièrement décourageant, il s'agit justement d'un de ceux qui ont été sélectionnés. S'il ne donne aucun signe d'épuisement, il ne se trémousse pourtant plus, comme s'il se trouvait soudain en proie à un fatal découragement.

— Vas-y, petit ! l'exhorte Annoni, tout à l'excitation du match. Courage, tu ne voudrais quand même pas faire un tel affront à monsieur le professeur, la patrie attend beaucoup de toi ! Ah, le traître...

Soudain, alors que tout autour de lui ses compagnons se maintiennent inlassablement, le queue-rouge, sans avoir donné le moindre signe précurseur de catastrophe, s'est laissé aller, retourné sur le côté, s'abandonnant le museau en arrière, et ses quatre petites pattes roses pointent hors de l'eau.

— Mademoiselle, prévient Annoni, notez une heure cinquante-quatre. Inoculé.

Une heure cinquante-sept. Puis cinquante-huit. Le laborantin ne fait plus grise mine. Le premier trépassé devait être atteint de quelque tare congénitale. Car maintenant, fort heureusement, ce sont les « témoins » qui présentent des signes de débâcle.

— Nous y sommes enfin, mademoiselle, exulte Annoni. Les queues grises sont à bout, comme nous voulions l'objectiver. Prenez vite note, une heure cinquante-huit et dix secondes, un normal. Cinquante-huit et vingt-cinq secondes, deux normaux. Cinquante-huit et trente-cinq, un normal... Aïe, cinquante-huit et trente-neuf, un inoculé...

Pendant ce temps, avec sa pince, à mesure que les rats succombent, Annoni les repêche prestement, et les jette dans un sac.

Deux heures et quatre minutes. Même parmi les inoculés, la tuerie fait des ravages : bien trop tôt ! Ne restent plus dans le bassin que onze misérables bestioles qui surnagent mollement, avec le peu de forces qui leur restent, dans l'attente d'un dieu compatissant. Sur ces onze, seulement huit sont marqués à la queue du signe rouge.

Mais le dieu, pour elles, serait le laborantin Annoni, lequel est exclusivement préoccupé de voir l'expérience réussir :

— Courage, courage, mes braves petits soldats, les encourage-t-il, c'est pour le triomphe de la science que vous combattez !

Les braves petits soldats n'ont cependant pas la moindre idée de ce qu'est la science. Ce n'est qu'un opiniâtre instinct de survie qui les aide à activer encore, mais avec lassitude, leurs petites pattes.

— Monsieur Annoni, interroge presque à voix basse la jeune fille, monsieur Annoni, vous ne craignez pas que cela porte malheur ?

— Quoi ?

— Cette horrible situation... Imaginez que...

— Allons donc, reprenez-vous mademoiselle, ne nous mettons pas martel en tête. Manquerait plus que ça. À cause de ces ignobles sales bêtes...

Deux heures neuf. Sur les trente du début, un seul reste en vie, qui lutte encore coûte que coûte. Annoni est éperdument aux aguets.

Vive le superchampion ! Il n'est pas au bout de son rouleau celui-là, grâce au ciel... Vas-y petit, vas-y, pour faire plaisir au professeur...

Son carnet de notes à la main, l'étudiante s'est levée et approchée du bassin. Pour un instant ses regards et ceux du rat moribond se sont croisés.

— Il m'a regardée, crie-t-elle. Seigneur, comme il m'a regardée !

— Que diable, mademoiselle, calmez-vous, je vous en prie. Il ne s'agit que d'un rat... Ah ! le lâche, le lâche, toi aussi tu me fais cet affront... Allons donc, prenez note. Deux, onze et dix, un inoculé...

Ledit inoculé vient en effet de se retourner, ses pattes postérieures ont été prises d'un ultime sursaut, puis il est demeuré immobile, ventre en l'air.

La moyenne est bientôt faite : cent vingt minutes environ pour les rats en condition normale, cent vingt-cinq pour ceux qui avaient été traités. Dans l'ensemble, un bien maigre résultat.

— Quel dommage… commente Annoni en jetant le dernier cadavre dans le sac. On s'attendait à mieux. Quel dommage…

Le soleil s'est soudain caché. Et les moineaux ont dû émigrer dans quelque autre jardin car leur chant a cessé de se faire entendre. Règne un grand silence.

— Monsieur Annoni, vous verrez. L'étudiante parle tout doucement. Ces choses-là portent malheur.

— Arrêtez, mademoiselle ! Je ne peux supporter qu'on parle de…

D'une pièce voisine la sonnerie stridente d'un téléphone leur parvient. Et elle insiste avec impatience, acharnement. À chaque nouvelle impulsion, il semble que s'accroisse l'inquiétude.

Annoni, en train de se laver les mains au robinet, en est resté pétrifié.

— Mademoiselle, mademoiselle…

La jeune fille est déjà partie pour répondre. Elle revient sur le seuil, le visage terreux :

— Monsieur Annoni, c'est pour vous...

— Pour moi ?

— Votre famille.

— À cette heure ?

— Venez, c'est urgent.

Les mains encore pleines de savon, le laborantin se traîne vers le téléphone :

— Bon sang, vous allez voir que…

C'était un pressentiment.

Corriere della Sera, 25 novembre 1956.

La défaite

Après la réunion, le retour en auto de la Boscarda jusqu'à la ville fut fort déprimant. Ni le député Amadio ni l'avocat Calza, candidat dans une autre circonscription venu lui prêter éventuellement main-forte en cas de trop forte contradiction, n'avaient envie de parler. À un certain moment seulement, après un long silence, Amadio secoua la tête :

— C'est sans doute, dit-il, que je n'étais pas en forme ce soir.

— Au contraire, fit Calza. Tu as été sensationnel. Tu ne t'es pas démonté !

— Mais, bon sang, quel public, un vrai mur de pierre, murmura Amadio.

— Ils sont quand même venus !

— Ouais ? j'aurais préféré que la place reste vide...

Et ils ne se dirent plus rien jusqu'à l'arrivée en ville.

S'en aller organiser une réunion publique du parti social-démocrate à la Boscarda, petite bourgade perdue dans son coin, mais forteresse extrémiste célèbre pour la violence de ses révoltes prolétariennes, était une idée saugrenue d'Amadio. Tous les autres partis la tenaient désormais pour chasse gardée des communistes qui, règle générale, y obtenaient un pourcentage de voix largement supérieur à celui des autres formations. Une réunion, à laquelle, aux élections précédentes, s'était essayé un parti du centre, avait fini dans le plus grand tumulte. La Boscarda semblait une véritable « terre de mission », sinon que les missionnaires avaient à l'avance désespéré d'y convertir qui que ce soit puisque, de toute façon, ç'aurait été peine perdue.

Mais le prestige d'Amadio était immense, célèbre son éloquence chaleureuse, bon enfant, familière, humaine, non dénuée d'humour, et qui par de nombreux côtés pouvait rappeler les prêches ingénus mais percutants de certains braves curés de campagne. Même physiquement, il attirait la sympathie. Massif, un visage large et jovial, dans le même temps magistral, même s'il débutait à peine dans l'âge mûr, fougueux et placide à la fois : un parfait mélange de sagesse et de malice. Si vraiment quelqu'un était capable, nous n'irons pas jusqu'à dire d'y faire une brèche mais d'égratigner ce monolithique roc d'entêtement fanatique, c'était bien Amadio et, tout d'abord réticents, les stratèges de son parti avaient fini par accepter de l'envoyer au massacre. S'il parvenait à décrocher une trentaine de voix dans ce nid de suppôts de Satan, ce serait déjà, de toute façon, un magnifique exploit.

Mais les choses n'étaient pas allées dans le sens souhaité. Amadio s'était préparé pour une âpre bataille ; et il n'y avait eu aucune bataille. Amadio avait craint que la réunion n'attire personne ; et on y était venu en foule. Sinon que, contrairement aux habitudes, cette foule ne s'était pas massée sous la tribune mais était demeurée à l'autre bout de la petite place, à une vingtaine de mètres, formant un parfait demi-cercle, aussi compacte qu'une muraille, comme si aucun de ses membres ne voulait s'approcher davantage par peur d'être contaminé. De sorte qu'entre la tribune et l'assistance toute une étendue était sinistrement demeurée rigoureusement déserte.

Pour la plupart manœuvres, travailleurs de force et ouvriers, plutôt marqués par une sombre désespérance que miséreux et dépenaillés, ce n'étaient pas tant les souffrances que les humiliations qui se lisaient en eux. Et pourtant, cela semblait encore pire que s'ils avaient été des squelettes faméliques. Une classe désespérée. Au surplus, sur ces visages sombres et fermés, dans ces regards éteints, sur ces bras noueux, ces thorax, ces jambes qui feignaient l'abandon, le tout chargé d'une puissance ténébreuse, pouvaient se lire une rancune sourde, un mépris glacial non pour lui, Amadio, mais pour ce qu'il disait.

Et ce silence... Amadio avait commencé son discours à voix basse, avec un sourire désarmant, comme s'il s'adressait à un groupe d'amis, et peu à peu — c'était sa botte secrète — il s'était échauffé en une savante progression d'accents et de modulations, à tel point bien dosée, intelligente, qu'il devenait difficile d'y résister. Curieusement, l'hostilité apathique de ces gens, loin de le déprimer, avait excité sa fantaisie. Jamais sans doute il n'avait aussi bien harangué son auditoire, ni usé d'arguments d'une aussi percutante évidence.

Mais eux, rien. Quand pour la première fois il avait laissé son discours en suspens, dans le feu d'une belle tirade, il s'était attendu à ce que son public soit pour le moins parcouru d'un mouvement, d'un murmure, d'un frisson, d'un cri, mais pas un de ces hommes n'avait bronché. Vraiment, ils semblaient de pierre.

Presque rageusement, bien qu'en toute certitude ses paroles n'exprimaient aucune rage mais tout au contraire un amour passionné pour les pauvres, une noble soif de justice sociale, un désir de paix et de concorde universelle, Amadio repartit aussitôt à l'attaque, comme si cet accueil impassible lui semblait naturel. Et, comme ces athlètes au moment le plus rude d'une compétition, il parvint à se surpasser. Sans doute surpassa-t-il même ses propres intentions, donnant de son programme électoral une lecture beaucoup plus à gauche qu'il n'avait été prévu ; et il louangeait, il compatissait, il approuvait, comme un père compréhensif, les insaisissables aspirations de tous ces pauvres gens.

En faire davantage, à l'évidence personne ne l'aurait pu. Ils y résistèrent pourtant tous, jusqu'au dernier. Il put encore faire jaillir du fin fond de son cœur toute la bonté brûlante qui y gisait. Une pierre en aurait été ébranlée. Eux, non. Sa dernière phrase, véhémente, généreuse, péremptoire, tomba dans le vide. Personne ne bougea d'un millimètre, aucune bouche ne s'ouvrit, pas une huée, pas même un sifflement. Le silence.

Ils restèrent ainsi quelques instants à se regarder, l'orateur et la foule. Puis, quand il s'apprêta à descendre de l'estrade, ils levèrent finalement le siège, rompirent leur demi-cercle et s'en furent par petits groupes. Mais sans un cri, sans un murmure, sans la moindre agitation. Et la petite place resta lugubre et déserte. « Mais quel genre d'hommes sont-ils donc ? Pourquoi me haïssent-ils de la sorte ? Pourquoi se méfient-ils à tel point de quelqu'un qui les aime comme moi ? se demandait Amadio. Moi aussi quand j'étais jeune j'ai connu la pauvreté, comme eux. Moi aussi j'ai rêvé d'un autre monde, moi aussi j'ai contesté, moi aussi j'ai haï. Mais jamais de cette façon. » Et, vaincu, il avait grimpé dans l'automobile du retour...

— Tiens, je vais descendre ici. Marcher un peu me fera du bien, dit Amadio quand l'auto ne fut plus très loin de chez lui.

— Au revoir, Calza, et merci. Ça s'est mal passé, ça ira mieux une autre fois. On se reverra demain matin.

Il s'engagea dans la rue qui menait à sa maison, une rue habituellement passante mais qui, si tard — onze heures du soir n'étaient plus très loin — avait un aspect étrangement désert. Il marchait, méditatif. Il lui semblait se trouver encore face à cette masse de visages immobiles et hostiles qui le tenaient pour un infâme ennemi. Il ne parvenait pas à s'en extraire. « Pourquoi ? persistait-il à se demander avec l'obstination d'un enfant. Pourquoi me haïssent-ils à ce point ? »

Et soudain, juste devant lui, sur le trottoir, il vit un chien. C'était une espèce de berger noirâtre, presque encore un chiot, efflanqué et sans doute abandonné. Toutes les maisons des environs étaient barricadées. Personne ne s'intéressait à lui. Où allait-il pouvoir passer la nuit ?

Amadio, poussé par la pitié, voulut s'approcher de l'animal qui, méfiant, s'écarta aussitôt en faisant laborieusement un grand tour. Il était à l'évidence affamé, épuisé. Mais par-dessus tout il était apeuré : qui sait ce qu'on lui avait déjà fait endurer ?

Du coup, Amadio se sentit encore plus déprimé. L'idée même qu'il allait bientôt se retrouver couché dans un lit douillet, à l'abri, pendant que cette pauvre bête crèverait peut-être effectivement de faim, lui était insupportable. Il hâta le pas, arriva chez lui, monta, et sans réveiller personne alla chercher quelque chose à manger, se mit en poche quatre petits pains et redescendit. La rue était toujours aussi déserte. Sous un réverbère, au loin, il vit le chien, assis, qui attendait.

Il s'en approcha de nouveau. Et de nouveau le chien se leva, s'éloigna la tête basse, comme s'il se disait : « Voici un homme, ça va sûrement encore me valoir d'être rossé. »

« Ps, ps », fit Amadio, espérant que l'animal — comme on le prétend parfois — devinerait combien pures étaient ses intentions. Et, après avoir coupé en deux un de ses petits pains, il lui en lança un morceau.

Le chien errant tourna la tête pour le regarder et ne broncha pas. Ses yeux brillaient à la lueur du réverbère, mais sans aménité. « Ps, ps » fit encore l'homme.

D'un pas circonspect, le chien finit par s'approcher du morceau de pain, le renifla, puis recula lentement, comme s'il était amèrement déçu, comme s'il avait compris que ce pain était empoisonné. Ensuite, il regarda à nouveau le député.

Alors Amadio le reconnut. C'étaient ces mêmes regards qui l'avaient investi tout au long de la soirée, là-bas, à la réunion de la Boscarda. La même expression, la même froide et vindicative indifférence, la même épouvantable aversion.

Il jeta l'autre morceau du pain, tenta de s'approcher ; chaque fois l'animal reculait, en émettant de lamentables gémissements.

Amadio n'avait plus de pain. Il regarda sa montre. Minuit moins dix. Au bout du compte, que pouvait-il bien faire ? Désabusé, il revint sur ses pas et rentra chez lui.

Avant d'aller se coucher, il vint à sa fenêtre pour jeter un coup d'œil dans la rue. Il put ainsi voir encore le chien, assis sur le bord du trottoir, au beau milieu des morceaux de pain éparpillés. Immobile, il attendait.

Qu'attendait-il ? Ce fut seulement alors qu'Amadio comprit que ces misérables bouts de pain ne servaient à rien. Que, pour sauver le chien, il lui aurait fallu s'impliquer bien davantage : le prendre et l'emmener dans sa maison, le garder près de lui, lui offrir une véritable existence. Et que ses « ps, ps » étaient ridicules.

Le remords, comme de petites tenailles bien aiguisées, lui tordait les entrailles. Brusquement, il se retira de la fenêtre, décidé à descendre à nouveau.

Mais en cet instant précis le chien se mit en marche, s'éloigna en se dandinant avec lassitude, ne fut bientôt qu'un point dans le lointain, on ne le voyait même plus maintenant.

Amadio fit son calcul : non, il n'arriverait pas à temps pour le rattraper. Il poussa un soupir. Et baissa le store.

Corriere della Sera, 15 juin 1957.

Le fauve motorisé

Dans ce pays — à dire vrai, un des plus civilisés — j'eus l'occasion d'assister à une chasse bien singulière et particulièrement impressionnante.

J'étais l'hôte des Totter, une très ancienne et fort noble famille, dans leur somptueuse maison de campagne, aux abords d'un village nommé Swippert (et qu'on ne trouve pas toujours signalé sur les atlas).

Il y avait là naturellement mon vieil ami Freddie Totter, un garçon de mon âge ; Angus, son père largement octogénaire, bon violoniste amateur, veuf ; sa tante Agnese, fort sensible aux courants d'air, comme le sont souvent les tantes, mais néanmoins femme intrépide et aux convictions bien ancrées ; sa petite cousine Armida (quel prénom !), à tout prendre plutôt aguichante ; une amie de ladite petite cousine qui, curieuse coïncidence, portait le même prénom mais, à la différence de l'autre, était noiraude comme un corbeau (pas si mal que cela d'ailleurs elle non plus, pour être sincère) ; un certain Dr Alberto Doodle, dont je n'ai jamais bien compris qui il était ni ce qu'il faisait, accompagné de sa très laide mais, au demeurant, fort sympathique épouse. Sans compter, comme il advient souvent, une kyrielle d'autres familiers que je confondais régulièrement entre eux et qui n'ont d'ailleurs pas la moindre importance dans ce récit, ce pourquoi je renoncerai à les y présenter.

Belle maison, bons vins, bonne chère, tranquillité, insouciante compagnie, on n'avait pas à se plaindre. Une nuit, ce devait être vers 1 heure du matin, je m'étais déjà couché et je m'apprêtais à sombrer dans un majestueux sommeil quand je fus brusquement tiré de ma béatitude.

Dans le silence de la campagne qui entourait immuablement la maison, avec ses mille voix exquises et indéfinissables — un baume pour nos pauvres nerfs harassés — venait d'éclater un vacarme phénoménal, intensément hostile à l'homme et chargé d'une espèce de malignité triomphale ; toutefois, dans ce puissant spasme qui étreignait mon corps, se glissait une sensation fort différente, presque douce et en tout cas pathétique, car ce fracas me ramenait en écho à un bruit familier — inattendu et presque invraisemblable en ces terres étrangères — de ma chère et lointaine patrie. En réalité, il s'agissait d'une motocyclette déchaînée, pleins gaz, qui tout à la fois tonnait, rugissait, stridulait, sifflait, martelant et perforant les fibres les plus intimes de ma moelle épinière ; pour y faire éclater de-ci, de-là, par-dessus le marché, quelques épouvantables coups.

Cela ne dura que quelques secondes. L'ouragan, sans doute lancé à une vitesse folle, se perdit rapidement dans le lointain, et le grand silence nous revint.

Mais, tout juste après, une fermentation insolite se raviva partout dans la grande maison endormie depuis plus d'une heure. Voix assourdies, pas furtifs, portes ouvertes et refermées, chambardements variés. Comme lorsqu'on donne soudain l'alarme.

Que se passait-il ? On frappa à ma porte. C'était Freddie, que j'avais laissé peu de temps auparavant vêtu d'un adorable smoking et que je retrouvais maintenant accoutré d'une culotte de cheval, de bottines et d'une vareuse de paysan.

— Allez, allez, habille-toi, me dit-il, fort excité, ce devrait être une merveilleuse chasse.

— Chasse, à quoi ?

— Oust, lève-toi donc ! fit-il, tout joyeux, sans même me répondre. On va bien s'amuser.

Je me levai, à contrecœur toutefois. Et bientôt, moi aussi en tenue plus ou moins sportive, je me retrouvai en bas dans le grand hall où les propriétaires et la majorité des invités étaient convenus de se rendre, en proie à une évidente impatience. « Cette fois on va se le faire... Eh oui, il paraît que c'est un gros morceau... Et qu'importe s'il est rendu furieux ?... Mais je vous le recommande : au col, l'important est de viser au col... » Cette dernière injonction répétée avec insistance par la tante Agnese, drapée dans un pesant châle.

Pendant ce temps Freddie distribuait les armes ; pas du tout, comme je me l'étais imaginé, des fusils à deux coups ou des carabines, mais des arcs, des arbalètes, des flèches, des lances, des piques et des javelots.

— Mais peut-on savoir le genre de chasse que nous allons faire ? lui ai-je demandé, perplexe.

Freddie me regarda avec un sourire ambigu.

— Tu verras bien, tu verras. Ce qui est sûr, c'est que tu n'as jamais rien vu de semblable en Italie !

Et il me remit une fine perche en acier, extrêmement pointue, et qui pesait facilement ses sept kilos.

— Pourquoi tous ces ustensiles du Moyen Âge ?

— Nous sommes des sportifs, nous autres, répondit Freddie. Ce serait trop facile avec un fusil. La bête sauvage (ce furent exactement les mots qu'il employa), la bête sauvage doit quand même conserver une chance de s'en sortir.

— Mais quelle bête sauvage, pour l'amour de Dieu ?

— Tu verras. Bientôt, tu verras.

Nous sommes donc partis, avec tout cet attirail de musée. Les deux Armida, en costume de chasseresse, avec petit chapeau à plumes tout ce qu'il y avait de gracieux. Dehors, c'était nuit noire. Nous avons pris les autos pendant quelques kilomètres, jusqu'à un carrefour. Là, Freddie nous a dispersés sur les bas-côtés de la route, en nous recommandant de bien rester cachés derrière les arbustes.

Et dans la mesure où personne ne voulait satisfaire à ma curiosité, je n'en finissais pas de me demander quelle bête sauvage nous allions pouvoir attendre sur cette route. Un sanglier ? Un loup ? Un ours ? Cet endroit ne m'y semblait guère propice.

Une fois données toutes ses indications tactiques, Freddie Totter vint se placer à mon côté. Il ricanait encore. Les autres se taisaient. Il faisait froid et sombre. Rien que, çà et là, le rougeoiement des cigarettes allumées.

Je demandai :

— Va-t-il falloir attendre longtemps ?

— Eh, qui peut savoir !

Nouveau silence. On entendait les grillons, comme chez nous. Les arbres qui nous encerclaient, ténébreux, avaient des formes étranges et peu recommandables. Assis dans l'herbe humide, je commençais à sentir ma fatigue.

— Attention, il approche peut-être, m'avertit Freddie, au bout d'une demi-heure, m'effleurant l'épaule avec le bout de son arc.

Je regardai, et ne vis rien. Sinon, très loin, une lueur, comme les phares d'une auto. Un halo scintillant. Et qui grandissait.

— Tiens, si une auto arrive maintenant, pensai-je, le fauve va prendre peur et s'en aller !

L'engin approchait. Toutefois, ce n'était pas une auto. Motocyclette. À en juger par le vacarme qu'elle faisait, c'était ce même et exécrable équipage qui était passé tout près de la maison.

— Attention ! cria quelqu'un dans l'obscurité.

Du bout d'une des quatre routes, dans un ouragan frénétique de pétarades et de détonations, l'être funeste se précipitait comme un météore vers notre carrefour. L'aveuglant éblouissement des phares, une forme noire qui volait, un casque, un corps plaqué sur le réservoir, les fesses tendues aérodynamiquement vers l'arrière ; une arrogance inouïe se dégageait de cette machine infernale. Et tout autour de moi, sous ces éclairs, des bondissements, des claquements de fouet, des sifflements, des crépitations sèches sur l'asphalte, des scintillements. Le motocycliste, en un vrombissement démoniaque, fut bientôt englouti par la nuit. Et il ne resta, dans l'air, qu'une immonde puanteur d'huile de ricin brûlée.

— Nom de D... ! jura Freddie Totter. Complètement manqué !

— Manqué quoi ? demandai-je en serrant l'arme qu'il m'avait donnée.

— Comment ? Tu ne l'as pas vu ?...

À l'évidence, ai-je pensé, en même temps que passait le motocycliste, la proie que nous attendions a sans doute profité de la confusion pour s'esquiver astucieusement.

— Je n'ai rien vu, ai-je dit. J'ai seulement vu ce maudit motocycliste.

— Fort bien, lui justement.

— Comment ? m'écriai-je. C'est sur lui que vous avez tiré ?

— Et sur qui croyais-tu donc ?

— Mais c'est un homme ! dis-je avec indignation.

— Un homme ? Tu appelles ça un homme ?

— Mais... On fait la chasse aux motocyclistes chez vous ? Et vos lois le permettent ?

— Oui, aux féroces centaures, à ceux qui usent de l'échappement libre. Nous ne chassons que les animaux dangereux et nuisibles, m'expliqua Freddie, avec un orgueil non dissimulé. Dans votre pays, vous autres, ce sont les petits oiseaux que vous exterminez ! Et alors ? Qu'est-ce que c'est que cette hypocrisie ? Tu sais les désastres qu'ils provoquent, ces fauves ? Combien de crises d'apoplexie, de schizophrénie, d'infarctus du myocarde par leur faute ? D'ailleurs, pour tout motocycliste sauvage abattu, on touche une prime de quarante mille lires. Après tout, nous ne nous servons pas d'armes à feu. Rien que des flèches et des lances. Tu reconnaîtras que c'est bien plus convenable...

À tout prendre, ce raisonnement se tenait. Et je commençais à me faire une raison. Je commençais à me mettre au diapason. Disons-le même : je commençais à y prendre goût. Je soupesai ma lance.

— Et tu crois qu'il va revenir ?

— C'est à espérer. Et cette fois il ne s'en tirera pas à si bon compte, je te le jure.

Pendant ce temps, à la lueur des lampes électriques, les chasseurs avaient récupéré leurs flèches et leurs lances tombées dans le vide, puis ils s'étaient remis à l'affût.

Je me demandais, pris désormais par la même fièvre qu'eux tous : Reviendra-t-il ? Ne reviendra-t-il pas ? Et l'idée d'embrocher moi-même ce misérable me souriait grandement.

La nouvelle attente fut brève. Voici qu'à l'horizon pointaient déjà les phares, voici le grondement, le ululement, la pétarade, le vrombissement, l'abjecte vocifération, et cet obscène et progressif fourgonnage des viscères, mortelle vocifération. L'infâme dévalait en notre direction à plus de cent quarante à l'heure.

Ce fut une des Armida, la blonde, qui décocha le premier dard. Elle se trouvait de l'autre côté de la route, juste en face de moi. Le scintillement du phare se réfléchit pour un instant, à travers ses lèvres, sur ses petites dents cruellement serrées. Aussitôt après éclata l'orage des autres flèches et des lances. Une noire et lourde perche — je pus distinctement la voir à contre-jour — vint se ficher dans le crâne de la bête, exactement en dessous de son casque. (Ce n'était malheureusement pas la mienne.) Le fauve fit une embardée, crachant plus que jamais ses barrissements. Puis ce fut un long fracas, métallique, catastrophique, convulsif. L'obscurité. Le silence.

Je courus vers le lieu de l'abattage et vis le Dr Doodle qui s'y trouvait déjà et, avec l'aide de son épouse, avait ouvert la gorge du fauve de son couteau de chasse, pour permettre au sang d'aussitôt s'écouler (sinon, m'expliqua-t-on, les chairs seraient restées trop rouges). On convint qu'il s'agissait-là d'une superbe prise. Tout le monde était radieux.

Deux soirs plus tard eut lieu, au jardin, le banquet, fort pittoresque, au son des cornemuses. Le vieux Totter, applaudi à tout rompre, exécuta sur son violon la *Légende valaque.* Le féroce centaure, décapité, fut rôti sur une broche cyclopéenne, au feu de bois de genévrier. Ils s'en régalèrent tous. Je dois avouer que, pour ma part, je n'y goûtai que du bout des lèvres. Il était d'ailleurs un peu faisandé et puis, je ne sais pas mais j'avais la curieuse sensation d'y trouver un quelque chose de vaguement humain.

Heureusement. Car j'appris par la suite que les fauves destinés à être abattus, dans ces chasses — ceux du pays étant de longue date déjà éliminés —, étaient importés d'Italie, mis en cage, puis lâchés au bon moment (comme on fait habituellement avec les renards). Il semblerait, à ce qu'on dit, que les nôtres soient les meilleurs, du point de vue de la vénerie : c'est-à-dire les plus sauvages, les plus rugissants et les plus féroces.

Corriere della Sera, 11 août 1957.

L'arriviste

Les chiens, quand je passe dans la rue, me regardent. Ils s'arrêtent, se retournent et me scrutent intensément. Sans aucune haine, en apparence. Mais sans envie non plus, dans ces inflexibles pupilles, sans anxiété, sans peur, sans la moindre inquiétude. Toutefois ils me regardent. Jamais un chien n'a regardé son maître, ou bien un os appétissant, ou un gibier en fuite, avec l'intensité morbide et dévorante qu'ils mettent à me regarder ; et alors j'ai la pénible impression que quelque chose d'étranger et de visqueux me colle à la peau.

Elena, mon épouse — nous sommes mariés depuis peu — s'est aperçue depuis le début de nos fiançailles de cette singulière propriété.

— Dino, m'a-t-elle demandé un jour, pourquoi les chiens te regardent-ils ainsi ?

— Les chiens ? ai-je répondu, en toute mauvaise foi. Je ne m'en suis jamais aperçu.

— Allons donc ! Je suis prête à parier que, toi aussi, tu le sais parfaitement. Même si tu étais le Messie, ils ne te regarderaient pas comme ça.

Elena, je me demande bien pourquoi, n'aime pas les chiens, c'est du moins ce qu'elle prétend. Moi non plus je n'en ai jamais possédé. Mais du moins ils ne me déplaisent pas. Au contraire même.

— Bêtises ! ai-je répondu. Je ne sais pas ce que tu t'es mis en tête.

La chose, c'était clair, lui déplaisait. Ce pourquoi elle a insisté :

— À te regarder je dirais que, en tout cas pour un chien, tu n'as rien de spécial. Tu n'es pas un géant, tu ne t'habilles pas comme un clochard, tu n'es ni boucher ni charcutier ni marchand de fromage. Et tu ne diffuses pas d'odeurs particulières...

Elle eut un antipathique petit rire.

« Alors pourquoi te regardent-ils comme ça ? Tu ne te l'es vraiment jamais demandé ?

— Qu'est-ce que tu vas chercher, ai-je dit, ils me regardent comme ils regarderaient n'importe qui, et j'ai tenté de parler d'autre chose.

Jusqu'au jour où, pour accompagner une amie d'Elena, il a fallu nous rendre à une exposition canine. Pouvais-je refuser ? M'inventer quelque prétexte ? Mais n'aurait-ce pas été pis encore ?

Au beau milieu d'un large quadrilatère de chaises, le jury était en train d'examiner une douzaine de bergers des Flandres. J'étais à peine arrivé à une vingtaine de mètres et voilà tous ces magnifiques spécimens, comme si je leur avais lancé un appel subliminal, qui tournent la tête dans ma direction et restent là, figés comme des statues, à me contempler, insensibles aux ordres de leurs maîtres.

— Ici, Dick ! allons, Jack ! Rex, au pied, au pied !

Inutile. Ils semblaient hypnotisés.

— Tu vois ? fit aussitôt mon épouse. Tu n'iras plus prétendre que c'est une lubie. Tu les envoûtes, ces chiens.

Presque épouvantée, elle se retourna, cherchant d'autres éventuelles preuves. Et de tous côtés en effet, parce que évidemment des chiens, en ce lieu, il y en avait à revendre, le phénomène se répétait. Tous ces museaux, longs, pataufs, poilus, camus convergeaient sur ma personne. Même le public commençait à s'en apercevoir. D'aucuns me montraient déjà du doigt.

— Dino, dit Elena, le visage fermé, maintenant ça suffit. Rentrons.

Il a donc fallu sortir de l'exposition. Et pendant un bon moment, même au dehors de l'enceinte, j'ai continué de sentir dans mon dos le poids de ces terribles regards.

Nous avons longuement marché en silence. À quoi pouvait penser Elena ?

— Ils n'aboyaient pourtant pas, ai-je murmuré, ils ne gémissaient pas, n'avaient pas du tout l'air inquiet...

— C'est bien pis, dit-elle. Ils te regardaient d'une telle façon, je trouve ça parfaitement insupportable !

Elle était au bord de la crise de nerfs. Mieux valait se taire. Au reste, comment me serais-je justifié ? Pouvais-je lui dire la vérité ?

Parce que la vérité, moi, je la savais. J'en avais eu la révélation quelques mois plus tôt ; un éclair, comme un rideau qui s'ouvre brusquement sur un passé lointain et se referme tout aussitôt. J'avais attrapé l'influenza, une sorte de grippe asiatique accompagnée d'une violente fièvre. Le thermomètre se cantonnait au-dessus des trente-neuf degrés, je gisais tout hébété, dans une sorte de délire chaotique dont je ne pourrais dire toutefois qu'il était désagréable. Des images confuses, stupides et sans aucun sens, se chevauchaient à toute allure dans mon cerveau. Et soudain, j'ai vu. Ce fut réellement un éclair foudroyant, une sorte de régurgitation de souvenirs enfouis dans l'inconscient. Puis tout s'éparpilla, se dilua, s'effaça dans le frénétique grouillement de l'instant précédent. Mais je savais désormais.

Voici : dans une vie antérieure, je ne pourrais dire quand, mais je pense vers la fin du siècle dernier, j'ai été un chien. De quelle race, je l'ignore. Un chien, de toute façon, d'origine bourgeoise, et vivant dans une famille de bourgeois. Un chien toutefois doté d'un extraordinaire entendement, et terriblement ambitieux.

Petit chiot de deux mois à peine, je donnais déjà la papatte à la demande et j'avais appris à ne pas faire pipi sur les tapis. À six mois, j'étais capable d'aller chercher le journal. Dès lors, à mesure que je grandissais, mon arrivisme en fit de même. Ce n'était qu'un jeu pour moi, quand on me présentait une foule de petits cartons portant les lettres de l'alphabet humain, de choisir dans l'ordre ceux qui permettaient de former des mots, et même des phrases. Tout ce que les humains pouvaient dire, je le comprenais pratiquement d'emblée. Et même quand ils parlaient de politique. J'appris sans peine et vite le français. Il n'y eut que l'anglais à me donner quelque difficulté. Quant aux racines carrées, elles devinrent rapidement mon « numéro » de prédilection.

Toujours plus haut, toujours. Je grimpais l'échelle des connaissances avec une telle rapidité qu'il me fallait souvent feindre d'improviser des crises de stupidité pour ne pas épouvanter mes maîtres. M'auraient-ils supporté, s'ils avaient compris qu'en fait je n'étais plus un simple chien et que je pouvais désormais me comparer à eux ? En cachette, quand ils étaient tous sortis, je lisais leurs livres. Certains fort intéressants, d'autres insipides. Les prétendus romans d'amour, par exemple, je les trouvais carrément nauséabonds.

Et les autres chiens ? Ils m'intéressaient peu, je le confesse. Je m'essayai à en fréquenter quelques-uns. Mais ce n'était pas une compagnie pour moi : mentalité rustre, obtuse. Oui, il y avait bien une petite caniche qui, physiquement, me plaisait. Mais quelle platitude mentale ! Elle m'ennuya vite. Au reste, il me faut le reconnaître, je n'étais guère porté sur les jeux érotiques. Apprendre, comprendre, m'élever l'esprit, telles étaient mes passions dominantes.

Où voulais-je arriver ? Je n'en savais probablement rien. C'était sans doute mon inconscient qui me poussait. Les brèves années que la nature me concédait, j'étais bien décidé à les exploiter à fond, sans perdre une minute, toujours plus en avant, vers le haut, vers les cimes grandioses.

Où voulais-je arriver ? Mais là, exactement, où je suis arrivé : à l'homme ! Ce qui peut advenir au-delà m'est plutôt obscur. Toutefois, à l'évidence, mon âme, après s'être détachée de son enveloppe canine, a passé le grand examen, a franchi le pas décisif. Homme ! Tel que vous me voyez et me connaissez. Jeune employé dans une très importante compagnie d'assurances, avec de modestes perspectives d'avancement.

Du chien que j'étais, que me reste-t-il donc ? Rien. Pas même le souvenir (sinon au cours de ce fort bref éblouissement). Leurs aboiements, leurs gémissements, leurs jappements, leurs étranges gestes, et caprices, et marottes, c'est de l'hébreu pour moi. Totalement étranger à moi.

Mais eux, les chiens, mystérieusement : ils savent. Non tant grâce à leur flair, car je prétends qu'aucune autre odeur qu'humaine n'émane de moi, que plutôt poussés par un obscur instinct, ils comprennent sitôt que je leur apparais que j'ai été un des leurs. Et ils me regardent, comme les vachers analphabètes peuvent regarder leur ancien compagnon devenu prix Nobel : ce monstrueux phénomène, ce vainqueur, ce formidable champion qui est parvenu à réhabiliter sa race.

Ils me regardent des pieds jusqu'à la tête, avec stupéfaction, avec respect, peut-être avec vénération... Mais pas avec amour. Les chiens normaux, âmes simples, ne peuvent aimer les arrivistes. Le progrès, tel que l'entendent les humains, les laisse indifférents. Pourquoi leur faudrait-il s'évader, pourquoi renoncer à leur propre moi, pourquoi cracher sur la bienheureuse ignorance qui donne la paix aux humbles ? Pour avoir des maisons de marbre, des candélabres électriques, des cabinets hydrauliques, des autos, des avions ? Ou pour posséder la vertu ? Mais la vertu présuppose le péché. Et d'ailleurs, à quoi sert-elle ? Il y a bien une vertu faite d'amour, et celle-là les chiens la possèdent déjà de naissance. Il y a une vertu faite de renoncements, et celle-là les chiens la tiennent pour orgueil, et stupidité par-dessus le marché. Aussi ne se fatiguent-ils pas pour grimper, ne se mêlent-ils pas de désir d'émancipation, ne rêvent-ils pas à la révolte, ils vivent heureux de leur sort, de leur condition, de leur bonne pâtée, des salutaires coups de bâton, de leur niche malpropre, de leur éternel esclavage. Ces pauvres, ces chères bêtes.

Et maintenant, je vous le demande, puis-je tout avouer à ma femme ? Me comprendrait-elle, d'ailleurs ? Ne me prendrait-elle pas plutôt pour un fou ? Ou bien, n'éprouverait-elle pas du dégoût à mon endroit ? Les femmes sont des créatures tellement peu rationnelles. Parfaitement capable de me mépriser, justement pour ce que je suis parvenu à faire, pour ce tracas que je me suis donné, pour le gigantesque effort que j'ai accompli. Certaines choses, elle ne les apprécie pas. Par exemple ce genre de miracle, un chien qui devient homme au cours d'un passage mortel, d'autant qu'il ne s'en accomplit peut-être même pas un par siècle.

Ce qui n'empêche pas les chiens, quand je passe dans la rue, de me regarder, le premier de la classe, le génie. Est-ce de l'admiration, ou peut-être de l'envie, ce qui brille dans leurs yeux ardents ? Hélas, dans leur ingénuité instinctive, c'est de la pitié qu'ils ont pour moi. J'ai émigré dans la fabuleuse Amérique, j'ai franchi les ultimes confins, je suis devenu riche et puissant, je suis un homme ! Ils me contemplent, du haut de leur paradis candide, interloqués. J'ai déserté. Et ils me plaignent.

Moi-même, je le confesse, il m'arrive parfois de faire

le bilan, et j'éprouve alors un sentiment d'insatisfaction et de remords difficile à expliquer. Aujourd'hui je suis, par rapport à jadis, un être infiniment supérieur. Mais suis-je plus heureux pour autant ? L'obscur petit soldat qui par sa bravoure à la guerre a conquis un empire, quand descend le soir, dans la salle dorée du trône, est gagné par la tristesse, il pense à son village lointain, et la couronne lui pèse.

— Écoute, Dino, c'est la voix de mon épouse, ne me parle plus d'idée fixe, mais pourquoi les chiens te regardent-ils de cette façon ? Il doit bien y avoir un motif. Ah, ces chiens ! Veux-tu que nous en prenions un ?

— Non.

Corriere della Sera, 25 janvier 1959.

Le cas de conscience d'une sentinelle

Le soldat Stefano Colombo fut appelé par son sergent qui lui dit :

— Tu es nouveau mais tu me sembles dégourdi. Demain matin, je te mets de service au Parc Impérial. Tu sais que le Parc Impérial est sacré. C'est là que se trouve la statue de Gherosòmino, notre premier empereur et notre dieu, elle est entièrement faite de lamelles d'or. C'est là que vivent les cerfs impériaux, aux sabots d'or. Les moineaux impériaux, au bec en or, y chantent. Personne, en aucun cas, n'a le droit d'y pénétrer, bien que le parc ne soit nullement fermé. Un seul homme a le droit d'y accéder, Sa Sérénissime Majesté Federico. Mais même lui n'y doit entrer que les pieds nus, sans pouvoir faire la chasse aux animaux sacrés, en raison du respect que l'on doit à ce lieu.

— Et en cas d'infraction ? s'enquit Stefano.

— En cas d'infraction, tu brandis ton fusil et fais les sommations d'usage. Si l'on n'obéit pas, tu tires.

Les sourcils du sergent étaient épais et noirs, sa voix sépulcrale.

— À vos ordres ! dit le soldat Stefano en se mettant au garde-à-vous.

Le matin suivant, de bonne heure, le soldat Stefano Colombo s'en fut donc prendre son service. À l'entrée du parc, fusil en bandoulière et poitrine cambrée, pour faire bonne impression, il se mit au poste qui lui avait été assigné, et fit les cent pas avec une louable application. Cinquante mètres plus à gauche, se tenait une autre recrue. Cinquante mètres plus à droite, se tenait une autre recrue. Mais il leur était interdit de s'adresser la parole. De temps en temps ils se regardaient, sans piper mot.

Et puis voilà que — il devait être dans les 8 heures et demie — le soldat Stefano aperçut un homme qui, après avoir franchi la limite du parc, se promenait parmi les buissons.

Il brandit aussitôt son fusil mais, avant de passer à l'action, jeta un regard sur ses collègues, celui de droite comme celui de gauche, qui avaient certainement vu l'inconnu aussi bien que lui. Mais, l'un comme l'autre, ils avaient le visage tourné au ciel et regardaient passer les nuages. D'autre part, Stefano ne pouvait pas les appeler puisqu'ils n'avaient pas le droit de se parler.

C'est pourquoi, prenant son courage à deux mains, il se dirigea vers les buissons dans lesquels l'importun avait disparu et cria d'une voix forte :

— Qui va là ?

Dans l'instant même, un homme en uniforme sortit des buissons. Et Stefano reconnut son sergent.

En principe, il aurait dû tirer. Mais il s'agissait là de son supérieur hiérarchique, lequel, contrairement à ses habitudes, était tout sourire. Aussi Stefano lança-t-il un nouveau regard vers ses collègues limitrophes, pour voir comment ils réagissaient. Mais les deux autres soldats persistaient bizarrement à contempler les nuages.

Tirer ou ne pas tirer ? Les consignes étaient sans équivoque. Mais le sous-officier souriait tellement, et avec tant de cordialité... Jamais encore Stefano ne l'avait vu si bien disposé et à tel point sympathique.

Le sergent dit, sur un ton curieusement amical, lui qui parlait à l'accoutumée avec sécheresse et rigueur :

— Je vois que tu es fort vigilant, mon garçon. Je te tiens à l'œil, sais-tu. Et je suis content de toi. Où habite ta maman ?

— À Berolano, monsieur le sergent, un petit village à une dizaine de kilomètres d'ici.

— Parfait, dimanche je te ferai donner une permission spéciale, pour aller la voir.

Et que devait-il faire, le soldat Stefano? Lui tirer dessus, en obéissant aux consignes, ou le remercier? Facile à dire...

— Merci, monsieur le sergent, fit Stefano. Et le sergent, toujours souriant, s'en alla par les pelouses interdites et ne fut bientôt plus visible.

À peu près une heure passa, sans rien de spécial à signaler. Soudain Stefano vit du coin de l'œil un homme qui, après avoir franchi l'entrée, se dirigeait vers le centre du parc. Il lorgna une nouvelle fois en direction de ses collègues en faction, celui de droite et de gauche, pour voir comment ils réagissaient. Mais l'un et l'autre feignaient toujours de n'avoir rien remarqué, et ils contemplaient les nuages avec un enthousiasme immodéré.

Alors le soldat Stefano, empoignant pour la deuxième fois son arme à feu, s'en alla crier :

— Qui va là ?

L'homme se retourna aussitôt et Stefano reconnut en lui son sergent-chef.

Lequel s'approcha et lui dit :

— C'est bien, mon garçon, je vois que tu es fort vigilant. Je suis content de toi. Où vit ta maman ?

— À Berolano, monsieur le sergent-chef, un petit village à une dizaine de kilomètres d'ici, répondit le soldat Stefano en abaissant le canon de son fusil.

— Fort bien, nous te ferons accorder une permission

exceptionnelle de trois jours pour que tu puisses aller la retrouver.

En toute certitude, Stefano aurait dû lui tirer dessus. Mais il s'agissait de son sergent-chef, et il souriait d'un air tellement débonnaire, bienveillant... Vraiment, pour une fois, la terreur du régiment semblait bon comme du bon pain !

— Merci, monsieur le sergent-chef, balbutia le soldat Stefano, en se mettant au garde-à-vous.

Et l'autre s'en alla, foulant aux pieds le gazon sacré comme s'il avait été chez lui. (Pendant ce temps les autres hommes en faction, celui de droite comme celui de gauche et d'ailleurs également tous les autres, gardaient imperturbablement le nez en l'air vers les nuages, et n'avaient visiblement rien remarqué.)

Un autre et considérable laps de temps passa encore et, pour la troisième fois, le soldat Stefano, jeune recrue extrêmement à cheval sur le devoir, avisa une silhouette humaine qui marchait à l'intérieur du parc, un fusil à deux coups en bandoulière. L'homme portait un uniforme d'officier.

Et pour la troisième fois Stefano, voulant s'assurer qu'il était dans la légalité, jeta un coup d'œil sur ses collègues, celui de droite et celui de gauche, pour voir comment ils se comportaient. Ce qui ne lui donna aucune indication utile puisque l'un et l'autre fixaient le ciel intensément, bien qu'il fût en cet instant totalement dégarni de nuages.

Alors, se faisant violence, le jeune soldat Stefano empoigna son fusil et, du plus fort qu'il put, hurla :

— Qui va là ?

L'autre se retourna. C'était le lieutenant Perticari, commandant la brigade de Stefano.

— Ah, tu es de garde, n'est-ce pas ? Bravo, bravo. J'en suis heureux. Comment te nommes-tu ?

— Stefano Colombo, mon lieutenant, répondit le soldat Stefano Colombo en claquant des talons.

— C'est bien, mon garçon, fit l'officier et où habite ta maman ?

— À Berolano, mon lieutenant, à une dizaine de kilomètres d'ici.

— Parfait, parfait, fit l'autre. Nous nous emploierons à te faire obtenir une permission spéciale de sept jours pleins.

Et il souriait, avec une extrême affabilité. C'était maintenant l'homme le plus sympathique et le meilleur du monde, lui, vraiment, ce lieutenant Perticari, le type parfait de la charogne impitoyable.

Lui tirer dessus, ne pas tirer ? Facile à dire... Stefano exécuta un merveilleux garde-à-vous :

— Merci, mon lieutenant, à vos ordres.

Et l'autre, après lui avoir encore décoché un sourire enjôleur, s'élança sur le gazon, piétinant allègrement les plates-bandes.

Le tour de garde — consigne presque incroyable — devait durer huit heures d'affilée. Au cours de ces huit heures, Stefano eut à se saisir à huit reprises de son fusil pour aller intimer l'ordre de s'arrêter à des individus qui avaient pénétré dans le Parc Impérial. Et chaque fois il lui fallut abaisser le canon de son arme, chaque fois il dut se mettre au garde-à-vous. Il y eut son capitaine, son commandant, puis le lieutenant-colonel, et enfin le colonel commandant son régiment : ils lui prodiguèrent tous des compliments, lui promirent quelque faveur, avant de s'enfoncer à l'intérieur du parc, d'où l'on entendait ensuite coups de feu et détonations, signe que tous ces remarquables personnages ne se gênaient guère pour massacrer le gibier interdit.

Son tour de garde enfin terminé, Stefano s'en revint à la caserne, passablement humilié. Il n'avait pas obéi aux consignes et cela le chagrinait énormément. D'un autre côté, qu'aurait-il pu faire ? Merci mon capitaine, merci mon commandant, et ainsi de suite. Du coup, ils étaient tous passés impunément. Après quoi, l'immense crépitement des armes avait retenti au fin fond du parc. Messieurs les officiers se l'étaient coulée douce en abattant les cerfs sacrés, les moineaux sacrés et toutes ces autres bêtes sacrées qui peuplaient cet endroit béni. Et pendant tout ce temps les autres sentinelles n'avaient pas bronché, toutes curieusement appliquées à observer le bleu du ciel.

De toute la nuit, Stefano ne put fermer l'œil, et le lendemain matin le trouva avec une telle fièvre qu'il en claquait des dents. En raison de quoi il fut envoyé à l'infirmerie, et une autre recrue du nom de Giuseppe prit sa place dans la surveillance du Parc Impérial.

Giuseppe était un garçon tout simple et plein de bonne volonté. Il avait appris par cœur le règlement et aucune éventualité — aussi étrange fût-elle — ne risquait de le prendre au dépourvu. Aussi quand, vers les 9 heures du matin, il vit une silhouette en train de franchir la limite interdite et s'en aller d'un bon pas à travers les gazons sacrés, le tout jeune soldat Giuseppe empoigna-t-il sans aucune hésitation son fusil, pour s'écrier :

— Halte, qui va là ?

L'autre se retourna d'un air surpris. Et Giuseppe reconnut à ses étoiles, ses galons et toutes ses décorations, le général commandant la place.

Mais la sentinelle Giuseppe n'ignorait aucunement que les consignes faisaient force de loi, y compris face à tous les généraux et généralissimes, puisqu'elles étaient la pure émanation de la suprême majesté de la patrie. En conséquence, et toujours sans hésiter, il réitéra son injonction.

— Mon garçon, dit le général en s'approchant et en lui souriant de toutes ses dents (lui aussi portait un fusil en bandoulière), à ce que je vois, tu connais parfaitement le règlement. J'en suis ravi. Où habite ta maman ?

— Hors du parc à l'instant, sinon je tire ! fit la recrue Giuseppe, le visage fermé, bien que l'autre n'en finît toujours pas de sourire doucereusement.

Mais le sourire du général se figea aussitôt et, dans une horrible grimace, les joues empourprées de rage :

— Comment te permets-tu, maroufle ? se mit-il à hurler. Et pour qui te prends-tu ? Baisse immédiatement cette arme !

Puis, tirant un sifflet de sa poche, il y souffla avec tant de force qu'un son subaigu en sortit, faisant aussitôt accourir une quarantaine de gardes du corps.

— Arrêtez-moi ce traître. Désarmez-le, bastonnez-le à loisir et collez-le au mur !

La sentinelle Giuseppe en resta à tel point abasourdie qu'elle n'eut même pas la présence d'esprit d'appuyer sur la gâchette, comme elle en avait eu l'honnête intention. Elle se laissa donc attraper, désarmer, bastonner, attacher et flanquer le visage contre le mur (celui d'une maison des environs) pour y être fusillée dans le dos. « Quand même, se disait-elle avec grande tristesse, mourir ainsi dans la fleur de l'âge, simplement pour avoir tenté de faire mon devoir ! »

Le peloton d'exécution avait déjà pris position et le généralissime en personne s'apprêtait à abaisser son sabre pour donner l'ordre de faire feu, quand un immense vacarme retentit. Presque dans le même instant apparurent des cavaliers armés jusqu'aux dents, et l'exécution fut remise aux calendes grecques.

Que s'était-il donc passé ? Tout simplement un coup d'État à l'issue duquel le roi s'était trouvé chassé du trône pour y être aussitôt remplacé par un autre, d'une famille rivale.

Une chance inespérée pour le soldat Giuseppe, qui

fut délié, réconforté, réhabilité et définitivement renvoyé dans ses foyers.

Le changement de régime n'interféra pourtant en aucune façon dans la nécessité de surveiller le Parc Impérial. Le service de garde continua donc et, le lendemain matin, complètement remis sur pied, le soldat Stefano Colombo reprit son tour. Bien plus tranquillement que la veille, au demeurant, dans la mesure où il savait désormais comment pouvaient aller les choses en ce monde.

Ce pourquoi, quand il vit qu'un personnage en clinquant uniforme franchissait la limite du parc, il fit comme ses collègues, et s'appliqua consciencieusement à étudier dans le ciel les mouvements et la couleur des nuages.

Sinon que ses oreilles tintèrent soudain un peu trop fort à la suite d'un coup de feu, après lequel une pesante masse s'abattit aussitôt à ses pieds. Il regarda. C'était un des cerfs sacrés aux sabots d'or et qui, blessé à mort, était venu s'écraser contre lui dans sa fuite éperdue.

Comment ignorer ce fait ? La sentinelle Stefano releva lentement les yeux et, voyant une masse humaine au visage féroce et à l'uniforme de la plus haute distinction, elle rectifia la position et eut un sourire.

— Pourquoi souris-tu, garde ? s'enquit d'une voix métallique l'important personnage.

— C'était un coup vraiment merveilleux, Majesté ! répondit Stefano, essayant de présumer à qui il avait affaire.

Après ses expériences de l'avant-veille, il s'attendait au minimum à un « bravo » bien senti, des félicitations ou même une petite médaille du courage.

Tout au contraire, le gros bonnet enragea :

— Ainsi donc, éructa-t-il, tu es de garde ? Et,

comme je suis le roi, tu t'en accommodes au lieu de me tirer dessus, comme ton devoir te l'ordonne ? Tu as donc une si faible estime de moi ?

— Votre Majesté voudra bien me pardonner, je vais réparer immédiatement, répliqua la sentinelle Stefano qui, tout aussitôt pointa son fusil chargé sur la poitrine du roi. Lequel fit un petit geste de la main droite, comme pour dire : Bon, il ne faudrait pas exagérer...

Mais Stefano avait déjà appuyé sur la gâchette. Le coup partit et le roi s'affala, foudroyé.

Après quoi, du moins dans ce pays, tout alla pour le mieux.

Corriere della Sera, 11 août 1959.

Parole de chimpanzé

Qu'il soit bien clair, avant toute chose, que je n'avais et n'ai aucune envie de jouer au héros. Je suis un ardent partisan d'une vie douillette. Et une belle poire bien mûre m'intéresse cent fois plus que tous les espaces interstellaires mis bout à bout.

Pour l'heure tout le monde me fait des risettes, me caresse, me donne du diminutif d'Enny, me photographie de face, de profil, de dos, comme si j'étais un oiseau rare. Et je laisse faire, je réponds parfois aux sourires, je m'oblige même à me montrer galant avec les dames. Mais, tout au fond de moi-même, gît une de ces rages !...

Croyez-moi, les humains sont de sacrés lâches et, comme nous autres les singes ne sommes pas développés comme eux, ils en profitent et nous traitent presque comme des bêtes. Et voilà maintenant qu'ils nous envoient dans le ciel, enfermés dans un de leurs maudits et monstrueux engins pour des expériences auxquelles ils préfèrent ne pas se livrer eux-mêmes, parce qu'ils ont trop peur, tandis que nous, les singes, quelle importance cela peut-il avoir si nous y laissons notre peau ?

Mais je me doutais bien qu'ils se préparaient à une de leurs entourloupettes. Depuis un an et demi que je vis ici, en Amérique, j'ai fini par apprendre bien des choses. J'ai même appris un peu d'anglais. Pas beaucoup d'ailleurs, car nous autres les singes sommes peu doués pour les langues. Mais quand même assez pour comprendre qu'on était en train de combiner un complot à mes dépens. J'avais vaguement pressenti, par exemple, que des formules comme « *to fire, to rocket, orbiting, astronaut, launching, capsule, spacecraft* » ne présageaient rien de bon.

Au demeurant, et c'est une règle infaillible, quand les hommes commencent à s'occuper de nous, à nous soigner, à nous flatter, à nous donner de l'importance et à nous traiter presque d'égal à égal, c'est mauvais signe, c'est qu'il y a sûrement quelque chose de désagréable en perspective (il semble d'ailleurs que la même chose leur arrive, aux hommes, quand leurs femmes se montrent plus douces et plus amoureuses qu'à l'accoutumée : cela signifierait — à ce qu'ils disent — qu'il y a anguille sous roche).

Bien. Cela faisait quelque temps que je m'étais aperçu de l'importance qu'ils m'accordaient. Ils me tripatouillaient dans tous les sens, me faisaient étendre sur de curieux perchoirs, m'attachaient aux poignets des bracelets reliés par des fils à de mystérieux mécanismes, me faisaient tournoyer comme une toupie au point de m'en donner le tournis et de me faire vomir. Et moi, tout doux tout doux. Je savais parfaitement qu'à faire ma mauvaise tête ou à me rebeller je n'y aurais gagné que d'autres ennuis.

Leurs satanées expériences ! Aux têtes qu'ils faisaient, au ton de leurs voix, il était clair qu'ils cherchaient quelque chose d'extrêmement ardu. Il me suffisait d'éternuer, ou d'émettre le moindre soupir, pour qu'aussitôt un des leurs en chemise blanche et au visage préoccupé se mette à prendre des notes sur un registre. Ensuite ils palabraient entre eux. Mais essayez donc d'y comprendre quelque chose, vous, avec leur fichu accent américain !

Ce n'était pas la première fois. Depuis mon arrivée aux États-Unis, je n'ai rien fait d'autre que des expériences scientifiques. D'accord, la nourriture était correcte, se lamenter serait injuste. Le cadre, ou pour mieux dire la prison, était propre. L'hiver, on ne souffrait pas du froid. Et l'été, air frais conditionné. En comparaison d'un certain nombre de mes compagnons, j'avais droit à certains égards, c'est indéniable. Mais quelle barbe pourtant, toutes ces bienheureuses journées passées dans leurs laboratoires à m'adonner à tous ces stupides exercices, ce qui leur apportait, à eux les hommes, allez savoir pourquoi, une extraordinaire satisfaction.

Il y avait là-bas un de mes oncles qui ne cessait jamais de me fustiger :

— Mais pourquoi fais-tu donc tant de zèle ? Qui t'y oblige ? Tu ne comprends donc pas que plus tu leur donnes satisfaction, à ces savants, plus ils profitent de toi ? Serais-tu ambitieux, par hasard ? C'est ta sublime intelligence que tu veux démontrer ? Tu verras, tu verras les belles embrouilles qu'ils vont te faire. Regarde-moi plutôt ; depuis le premier jour, j'ai obstinément fait semblant d'être stupide, j'ai feint de ne rien comprendre, joué au crétin. Et maintenant, ils me fichent la paix. Alors que toi...

Malheureusement, le fait est que je suis terriblement gourmand. Et quand il y avait une expérience sur le tapis et qu'eux, en guise d'éventuelle récompense, me montraient tous ces fruits savoureux, ces gâteaux, ces caramels... comment aurais-je pu me souvenir alors des saintes recommandations de mon oncle ? D'autant que, pendant ce temps, je croyais faire carrière.

Alors que, pour parler comme le vulgaire, c'était juste un attrape-nigaud. L'esclave que j'étais du péché de gloutonnerie se montrait totalement disposé à seconder les hommes en chemise blanche ; et qu'ils me palpent donc, et qu'ils m'attachent, qu'ils me contraignent à exécuter d'incompréhensibles amusettes... Expériences de laboratoire, en somme, pour le plus grand progrès de la science et tout ce qu'on voudra. Mais, de là à tenter de m'envoyer dans l'espace et à me mettre en orbite, il y a un monde ! Jamais, s'ils me l'avaient dit en toutes lettres, je n'y aurais consenti, quand bien même on m'aurait mis pour le restant de mes jours à l'eau et au pain sec.

Vous me traitez de fainéant ? De poltron ? Essayez donc un peu de vous mettre dans la peau d'un pauvre singe qui n'a même pas été à l'école primaire et qui se trouve presque complètement ignare dans le domaine de l'astronautique. Imaginez alors qu'à l'improviste on vous enferme dans une boîte en fer et qu'on vous expédie en plein ciel, vite fait bien fait, avec une si épouvantable secousse que vous ne savez même plus de quoi sont faites vos misérables tripes. Et puis vous regardez par une petite fenêtre et vous voyez la terre au loin, terriblement loin, qui tourne lentement en dessous de vous, cette bonne vieille terre pleine d'ananas, de pommes, de papayes, de pêches, de bananes et de betteraves sucrières. Tout chimpanzé que je puisse être, je n'étais pas stupide au point de ne pas comprendre dans quel genre de situation scabreuse on m'avait mis.

Et comme si ça ne suffisait pas, ils ont recommencé leurs amusements, plutôt stupides pour dire la vérité. Quand une certaine petite lampe rouge s'allumait, il me fallait soulever une fine manette. Et si c'était la petite lampe verte, j'en devais soulever une autre. Et si je n'y faisais pas assez attention, si je n'obéissais pas assez vite, voilà qu'on me chatouillait à l'électricité la plante des pieds, beau divertissement n'est-ce pas ? Quant aux comprimés au goût de banane, n'allez surtout pas croire ce qu'en racontent les journalistes. Je ne dis pas qu'ils étaient dégoûtants, mais peu s'en fallait.

Mais quelles sensations as-tu éprouvées ? me demande

tout le monde, maintenant que j'en suis revenu sain et sauf. Qu'as-tu vu ? À quoi pensais-tu ? Est-ce que tu as eu peur ?

Trop facile, mes bons messieurs. Chercheriez-vous, une fois de plus, à honteusement profiter de moi ? Ah ! mais non ! C'est que je ne m'y laisse plus prendre, pas question de me déboutonner comme ça. C'est moi qui suis le plus rusé maintenant. Ce matin, j'ai déjà signé avec *Time-Life Inc.* un contrat mirifique pour la cession en exclusivité de mon récit. Cinquante mille dollars, plus la liberté et le rapatriement assuré au Cameroun, qu'en dites-vous ?

No comment, en conséquence, à propos de mon voyage en orbite. Mais je voudrais ici et maintenant leur dire quelque chose, à ces illustres scientifiques qui se rengorgent à mes dépens, misérable chimpanzé que je suis.

Allez-y doucement, mes chers amis, avec les espaces interstellaires. Ne vous y fiez pas trop. Vous ne savez pas ce que vous pourrez trouver là-haut, sur ces planètes éparses dans l'univers. Vous risqueriez de tomber sur de bien vilaines surprises. Qui peut vous assurer, par exemple, qu'en quelque monde lointain ce ne sont pas les singes qui dominent ? Et qu'ils n'ont pas atteint un degré de civilisation bien plus élevé que le vôtre ? Et que, lorsque vous y accosterez, ils ne vous feront pas prisonniers, vous traitant exactement de la même façon que vous avez traité le soussigné ? Et que, afin de vérifier la fiabilité de leurs astronefs intergalactiques, ils ne vous enfermeront pas dans une capsule pour vous balancer à des milliards de kilomètres ? Ah, combien je paierais pour assister à une telle scène, quelles gorges chaudes j'en ferais ! Parole de chimpanzé, vous le mériteriez.

Corriere della Sera, 1er décembre 1961.

Les sorcières de la mer

Après avoir accosté dans ce petit port, il nous fallut terriblement peiner pour extirper de notre bateau le titanesque poisson capturé par mon ami Stefano. La douce nuit était tombée depuis déjà un bon moment.

Comme s'ils avaient germé du quai, une bande de gamins nous entoura tout aussitôt, puis vinrent quelques pêcheurs et l'inévitable Carletto, le vieux nain du coin. Ébahis, ils regardèrent tous le poisson.

L'un dit :

— Celui-là, c'est un... mais le nom ne lui vint pas.

— Celui-là, c'est un... s'essaya un autre, sans plus de succès.

— Il est mort ? s'enquit un pêcheur.

— Plutôt deux fois qu'une, répondit Stefano, ça fait bien deux heures qu'il est sorti de l'eau.

— Pourtant il remue la gueule.

— Tu rêves !

— Si, fit un autre, je l'ai vu moi aussi. Il l'a ouverte et refermée plusieurs fois.

— Des histoires ! dit Stefano. Occupez-vous plutôt de nous trouver une charrette.

La lutte avait été terrible, au couchant, là-bas sur la mer, quand le poisson avait mordu. Une créature aux dimensions impressionnantes ; et étrange. Ni Stefano, ni

Cefalo, le marin nautonier, n'avaient compris de quoi il pouvait s'agir. Jamais au grand jamais, pensions-nous, on n'arriverait à le hisser à bord.

Au bout d'une demi-heure de bataille, le mastodonte, coincé sous la coque, parvint à se décrocher. Du sang répandu sur les eaux. Mais son palais avait sans doute été tellement lacéré qu'au lieu de plonger dans les abysses, le monstre ne savait que se maintenir, épuisé, à la surface. Aussitôt, Stefano le harponna.

Le village juché sur la falaise avait beau déjà dormir, je ne sais comment Cefalo s'y prit, mais il y trouva une carriole déglinguée. Y charger le gros poisson fut toute une entreprise.

— L'un de vous pourrait-il nous donner un coup de main? demanda Stefano à cette petite foule qui nous observait.

Personne ne broncha. Ils restaient autour de la carriole, mais à distance, comme s'ils avaient peur.

Long d'au moins deux mètres, avec une tête bien trop grande. Ce n'était ni un thon ni une bonite ni un gros mérou, encore moins un dauphin. Sa tête ressemblait vaguement à... elle ressemblait, elle ressemblait, je me demandais à quoi elle pouvait bien ressembler, sans trouver. Pas à un dragon ou à un crapaud ou à un lion, comme il arrive parfois chez les poissons. Elle était massive et raide, chargée d'une énorme pesanteur physique et d'une puissance intérieure difficiles à décrire. La gueule n'avait pas cette grimace des requins ni la stupeur flaccide des malheureux poissons qu'on nous sert à table. Fermée, elle semblait cacher un mystérieux secret.

Dieu seul peut savoir comment, seulement à nous trois, nous sommes parvenus à hisser cette prise sur la carriole. Puis nous nous sommes mis à pousser, la route grossièrement pavée grimpait raide entre les maisons délabrées du village, et en avant courage jusqu'au bout de la côte. Le groupe des curieux nous suivait.

J'entendais les voix :

— Jamais vu un poisson comme ça... Il est encore vivant... Sa queue remue... Non, c'est la carriole qui branle... Ce n'est pas la carriole, je l'avais déjà vu remuer tout à l'heure...

Et pour finir, la voix ténue du nain, barytonnant :

— Ce n'est pas un poisson, pas un poisson, vous pouvez en croire le vieux Carletto, des millions que j'en ai vu des poissons dans ma vie, aucun avec une gueule comme ça... Ne l'approchez pas, les enfants, ce n'est pas un poisson, je vous dis...

Stefano se retourna, furibond :

— Et qu'est-ce que tu veux que ce soit ? Un cheval ?

— Un cheval, et pourquoi pas, patron ? dit le nain sur un ton ambigu. Cette bête-là, ça n'a jamais été un poisson, c'est bien pis, lui c'est le poisson des poissons qui refont surface une fois par siècle, mon grand-père et mon arrière-grand-père m'en parlaient quand j'étais enfant, le poisson des poissons, le commandant, le roi de tous les poissons, et le massacrer est un péché, c'est ça qu'ils me disaient, le massacrer est une grande calamité.

— C'est toi qui vas finir massacré, oui !

— Peut-être bien, insista le gnome, mais en attendant, les enfants, vous ne l'approchez pas !

Seulement quelques lumières électriques, çà et là, éclairaient faiblement la scène. Je pouvais sentir, tout en poussant la dépouille, combien profonde était la nuit. Je commençais à en avoir assez de toute cette histoire. Mais comment m'en esquiver ?

Soudain, dans notre dos, des voix féminines. Nous nous retournons. Venant du petit port, où elles avaient vraisemblablement accédé par quelque barque, trois femmes grimpaient au village.

Dans ce tableau dénudé et misérabiliste, ce fut comme une apparition. Elles étaient toutes les trois fort élégantes, couvertes de bijoux et, à leur façon de se comporter, très sûres d'elles.

Qui étaient-elles ? D'où venaient-elles ? Là-haut, de l'autre côté de la route nationale, se trouvait un grand hôtel de luxe : peut-être y donnait-on une fête, cette nuit. Ou bien était-ce dans quelque résidence huppée de gens de la ville ?

La première, très grande, était vêtue d'une tunique en soie avec impression de larges fleurs jaunes et orangées, presque phosphorescentes dans la nuit. La deuxième, plutôt courtaude et grassouillette, engoncée dans un fourreau de brocart vert et or. La troisième, mince, délicate, enveloppée d'une cape blanche. Elles parlaient entre elles avec volubilité, mais à voix basse, et l'on ne pouvait comprendre dans quelle langue. De temps en temps, des éclats de rire, stridents, comme des hennissements.

Tandis que nous nous traînions péniblement dans cette grimpée, elles nous dépassèrent. Elles allaient d'un pas léger, élastique, effleurant à peine le sol, sans bruit, comme portées par le vent.

À leur passage, je remarquai la curieuse façon dont les hommes qui allaient sur nos talons se mettaient soudain sur le côté, apparemment intimidés. Comme la ruelle était assez sombre, j'eus beau regarder, je ne parvins pas à distinguer le visage des trois femmes. Elles disparurent bientôt à un tournant, mais leurs rires chevalins nous parvinrent encore pendant assez longtemps.

— Elles doivent être anglaises toutes les trois, dit un de nos suiveurs.

— Anglaises ? je t'en fiche. En Angleterre, moi j'y suis allé...

— Elles sont allemandes, je crois en avoir entendu une qui disait : Ja, ja.

— Pas du tout, fit le nain. Moi, je sais ce qu'elles sont.

— Et qu'est-ce qu'elles sont ?

— Je ne vous le dis pas, je ne vous le dis pas, bonne nuit les petits... N'approchez surtout pas...

Plus ça grimpait, plus nous avions de peine à pousser la carriole. De pas en pas, le poisson semblait toujours peser davantage.

Et soudain, toujours dans notre dos, retentirent des voix, encore des voix de femmes qui s'approchaient. Un autre petit groupe de touristes ? Tous autant qu'on était, en nous retournant nous en sommes restés interdits. Venant du petit port, à longs et souples pas, grimpaient trois femmes en habit de soirée.

La première, très grande, était vêtue d'une tunique imprimée de larges fleurs, la deuxième en vert et or, la troisième enveloppée d'une cape blanche. Comment était-ce possible ? Les mêmes que tout à l'heure ? Comment avaient-elles pu redescendre, alors qu'il n'y avait pas d'autre chemin ? Et pourquoi ?

Elles nous passèrent tout à côté, dansant sur les pavés mal assemblés. Il y avait peu de lumière, seulement le pâle reflet d'une lanterne allumée à une trentaine de mètres. Elles ricanaient entre elles, je tentai de distinguer leurs visages, en vain car au même instant elles s'étaient mises à comploter tête basse. Sans bien savoir pourquoi, je fis un écart et lâchai la carriole.

— Qu'est-ce que tu fais ? hurla Stefano. Tu es devenu fou ? Tu veux que le poisson dévale jusqu'à la mer ?

— Mais tu les as vues ?

— Qui ?

— Ces trois-là.

— Allez, je t'en prie, pousse !

— Mais tu n'as pas vu que c'étaient les mêmes ?

D'on ne sait où, la voix sinistre du nain nous parvint :

— Bonne nuit, les petits... N'approchez surtout pas...

On ne voyait plus les trois mystérieuses femmes, disparues dans un tournant. Je me retournai. Même les gamins étaient partis.

Juste au moment où nous passions sous une des rares lanternes, la roue droite de la carriole s'enfonça dans un trou. Le poisson eut un sursaut, il s'en fallut de peu qu'il ne tombe à terre.

— Allez, allez ! nous encouragea Stefano, vous ne voudriez quand même pas qu'on y passe la nuit !

On redoubla d'efforts. Mais la carriole ne bougea pas.

Ce fut alors que, par-derrière et pour la troisième fois, des voix de femmes nous parvinrent, entrecoupées d'éclats de rire stridents.

Trois silhouettes, une grande et deux plus petites, une jaune et orange, la deuxième en vert et or, et la troisième en cape blanche. À longues enjambées, elles grimpaient avidement la ruelle, bientôt elles allaient nous rejoindre.

Dames fort élégantes et modernes, apprêtées pour une fête de gala. En fin de compte, leurs visages en pleine lumière. Ce n'étaient pas des visages. C'étaient d'informes tumeurs blanchâtres, marquées par endroits d'immondes craquelures noires qui palpitaient au rythme de leurs rires.

Un volet claqua, une fenêtre s'ouvrit puis une autre. Un hurlement affolé. « Les sorcières ! Les sorcières de la mer ! »

La carriole nous échappa des mains. Elle eut comme un sursaut, puis à fond de train vers le bas sur les pavés disjoints, sombre, toujours plus sombre en nous fuyant, et toujours encombrée du mystérieux poisson. On ne la vit plus. Et, pour finir, le bruit sauvage d'un plongeon. Elle s'était précipitée dans la mer.

Les trois atroces silhouettes, bijoux et fine soie, ondoyaient près de nous. La plus petite, la maigre, allongea comme par plaisanterie un bras vers Stefano.

« Les sorcières ! Les sorcières ! » continuaient à hurler les paysans. Un remue-ménage se fit dans toutes les maisons environnantes, des hommes à peine vêtus en sortirent, armés de bâtons, de couteaux et de pioches. « À mort les sorcières ! » Tout le monde courut pour voir, et moi aussi.

Je parvins à la route nationale taillée dans le roc. En ce même instant, les trois femmes bondirent de l'autre côté du parapet.

Je m'y penchai. Sous moi un vertigineux ravin, au fond duquel, dans une étroite faille, les vagues venaient se briser lugubrement en une violente explosion d'écume.

Je vis un garçon qui s'emparait d'une pierre.

— Là, à gauche, tire !

Le garçon lança la pierre en direction des spectres qui, ondoyant, se laissaient entraîner dans les remous du gouffre. Toutes les trois, d'un simple mouvement des hanches, évitèrent l'impact. Et la pierre vint s'écraser contre les rochers.

Maintenant tous les autres garçons, comme dans une frénétique compétition, s'acharnaient à lancer qui des galets, qui des cailloux, qui des pavés, il y en eut même un qui parvint à jeter tout un morceau du parapet qui alla se fracasser en bas avec un bruit d'enfer. Toutefois les trois maudites, avec d'infâmes contorsions, s'étaient déjà laissé engloutir par les flots, non sans une ultime bordée de ricanements.

Panique. Tous les humains s'en furent, je demeurai seul. Et Stefano ? Je redescendis au village, tandis que les douloureux secrets de la mer palpitaient partout encore avec une extraordinaire puissance.

Stefano vint vers moi d'un pas d'automate.

— Elle m'a touché. Regarde, regarde ! me dit-il.

Il me montra. Entre le pouce et l'index de sa main droite, sur sa peau brûlée par le soleil, il y avait une petite tache blanche pas plus grande qu'un bouton. Mais elle grossissait à vue d'œil.

Corriere della Sera, 25 août 1963.

Une promenade en barque

Mme Claudia Serodine Strazza, 35 ans, a invité dans sa propriété du bas Tessin baptisée « La Brusada » (en raison d'un incendie qui a détruit, en 1856, trois hectares de ses bois) un groupe d'amis pour une promenade en barque sur les canaux et ruisseaux qui traversent de façon tortueuse sa réserve de chasse.

À cette altitude le fleuve se calme maintenant, s'abandonnant à l'indolence de la plaine, et ses flots jusqu'alors drus et compacts se dispersent et se perdent en un multiple réseau dans la profondeur solitaire des bois.

Seuls deux ou trois de ces amis connaissaient déjà cette forêt, coin miraculeusement protégé de la nature et presque totalement sauvage dont personne, en passant sur l'autoroute voisine, ne pourrait deviner l'existence.

Les nonchalants ruisseaux s'endorment au point de s'élargir parfois en étangs et petits lacs. Au bord d'un de ces derniers, pas très loin de la villa, cinq barques à fond plat attendaient. Elles seraient manœuvrées par les gardes-chasse de la réserve, coiffés du chapeau traditionnel du siècle passé, au bord postérieur relevé.

— Et où nous emmènes-tu ?

— La promenade habituelle, répondit Claudia, cette promenade habituelle qu'on a également faite...

Le jeune comte Ludo Viadene, hardi cavalier, bègue à

ses moments perdus et terriblement infatué de sa personne, l'interrompit :

— Dis-moi Claudia, pourquoi n'irions-nous pas à la Nercola ? Tu nous en as parlé des dizaines de fois, et du diable si tu nous y a jamais emmenés.

— Mais c'est très loin ! dit Claudia, avec une moue de contrariété comme peuvent en avoir les enfants.

— Qu'est-ce que c'est, la Nercola ? s'enquit la blonde architecte Giulia Besana, toujours partante pour les expériences mondaines les plus osées.

— C'est un petit lac, habité par un monstre, expliqua Viadene.

— Mais quel monstre ! fit Claudia en haussant le ton. Une grenouille, à ce qu'on dit, une grenouille géante aux dimensions exceptionnelles, à ce qu'on dit. Ils l'appellent l'Oulouloun.

— Un crapaud alors.

— Mais toi, Claudia, tu l'as vue ?

— Non.

— Tu n'y es jamais allée ?

— Si, bien sûr. En bateau pneumatique l'été dernier. Et même seule. Six à sept fois. Je me suis installée et j'ai attendu. Mais la grenouille ne s'est pas montrée.

— Noire ?

— À ce qu'on dit.

— Si, si ! cria Giula Besana, emmène-nous voir le joli gros crapaud...

— S'il ne pleut pas, l'Oulouloun ne se montrera pas, intervint, très calmement, Serafino, le garde-chasse en chef.

— Si ce n'est que ça, il va sûrement nous tomber aujourd'hui un de ces déluges...

Serafino leva les yeux et scruta le ciel :

— Non, aujourd'hui il ne pleuvra pas, dit-il avec emphase, puis il se retourna vers sa patronne : De toute façon, mieux vaut pas, madame... Vous savez bien ce que j'en pense, cet endroit-là n'a jamais été de mon goût.

— Que veux-tu qu'il advienne? demanda le jeune comte.

— On ne sait jamais, monsieur. Il y a deux ans, c'est pour dire, Remigio Viscardoni, un des nôtres, s'était fait comme une fixation sur la grenouille noire… Il est allé à la Nercola, tout seul… il avait emporté des grappins spéciaux pour la capturer… et le lendemain matin on l'a trouvé qui flottait, ventre à l'air, tout gonflé, les yeux écarquillés, je ne vous dis que ça…

— Serafino, je t'en prie, fit Claudia d'un ton fâché, tout le monde sait bien que Viscardoni était toujours saoul.

Et puis ils montèrent sur les barques. Quatre passagers par barque. Les gardes-chasse, debout à la façon des gondoliers, manœuvraient à l'aide d'une seule et longue rame terminée par une fourche en fer permettant une meilleure prise sur les fonds.

Dans la première barque se trouvaient Ernesto Gavoranno, oncle de Claudia, charmant vieux monsieur ; le Pr Enzo Cristofori, gynécologue, accompagné d'Elettra, son épouse ; et Wanda Prossi, dessinatrice de mode.

Les barques partirent, s'engageant en file indienne dans un étroit goulet sinueux.

— Claudia, cria de la deuxième barque le peintre Giorgio Sisti dont la corpulence faisait dangereusement tanguer l'embarcation, on ramènera des grenouilles ?

Réponse :

— Si vraiment vous y tenez !

Sur cette deuxième barque, outre donc le peintre Sisti, il y avait la journaliste et écrivain Sofina Reti ; Giulia Besana déjà nommée ; et le conseiller d'ambassade Berto Cupolis.

Oreste, celui qui pilotait la barque de sa maîtresse :

— Mais ça n'en prendra du temps, patronne, d'arriver à la Nercola. Et puis d'abord, à la Nercola, on n'y trouvera rien de rien. Faut m'en croire, patronne, l'Oulouloun, l'est qu'une grosse menterie. J'y sommes allé des centaines de fois, pas une feuille qu'a jamais bougé.

Sur la troisième barque, avaient embarqué : le comte Viadene ; Mme Giovanella Arpizio, femme du député ; Fabrizio Coro, celui des aciéries, ainsi que Lilibeth, son épouse anglaise.

Grands rires, petits cris et allégresse ont fusé de toutes ces barques comme toujours quand commence ce genre de promenade, et se sont faits plus rares peu à peu, à mesure que défilent lentement de chaque côté des rives les masses inextricables de buissons et de roseaux, les lourdes souches d'arbres morts, les barrières de baliveaux entremêlés formant de merveilleux golfes, amphithéâtres, hémicycles, absides, cavernes, le tout surmonté d'un ciel gris et dans ce ciel des lambeaux de nuages plombés qui galopent furieusement vers le nord, et quand ces amis réunis font pour un instant le silence, ils n'entendent plus le murmure des eaux, seulement les doux clop clop des rames mais, même quand ces amis parlent et s'esclaffent tous ensemble, passent au-dessus des barques et se répercutent de rive en rive les chants des oiseaux qu'on ne peut voir dans l'enchevêtrement verdoyant mais qui doivent être en grand nombre et qu'on pourrait croire pris d'une excitation insolite, si l'on en juge par le bruit qu'ils font, en particulier un coucou qui ne cesse d'appeler et d'appeler encore sur un registre de trois notes et non de deux comme c'est l'usage, et cette troisième note semble vouloir dire : prenez bien garde que ce chant n'est pas mon signal habituel, ceci est le signal dont je n'use que dans les situations exceptionnelles, faites-y bien attention, vous, les créatures vivantes de ces bois, écoutez-moi pour l'amour de Dieu.

Sur la quatrième barque se trouvent Mme Claudia Serodine ; le marquis Pierluigi Paturno flanqué de sa sœur Maria Letizia ; et l'architecte Emilio Sanità.

Dans les angles morts et marécageux, la fiancée du marquis Paturno, Nunziatella Codecà, dont nous parlerons tout à l'heure, tend ses délicates mains hors de la cinquième barque pour tenter de cueillir, perdues dans leurs immenses feuilles et la lourde pellicule de mucus végétal, les turgescentes fleurs de nénuphars dont les tiges s'enfouissent dans les sinistres algues d'une obscurité caverneuse.

— Serafino, vous prétendez bien qu'il ne pleuvra pas aujourd'hui ?

Un tapis de gros nuages couleur de pêche est en effet en train de s'étendre juste au-dessus.

— Non, mesdames, aujourd'hui pas de pluie... Mais, je ne comprends toujours pas ce qu'on va faire...

Les barques voguent silencieusement d'une crique à l'autre, par les canaux zigzagants, elles traversent de splendides lagunes, parfois survolées par de curieux oiseaux jamais encore vus, semblables à des hérons, qui s'élancent à leur passage des hautes futaies et planent. Pourtant, malgré ces envols, tout demeure immobile et mystérieux.

Est-il vraiment possible qu'à quelques dizaines de mètres à peine passe une route ? Est-il vrai que nous nous trouvions en Lombardie ? Qu'à faible distance il y ait des villages habités, avec aqueduc, lumière électrique, conseil municipal et pompe à essence ? Ou bien nous sommes-nous engagés trop au loin, la limite des frontières se trouve-t-elle derrière nous et naviguons-nous désormais dans l'inquiétant réservoir du rêve ?

Mais en cet instant même les barques viennent de déboucher sur un vaste étang engoncé dans une épaisse muraille de verdure. Il y a d'abord un alignement de roseaux, suivi d'un chatoyant rideau de buissons et d'arbrisseaux, avec épines, et brindilles, et même des lianes, enroulées ou pendantes dans ce délire botanique. Mais tout reste là figé dans l'immobilité, sans la moindre agitation, sans que frétille la moindre feuille, comme si tout demeurait à attendre et à attendre encore. Silence contre nature, comme à l'intérieur d'une église désertée, et dans lequel seuls retentissent les échos lointains de l'appel triplé du coucou. Le rideau de nuages se ferme sur la voûte des cieux, cachant peu à peu toute lumière.

Sur la cinquième barque se trouvent Giusto Arpizio, sénateur social-démocrate ; Nunziatella Codecà déjà citée ; le bel Antonio Querula, important entrepreneur dans le bâtiment ; et l'artiste peintre égyptienne Annie Sibili.

— Tout au fond, là-bas, il doit être là-bas ! assure Claudia Serodine en indiquant l'endroit où la muraille verdoyante se perd dans une caverne, un antre, un sombre gouffre marécageux dont on ne peut voir les eaux car un écran serré de roseaux cache l'entrée de la grotte.

Lumière prémonitoire d'un proche déluge, rendant plus pâles encore les visages ; magie des éléments et de l'instant perceptible même dans les âmes mortes, comme une profonde respiration de la forêt tout entière, ou d'un dieu inconnu.

— Là-bas, derrière..., précise Claudia, mais son sourire leur dit mes chers amis n'y prêtez pas trop attention, il s'agit seulement d'une innocente fiction, pardonnez-moi mais ce n'est qu'un jeu.

— Là-bas derrière, il y a une profonde faille, je l'ai vue. Et l'Oulouloun dort tout au fond.

— Non madame, pas là, ose rectifier Ignazio, un des gardes-chasse.

Les cinq barques ont déjà accosté, on peut facilement se parler de l'une à l'autre.

— L'Oulouloun ne peut pas se trouver dans ce trou, l'Oulouloun est beaucoup trop grand pour ça.

— Grand comment ?

— Beaucoup plus grand, se contente de répéter Ignazio.

— C'est l'heure de s'en retourner, madame, avertit Serafino. S'il ne pleut pas, il ne bronchera pas... Mais maintenant, c'est un véritable orage qui se prépare.

— Passe-moi donc ce petit tricot, s'il te plaît, demande Nunziatella à l'entrepreneur Querula. Vous ne sentez pas, vous autres, ce froid et cette humidité ?

— Beaucoup, beaucoup plus grand, insiste Ignazio.

Ils regardent tous en direction de la coupole verte qui habille la citerne suspecte. Mais, là, rien ne semble bouger.

Une obscurité phosphorescente prémonitoire s'est installée. Au-dessus des bois le sombre voile s'est incurvé, laissant libre en tout et pour tout, vers l'ouest, une trouée d'où vient encore quelque lumière.

— Madame, rentrons-nous ?

Voici venu un de ces rares instants où, par une conjoncture surnaturelle, on se retrouve face aux limites extrêmes, où il suffirait d'un rien pour les franchir, et pénétrer dans le règne de l'inconnu et de ses infinies vraisemblances.

Ceux des barques, ballottés au milieu d'intenses et persistants ensorcellements de la nature, flottent en plein maintenant dans cette improbable et ambiguë réalité qui nous sollicite tant.

De fait, à l'improviste, les eaux se sont mises à bouillonner. Ce pourrait ne venir que d'un simple effet du vent, mais peut-être aussi de quelque chose d'autre : l'appel troublant des ténèbres. Les eaux se sont mises à bouillonner, et les barques s'entrechoquent.

— Claudia, que se passe-t-il ?

Cri hystérique jailli de la première barque. Plus du

tout par plaisanterie. Un bras nu s'est tendu en direction de la limite extrême de la sombre coupole :

— Misère de moi, mais ce ne sont pas des nuages !

Alors pour un instant, un très bref instant, ils ont vu — ou ils ont pensé avec une telle force qu'ils ont eu l'illusion de voir — le bord de cet immense et sinistre baldaquin se hausser puis redescendre pour se rehausser à nouveau, et encore, et encore, comme s'il s'agissait d'une mâchoire apocalyptique de grenouille géante.

Comme s'il s'agissait de l'épouvantable cavité buccale de l'Oulouloun, et qu'ils se trouvaient à l'intérieur.

Comme si cette bouche s'ouvrait et se refermait à seule fin de bientôt les engloutir.

Mais la voix impossible à confondre de Claudia, un peu traînante, monotone, se fit entendre comme si elle se souriait à elle-même. Elle s'était mise debout dans sa barque et appelait :

— Allons, les enfants, on s'en va maintenant. Nous ne sommes malheureusement plus des bébés, pour accepter de croire à certaines choses !

Les autres se taisaient. Adieu donc. Et les nautoniers se lancèrent sur le chemin du retour.

De l'autre côté du bouquet de roseaux, dans la fosse du monstre, en cet instant précis s'éleva la voix ténue d'une grenouille. Légère et impétueuse à la fois. Une toute jeune petite rainette qui riait.

Corriere della Sera, 11 juin 1965.

La terrible Lucietta

Guglielmo Fossadoro, garçon de courses de la société Impala, en rentrant à la maison vers les 11 heures du soir (son épouse dormait) y trouva une souris qui faisait curieusement les cent pas dans le couloir d'entrée.

Fossadoro, homme d'un naturel doux, était passionné de photographie. Il courut aussitôt à l'armoire où il rangeait son appareil photo, dans l'espoir d'un gracieux instantané.

« Hélas..., se disait-il toutefois en préparant son appareil pour une prise nocturne, cette bestiole-là s'en sera déjà allée ! »

Et pourtant non. Quand il retourna dans le couloir d'entrée, l'insouciante souris tournicotait toujours.

Il s'en approcha avec d'infinies précautions, quatre mètres, trois, deux mètres — et pendant ce temps, il enclenchait le mécanisme. À moins de deux mètres, éclata brusquement le « flash » et ce fut seulement alors que le petit animal s'esquiva, disparaissant par Dieu sait quelle fente.

Fossadoro était tout ému de cette extraordinaire opportunité. Bien qu'il fût très tard pour lui, il disposa le rideau noir sous lequel, sans tarder, il développa sa pellicule.

Il était déjà plus de 2 heures du matin quand les

tirages furent prêts et fixés. Il ne pouvait se lasser de les admirer, émerveillé. En premier plan, la souris semblait le regarder, avec une expression cordiale, chaleureuse même. Le lendemain matin, le Dr Giacomuzzi, sous-directeur du département d'Informations et plus ou moins de relations publiques de l'Impala, arrivant au bureau, remarqua que Fossadoro, assis derrière son pupitre, était en train d'examiner des photographies.

Curieux par nature, il s'approcha. Et regarda. Ces photos étaient réellement très belles. Une idée formidable lui vint.

Un mois plus tard environ s'étalèrent sur les murs de la ville les affiches du lancement de l'Impallino, le fromage mignon particulièrement recommandé pour les enfants et les personnes délicates. On y voyait, près d'un carré de fromage, le souriceau que Fossadoro avait photographié. Grâce à de savantes retouches, l'expression déjà affectueuse du petit rongeur avait encore été accentuée.

Désavouant l'ensemble des membres du conseil d'administration, qui s'étaient prononcés contre l'adoption d'une souris comme « locomotive » publicitaire — une belle jeune fille blonde et florissante étant, selon eux, beaucoup plus attractive et efficace — l'entrée de l'Impallino sur le marché fit l'effet d'une véritable bombe atomique. Les services de production se trouvèrent totalement pris à contre-pied. Les commandes arrivaient en avalanche. Ce furent alors, pour le directeur général d'Impala, des jours de grand feu. Il lui fallut engager du personnel en toute hâte, improviser de nouvelles implantation, organiser de nouvelles cadences de diffusion. Bref le boom, l'ivresse de la victoire et les centaines de millions.

Mais, pendant ce même temps, les services de Recherche et Développement préparaient un nouveau type de fromage, d'un goût oscillant entre le camembert et la ricotta, véritable coup de génie tout à fait propre à révolutionner le marché.

Ce fut évidemment le Dr Erberto Fiuggi, chef du département d'Informations et plus ou moins de relations publiques, qui fut chargé de planifier le lancement de ce produit. Ce devait être un irrésistible coup d'éclat.

Le Dr Fiuggi étudia longuement le problème en compagnie du Dr Giacomuzzi. Le Dr Giacomuzzi, avec une promptitude particulièrement insolite de sa part, proposa tout à trac d'utiliser à nouveau la petite souris.

Fort bien ! Mais comment retrouver ce sympathique quadrupède ? le Dr Giacomuzzi convoqua le garçon de courses Fossadoro. Le garçon de courses Fossadoro lui dit que la petite souris se montrait en effet de temps en temps. Mais il ne pouvait garantir une nouvelle rencontre photographique. Le Dr Giacomuzzi lui promit une éventuelle et belle gratification.

Convient-il de préciser avec quel zèle Fossadoro se mit à guetter l'instant propice ? D'entières nuits blanches. La bestiole, comme si elle avait deviné ce qui se tramait, se faisait désirer.

Finalement, une de ces nuits, notre bon Fossadoro la trouva qui pointait le museau sous le buffet de la cuisine. Il la regarda. Elle lui rendit son coup d'œil. Fossadoro, qui ne lâchait jamais son appareil photo, s'apprêta à faire le point.

— Minute, monsieur ! lança le petit rongeur d'une voix ténue mais ferme. N'allez pas vous imaginer que j'ignore ce qui s'est passé. Vous avez profité de moi, cher monsieur. Et tout en parlant elle gambadait de-ci de-là, empêchant du même coup la moindre prise de vue.

— Allons, sois gentil fiston, ne fais pas tant d'histoires, dit Fossadoro en tentant de la suivre dans sa visée.

— Je t'en ficherai du fiston ! répliqua la souris, sans rien perdre de sa grâce. Je suis une jeune fille. Et l'on m'appelle Lucietta.

— Très bien, ma chère Lucietta ! Reste donc tranquille un instant, que je puisse te tirer le portrait.

— Et tu me donnes combien ?

— Combien je te donne ! Tu ne serais pas un peu folle, par hasard ? Tu devrais plutôt remercier le ciel de ce que je n'appelle pas un chat à la rescousse.

— Tu me donnes combien ? reprit doucement le petit rongeur en levant la tête avec une certaine arrogance. Je ne marche pas à moins de cinq cents.

— Cinq cents lires ?

Lucietta s'esclaffa longuement, si tant est qu'une souris puisse rire :

— Pour qui tu me prends ? J'ai peut-être écrit Simplet sur mon front ? Cinq cent mille lires, oui, en grosses coupures ! Si tu n'acceptes pas, que dalle !

Et, avec la rapidité d'une coureuse de cent mètres, elle fonça droit sous le bahut.

Le lendemain matin, mortifié, Fossadoro alla rendre compte au Dr Giacomuzzi des prétentions de la souris. Le Dr Giacomuzzi en fit des gorges chaudes. Une certaine Nella Altribeni, mannequin professionnel, fut convoquée tout aussitôt, photographiée, son beau profil apparut sur les murs de la ville en compagnie du Supercaseino Impala, le divin fromage des gens chics.

Mais le Supercaseino n'eut aucun succès. Le public renâclait. Les stocks, amoncelés dans les réserves, menaçaient déliquescence.

— Un demi-million... dit un jour le Dr Fiuggi au Dr Giacomuzzi. Cela vaudrait peut-être la peine d'essayer, non ?

Fossadoro, chargé de rapporter cette réponse favorable à la souris, la convoqua par un doux sifflement.

Lucietta apparut, prenant des airs particulièrement provocants.

— Puis-je vous être de quelque utilité, monsieur ?

— Certainement, dit Fossadoro, nous avons accepté.

— Accepté quoi ?

— Le montant, cinq cent mille...

— Oh mais non, fit la souris en grimaçant. Ce serait trop facile ! De l'eau a coulé sous les ponts depuis lors. Aujourd'hui, c'est trois millions ou rien.

— Quououâh ?

— Trois millions, pas une lire de moins.

— Eh, mignonne, tu ne serais pas tombée sur la tête par hasard ? Trois millions pour avoir la permission de photographier une souris ?

— Hm, hm, fit-elle.

Et, sans ajouter un traître mot, elle disparut.

L'Impala s'était donnée à fond pour le succès du Supercaseino, les budgets dépassaient déjà le demi milliard. Après tout, qu'était-ce, en comparaison, que ces misérables petits trois millions ? Le président de l'Impala, l'ingénieur Basottolo, décida d'accepter.

Toutefois une étrange sensation de peur ne tarda pas à se propager dans les hautes sphères de l'Impala. À ce train-là, jusqu'où irait-on ?

Quoi qu'il en fût, sous les auspices de la petite souris Lucietta, le Supercaseino des gens chics, opérant un remarquable redressement, fit la conquête de toutes les bonnes ménagères. Et les comptables de l'Impala durent s'arracher les cheveux de ne pouvoir enregistrer assez vite ces flots monstrueux de ventes.

L'Impala devint un gigantesque trust. De nombreuses usines surgirent un peu partout dans le pays et à l'étranger. Le miracle semblait ne pas devoir finir.

Mais le temps passa. Le Supercaseino, après avoir envahi la moitié des tables occidentales, accusa quelques signes de faiblesse, comme tous les produits de ce bas monde.

Alors les services de Recherche et Développement dénichèrent une nouvelle et phénoménale découverte : le Vitaminello, le fromage du futur, doté de remarquables valeurs énergétiques indispensables pour combattre le stress de la vie compétitive, grâce au mélange en sa pâte onctueuse de la totalité des vitamines découvertes à ce jour et même à découvrir encore. De sorte qu'il était à la fois une nourriture, un enchantement, un médicament et un créateur de beauté.

Le Dr Fiuggi passa nombre de nuits blanches à se triturer la cervelle, presque épuisée désormais, pour y trouver une accroche publicitaire digne de ce merveilleux produit. Les responsables des services de Recherche et Développement avaient suggéré l'assimilation à un éléphant, à Superman et même à Fidel Castro.

Ce fut Superman. Mais le Vitaminello, après des débuts prometteurs, retomba mollement. Personne ne semblait y croire. De tous côtés les représentants donnaient des informations catastrophiques. Alors, une fois de plus, le Dr Giacomuzzi remit sur le tapis l'idée de la souris. On en discuta âprement pendant des soirs et des soirs. Puis l'on capitula. Et le diligent Fossadoro, qui à force de recevoir des gratifications s'était fait construire une petite villa dans la région de Varèse, fut chargé de mener les tractations à bon terme.

Mais, depuis le temps, il semblait que tout cela ait tourné la tête du petit rongeur. Pour accepter de se laisser photographier à nouveau, Lucietta n'exigeait rien de moins que de se faire épouser par le grand patron, l'ingénieur Basottolo devenu veuf depuis peu, et largement septuagénaire.

— Même s'il est complètement gâteux, eut-elle le front d'ajouter, je saurai m'en contenter.

Les noces de l'ingénieur Basottolo et de la souris Lucietta furent célébrées dès potron-minet et dans la plus stricte intimité, pour ne pas dire dans le plus grand secret, à la mairie mais non à l'église. Le soir même l'ingénieur Basottolo était terrassé par un impitoyable infarctus.

À l'ouverture de son testament, on découvrit qu'il détenait quatre-vingt-cinq pour cent des actions de l'Impala et qu'il avait fait Lucietta légataire universelle.

Une fois terminées les funérailles et laissé, pour les convenances, un laps de temps d'une semaine, Lucietta convoqua l'assemblée générale.

Elle y annonça qu'elle avait décidé de faire entreposer quarante tonnes des meilleurs fromages de l'Impala dans la cour principale du siège de la société. Après quoi, Mme la PD-G ordonna d'ouvrir en grand les portes de l'entrée d'honneur.

Des flots ininterrompus de souris et de rats de toute espèce, taille et condition sociale, accoururent de partout dans le monde, envahirent la cour et y firent ripaille.

La cour d'honneur s'en trouva rapidement nettoyée. Alors Lucietta congédia ses condisciples qui s'en allèrent repus, elle rentra dans l'immeuble, s'en vint par l'ascenseur réservé à la direction jusqu'au premier étage, parcourut les couloirs tapissés de moquette rose, se fit ouvrir la porte en chêne massif de son bureau, rejoignit le fauteuil du suprême maître après Dieu, y grimpa, glissa son fin museau successivement dans l'anse de chacune des trente petites clochettes installées sur sa table, ce qui fit accourir le *commendatore* Esàgeri, président du conseil, le Dr Ermogène, vice-président, le Dr Volontè, directeur administratif, le Dr Calamaio, directeur de la production, le Dr Migliarino, directeur des achats, et ainsi de suite jusqu'à trente (ils étaient tous, évidemment, docteurs en quelque chose).

Ils accoururent donc, entrèrent, esquissèrent une courbette, virent sur la table directoriale la petite souris qui se léchait les moustaches et leur disait :

— Maintenant, messieurs, autant vous prévenir, la belle vie, c'est fini !

L'ago della bussola, n° 1, année 1966.

Le Chien Universel

Dans la campagne de Bonpensiero, à peu de distance du fleuve, par un après-midi d'été, vers les 6 heures, à la villa du Pr Deodati, titulaire de la chaire d'histoire de la philosophie, parvint le cri du Chien Universel. Aboiement ? Ululement ? Gémissement ? En tout cas quelque chose que nous autres, les humains, n'entendons pas, contrairement aux chiens.

Fritz, vieille bête de sang fort mêlé, qui avait depuis sa plus tendre jeunesse profitablement accompagné le professeur à la chasse mais n'avait plus désormais que l'unique tâche de faire la garde, Fritz donc l'entendit. Pour l'empêcher d'aller vadrouiller dans la campagne et y provoquer des dégâts, Deodati le gardait attaché jour et nuit à une longue chaîne dont l'extrémité pouvait courir tout au long d'un fil de fer suspendu à deux mètres de hauteur, du coin du portique surplombant la niche du chien jusqu'aux branches d'un poirier huit mètres plus loin. De sorte que Fritz pouvait aller et venir, dans cette relative liberté, sur un espace d'environ dix mètres sur trois.

Mais, à 15 ans révolus, Fritz était décrépit, cela faisait longtemps qu'il ne se remuait plus, n'aboyait plus, et même, depuis quelques jours, qu'il restait prostré sur sa litière sans toucher à sa pâtée. Le professeur en avait tiré la conclusion que son chien s'apprêtait à mourir, mais il ne s'en soucia guère, au point que l'idée d'appeler un vétérinaire n'effleura même pas son abondante matière grise : pourquoi diable, en effet, aurait-il dilapidé trois mille lires ?

Le Chien Universel est formé par l'ensemble des petites âmes des chiens, pour lesquelles on n'a jamais entendu dire qu'un endroit précis soit dévolu, comme on assure qu'il en va au contraire des âmes humaines. D'ailleurs les âmes des chiens sont beaucoup plus ténues et fragiles que les nôtres, c'est tout dire. Chacune, séparément, ne saurait s'opposer aux injures du temps, aux dérèglements et à la malfaisance qui règnent dans les airs de ce monde fétide. Mais il suffit que s'en unissent de nombreuses pour faire corps, substance, énergie et résister aux forces contraires.

Et c'est ainsi que, en un certain endroit absolument irrévélé du globe terrestre, depuis des dizaines de milliers d'années, existe, fait de toutes les âmes des chiens qui sont parvenues jusque-là, le Chien Universel. Un animal énorme, immense, mesurant déjà presque trois cents mètres. Bien sûr, la plupart de ces pauvres âmes se perdent en chemin, même si depuis un siècle environ un service rudimentaire de ramassage a été instauré au moyen de carrioles volantes et toutes bringuebalantes : charrettes, diligences, fourgons, omnibus, vieux tacots même parfois, tirés par deux puissants mâtins. Jour après jour, ces véhicules survolent à basse altitude des endroits convenus et laissent pendre, attachée par un fil, une magnifique saucisse. Si un chien sur le point de mourir se trouve là, il lui suffit de mordre la cochonnaille à pleines dents, et tout aussitôt son âme s'évade de son misérable corps périssable, elle est hissée à bord de l'aéronef et sauvée pour l'éternité.

Quand 6 heures du soir sonnèrent à la villa Deodati, le cri du Chien Universel retentit. Aboiement ? Ululement ? Gémissement ? Fritz comprit immédiatement que cet appel lui était destiné.

Lui qui depuis tant et tant de jours n'émettait plus aucun son, il se mit alors à glapir lamentablement pour qu'on vienne le détacher de sa chaîne, un mystérieux instinct lui enjoignant de rejoindre coûte que coûte la berge du fleuve, où il pourrait mourir de sa belle mort et où l'on viendrait le chercher.

Surpris par ces glapissements, le Pr Deodati sortit en compagnie de son fils, un agent de change, et Fritz les regarda de ses yeux terribles de chien, parvint ensuite à se remettre sur ses pattes et se mit, faiblement, à tirer sur la chaîne en direction de la pente voisine.

— Qui sait ce qu'il peut bien vouloir ? dit le professeur qui, pour érudit qu'il fût, ne connaissait pas grand-chose de la vie. Et encore moins comprenait-il de la mort, qui devait être pourtant — du moins pour un philosophe — son principal objet d'étude et de réflexion.

— Je crois, dit son fils, qu'il cherche à s'en aller parce qu'il sent que sa fin approche. Les chiens sur le point de mourir tentent de s'isoler pour pouvoir mourir seuls, peut-être parce qu'il leur semble que c'est une trahison envers leur maître et qu'ils ne veulent pas qu'on les voit en train de s'y livrer...

— Tu ne vas pas te mettre en tête de lui enlever sa chaîne ! répliqua Deodati senior, préoccupé. S'il doit mourir, l'endroit le plus commode, c'est ici. Libre, il serait capable de nous faire des ennuis.

Ainsi père et fils discutaient-ils, tandis que Fritz les regardait de ses yeux tragiques de chien désespéré et glapissait tant et plus en tirant sur sa chaîne car il sentait de loin que s'approchait la charrette volante.

Finalement — mais n'était-ce pas déjà trop tard ? — le fils pris de pitié détacha la chaîne du collier et, avec un bond incroyable de la part d'un moribond, Fritz s'élança sur la pente de la prairie, certes en chancelant mais au galop.

En le voyant passer tout essoufflé, le majestueux noyer qui dominait le talus lui dit :

— Où cours-tu donc, Fritz, si seul ? Tu n'en peux plus, repose-toi. Ne te souviens-tu pas des bienheureuses siestes que tu as faites sous mon ombre ?

Mais Fritz, sans s'arrêter, secoua la tête pour dire :

— Je n'ai pas le temps, vraiment pas le temps.

Et le champ de luzerne lui dit :

— Arrête-toi, prends du repos, je t'en prie, à ton âge un tel effort peut te faire du mal. Pas d'imprudence, mon vieux Fritz. Naguère mon herbe légère te plaisait tant.

Mais le chien n'a même plus assez de souffle pour répondre, déjà le bruissement de la carriole volante est tout proche, déjà il sent le sublime fumet de la saucisse géante.

— Tu ne vas tout de même pas t'en aller avec une telle hargne au cœur ! lui crie la haie de clôture de la propriété. Pourquoi me fais-tu une tête à tel point hostile ? Jadis, t'en souviens-tu ? nous étions amis. Tu venais ici tous les soirs pour faire l'amour avec la Perlina. Écoute, si tu veux bien attendre, juste avant le crépuscule, une certaine petite chienne de meute passe toujours par ici, je parie qu'elle te plaira.

Mais le chien n'a même plus la force de tourner la tête pour répondre que non.

L'endroit était une espèce de promontoire entre le grand et profond lit caillouteux du fleuve et un petit ruisseau secondaire sur sa gauche avec, de l'autre côté du fleuve, d'autres collines, d'autres paysages, dominés par les fabuleuses crêtes des montagnes. Le promontoire s'avançait comme une estrade supportée par deux versants abrupts, un endroit splendide et solitaire.

Fritz n'en est plus maintenant qu'à une petite cinquantaine de mètres, et voici qu'arrive la charrette des âmes, vétuste, croulante, mais qu'importe ?

Avec le peu de souffle qui lui reste, Fritz galope jusqu'à l'endroit du rendez-vous... Galoper ? Chanceler plutôt, tituber vaciller dodeliner trébucher, comme un ivrogne, comme un mort.

Juste une question de secondes. La divine saucisse, à moins de un mètre d'altitude, passe rapidement devant lui. Et lui, il n'est pas encore tout à fait là, pas tout à fait prêt, et il lui faut tenter quand même, ah malheur ! ce suprême saut sans plus aucune miette de force.

Tchac. Ses dents ont mordu dans le vide. Il est lourdement retombé dans l'herbe, épuisé, au beau milieu des grands arbres miséricordieux, tandis que le soleil glissait derrière les crêtes bleuies dans la gloire infinie de son couchant.

Cependant, dans cet ultime élan, son âme lui a échappé, elle lui est sortie de la bouche, elle s'est élancée à la poursuite de l'attelage. Mais elle n'est pas de force à lutter de vitesse avec ces damnés molosses. Deux courtes ruades, et le pauvre esprit reste là, harassé, entre ciel et terre, une patte levée, comme s'il implorait grâce, comme s'il quémandait quelque répit.

Adieu donc, seconde vie. Semblable à une feuille d'automne, le voilà qui retombe, en tournoyant, jusqu'au pied de la falaise, entre les roseaux et les jeunes saules, dans le fouillis parfumé de la végétation, là où, quand venait l'époque de la chasse, il a tant été heureux dans sa jeunesse.

Après tout, ce n'est pas si mal de pouvoir se dissoudre pour toujours dans un coin aussi tranquille, aussi aimé ; du moins nul ne passe-t-il jamais ici, sinon le martin-pêcheur, sinon le crapaud des nuits de pleine lune, sinon tout en bas, entre les rocailles, l'eau qui raconte en ruisselant d'antiques légendes.

Corriere della Sera, 25 avril 1971.

Bestiaire

La Taupe. L'infirme, comme chaque soir, avait été porté dans son fauteuil roulant jusqu'à la terrasse de sa maison de campagne, qui donnait sur un vaste panorama d'ondoyantes prairies, de buissons et de bois. Puis laissé seul. Dans le même temps où le soleil commençait à vouloir se ranger derrière les à-pics des montagnes, il sentait que la vie s'échappait lentement de son corps.

Tout demeurait devant lui désert, silencieux et splendide. Soudain, au beau milieu d'une prairie en pente douce, commença à se former une petite bosse bien ronde, comme une petite meule de paille, qui grandit à vue d'œil pour mesurer bientôt facilement ses deux mètres deux mètres cinquante. Et, tout en grandissant, elle se déplaçait en direction de cet homme qui la regardait, comme si cette prairie avait été une souple couverture de laine, sous laquelle rampait un être vivant, un monstrueux ver de terre, ou mieux, une taupe géante. Effectivement, la bosse avait perdu de sa rondeur, elle s'était allongée, prenant plus ou moins la forme d'une échine, et elle était suivie maintenant d'une autre protubérance, beaucoup plus petite, qui se déplaçait en même temps qu'elle et pouvait représenter une queue. Taupe géante ? Serpent souterrain ? Créature issue des abysses ou bien prodige du Dieu tout-puissant ?

L'infirme eut la tentation d'appeler, pour montrer à autrui cet étonnant phénomène. Il se retint pourtant, préférant savourer seul le miracle.

Pendant quelques instants encore, il s'attendit à voir l'effrayante excroissance éclater pour en laisser sortir un dragon. Mais la prairie, comme une peau remarquablement résistante, ne cédait pas. C'est mieux ainsi — se persuada-t-il —, de sorte que le mystère restera plus intense.

C'était pendant l'ultime clarté de cette journée privilégiée. Le vieillard avait parfaitement compris qu'il s'agissait de l'annonce d'une fatale issue, et qu'elle lui était spécialement adressée. Ainsi donc, il allait devoir partir, probablement ce même soir. Cependant, il se sentait envahi d'un divin bonheur que, de toute sa longue vie, il n'avait encore jamais éprouvée.

La Galère. Les splendides galères de la Sérénissime République, les fabuleuses grosses *bissóne* magnifiquement adornées, ont fui le Grand Canal, trop encombré de bateaux à vapeur et de canots automobiles, et les Vénitiens n'ont plus l'occasion de les admirer, sinon pendant les poussives reconstitutions de quelque fête rituelle. Mais la flotte si souvent victorieuse n'est pas morte pour autant. Les bâtiments sont devenus plus petits et même minuscules, de la même façon que Venise est désormais une pâle copie de ce qu'elle a été dans ses belles années. Ils se sont retirés sur la terre ferme. De moins en moins, malheureusement, décimés qu'ils sont par les vénéneux miasmes chimiques, et la minable fantaisie des hommes. Mais pour ce qui est de naviguer, ils naviguent, avec toujours la même élégance et la même majesté, perpétuant à la perfection l'antique art du pagayage. Et comme ils ne peuvent plus parcourir les océans et les lagunes, ce sont les murs de nos maisons de Vénétie qu'ils parcourent avec la fluide palpitation de leurs si minces rames. Silencieux, sans clapotis et sans remous, et sans hurlements incitateurs à l'usage de la chiourme d'esclaves.

Ce sont les *galie*, les galères miniaturisées, communément appelées mille-pattes *(scutigera coleoptatra)* par qui n'est ni Vénitien ni au fait des subtiles allusions historiques.

Ainsi, ce serait donc tout ce qui reste à Venise de sa gloire séculaire ? s'étonneront certains. Ne désespérons pas. Observez plutôt ces élégantes bestioles, dont il est entre autres légendaire d'assurer qu'elles sont protégées par la Madone, au point qu'en tuer ne serait-ce qu'une seule attire sur soi le mauvais sort. N'ont-elles pas le style impeccable, l'aristocratique fragilité, le rythme infaillible qui a permis d'enrichir et de faire resplendir les plus beaux palais de la lagune ? Ah, si les gouvernants pouvaient s'aviser de défendre la beauté et le prestige de leur ville de la même façon que les *galie* savent évoquer en miniature mais au millimètre près les légendaires épopées des Bragadin, des Venier, des Morosini [1] !

La Nuée. Non loin de notre maison familiale, dans une importante sapinière, chaque automne vers la mi-octobre, précédée d'un mélange frénétique et très confus de couinements, de gazouillis, de battements d'ailes et de crissements, au beau milieu de l'après-midi, s'envole une gigantesque nuée de diverses variétés d'oiseaux, certains plus gros qu'un corbeau, d'autres à peine de la taille d'un moineau. Des milliers, des dizaines de milliers dont jusqu'alors nul n'avait pu déceler la présence. Une nuée qui semble ne jamais

---

1. Grandes familles patriciennes qui donnèrent de nombreux doges à Venise, célèbres pour certaines depuis le xe siècle *(NdT)*.

vouloir s'éteindre. Et comment une telle communauté d'autant de variétés ? Cet exode se prolonge parfois pendant plus de deux heures, formant une colonne compacte qui va s'élargissant dans le ciel et se dirige au sud avec une rapidité folle. Un spectacle grandiose auquel j'assistais déjà étant enfant et qui chaque fois m'a laissé dans l'âme — allez savoir pourquoi — une douloureuse empreinte.

Les gens du coin sont au courant de ce phénomène mais ils préfèrent ne pas en parler. J'ai souvent tenté de les interroger. Ou bien ils ont feint de ne pas comprendre mes questions, ou bien ils m'ont traité d'extravagant. Ou encore ils ont prétendu qu'il s'agissait d'une migration d'hirondelles. Des hirondelles, mon œil !

Finalement — comment diable n'y ai-je pas pensé plus tôt ? — je me suis adressé au seigneur des oiseaux, le chef suprême de toute la gent volatile au monde, à l'exception des chauves-souris et des insectes. Il fait assez fréquemment sa tournée dans nos contrées : je parierais bien qu'avec la rapidité qui lui a été concédée par le Ciel il serait capable de faire sept fois le tour du monde en une seule journée.

En le voyant s'approcher comme une tornade en mer, je lui ai fait signe et lui, gentiment, s'est arrêté. Il était tout mince, filiforme même, mais d'une taille de deux cents mètres pour le moins.

— Excuse-moi, lui ai-je dit, oh ! Seigneur des oiseaux, d'avoir interrompu ton vol, avec tout ce travail que tu dois encore faire. Mais j'aimerais savoir qui sont donc ces oiseaux qui, chaque automne, s'envolent en si grand nombre de la sapinière là-bas...

Alors le Seigneur des oiseaux a hoché la tête en signe de désapprobation.

— C'est une migration saisonnière, a-t-il dit et un sourire amer s'est inscrit sur ses lèvres. Ce sont tous les oiseaux que tes très chers amis ont attrapés et tués avec leurs fusils, leurs filets, leurs pièges et leur glu, au cours de l'été passé. Et ils s'en vont pour toujours.

— Où cela ? ai-je osé demander.

— Là où vous-mêmes, misérables, vous viendrez très bientôt les rejoindre.

Les Bœufs. Dans la *Zoologia popolare veneta, specialmente bellunese,* d'Angela Nardo Cibele (Palerme, 1887), on peut lire : « Chez tous les paysans de cette province, la croyance est bien ancrée que les bœufs se mettent à parler la nuit, une fois par an, la veille de Noël, ce pourquoi personne n'ose, passé une certaine heure, demeurer dans les étables. » L'auteur ajoute que quelqu'un, s'étant avisé de défier cette légende en allant se cacher dans quelque coin de l'étable pour écouter la prétendue conversation, s'était retrouvé tout aussitôt métamorphosé en bout de bois. (Probablement, à ce que je crois savoir, cette même légende est commune à plusieurs autres régions d'Italie.)

L'hiver dernier, avec le consentement du paysan, un de mes amis a voulu en avoir le cœur net, sans pour autant risquer quelque mésaventure, et il a installé entre deux poutres du plafond de l'étable un micro relié à distance à son magnétophone.

L'appareil a été branché vers 11 heures et demie du soir et a continué d'enregistrer pendant plus de deux heures. Voici les maigres résultats obtenus.

Le bœuf Toni, doyen de cette étable, en dialecte : « *E alora, parlone ? Perché no parletu ?* » (Et alors, parlons-nous ? Pourquoi ne parles-tu pas ?)

Une vache, répondant au nom de Bisa : « *Ghe n'avaria da contarvene, dopo un ano, cose straordinarie, belissime, ma purtropo sto nadal, ne cogne taser* » (Il faut qu'on se taise).

Un veau, nommé Kurt, arrivé depuis quelque temps de la haute Val Pusteria, qui comprenait parfaitement notre dialecte mais, par principe, comme nombre d'autres habitants de cette région-là, s'obstinait à parler en allemand : « *Warum ?* »

La Bisa : « *Perché un malnato l'ha impiantà qua de sora un telofono per sentir quel che noialtri disemo.* » (À cause de ce malotru qui nous écoute là-haut avec son téléphone.)

Le veau Kurt : « *Donnerwettterersakrament !* »

Et ils se turent tous.

La Grosse Mouche. Étendu sur le lit où je suis né il y a tant d'années, dans la chambre où je suis né. Sur le coup de 2 heures d'un lourd après-midi. Mais je ne parviens pas à trouver le sommeil : il y a une grosse mouche qui se promène avec insistance. En outre les brèves interruptions rythmées dans son bourdonnement discontinu le rendent encore plus irritant. Quelque chose du genre : sssssssss-ss-sssssssss - sssssssss - ss - ss - sssssssss.

Ce chant insolite me ramène, des profondeurs cachées de la mémoire, au souvenir d'une autre grosse mouche qui faisait exactement la même chose par un après-midi d'été. Dans une pièce voisine de celle-ci. Il y a un peu moins d'un demi-siècle.

Ma mémoire n'a jamais été excellente, et pourtant cet après-midi-là, je la revois avec une étrange clarté. C'était pendant cette merveilleuse époque de déréliction typique chez les adolescents, du moins en ce temps-là. Ce maudit bourdonnement en devenait un accompagnement encore plus méphitique, encore mieux en harmonie.

Aucun problème familial, ni angoisse amoureuse, ni préoccupation à cause de mes études, ni brouille avec mon meilleur ami. Aucun motif particulier. Simplement une absolue mélancolie, à tel point amère qu'elle ne permettait même pas le défoulement des sanglots.

Au plus profond d'une telle tristesse se nichait toutefois une obscure fermentation existentielle, difficile à expliquer, un irréductible mélange d'espoirs, d'attentes, de frémissements, de trépidations et de funestes pressentiments. Comme si cette affliction contenait en germe toutes les consolations futures.

Et me voici dans ce lit, avec une autre grosse mouche chantant la même chanson et m'apportant la même et lourde mélancolie amère.

— Mouche, grosse mouche... lui dis-je.

Coïncidence, j'en conviens, voici qu'aussitôt elle se perche sur l'abat-jour qui pend au plafond.

— Mouche, grosse mouche, lui dis-je, dis-moi la vérité, es-tu la même qu'en ce temps-là ?

Si par miracle (je sais bien que l'existence d'une grosse mouche ne dure que quelques mois à peine), si par miracle donc c'était elle effectivement, je suis sûr qu'elle me répondrait.

Me répond-elle ? Allez savoir. Elle reprend aussitôt son vol partout dans la chambre et ne cesse de répéter : sssssssss-ss-ss-sssssssss - sssssssss-ss-ss - sssssssss...

Néanmoins, la tristesse d'aujourd'hui n'est plus celle d'alors. C'est une pauvre tristesse et rien d'autre. Sans cet obscur ferment, dans les profondeurs, empli de ces espérances secrètes qui me demeurent incompréhensibles. À présent ne s'étend plus devant moi, peut-être en mauvais état, peut-être tempétueuse, ou assaillie par de mauvais démons, cette si longue, interminable route qui se perdait dans des horizons infinis. La route s'arrête désormais juste au coin de cette haie qu'on devine dans le brouillard.

Il me revient à l'esprit qu'il devrait y avoir, dans l'armoire à glace, une de ces petites raquettes à la résille métallique, armes infaillibles contre les mouches. Je vais la prendre. Je me poste auprès de la fenêtre entrouverte sur la vitre de laquelle la grosse mouche revient parfois se poser. Et de fait elle s'y pose.

Je lève la tapette, le coup serait fatal. Mais voici qu'en ce même instant une voix intérieure me dit : Non, non.

Après tout, d'une façon ou d'une autre, c'est cette vieille histoire de ma folle jeunesse qui se répète. C'est un petit morceau de ce moi que j'ai été qui me revient mystérieusement. Et il faudrait que ce soit moi qui le détruise ?

Corriere della Sera, 8 septembre 1971.

La construction de la tour

Du haut de la colline où il habitait, le jeune maçon Antonio Scitta pouvait voir tout au fond la grande ville de la plaine dominée çà et là par les immenses tours des puissants.

Ces tours lui semblaient superbes, et représentaient nombre de choses plutôt confuses dans son esprit mais toutes extraordinairement désirables, comme peut l'être par exemple le bonheur. Aussi se mit-il en tête, fou qu'il était, de s'en construire une lui aussi, vraiment pour lui, sa famille et ses amis, juste au sommet de sa colline. C'était une entreprise évidemment stupide : lui, seul, Antonion Scitta, avec une paire d'apprentis et rien d'autre.

Il commença donc par construire un petit four et y fit cuire des briques. Il en faisait une petite douzaine par jour, jamais plus. Un passant lui demanda :

— Mais comment peux-tu penser à bâtir une tour, Antonio ? Avec dix briques par jour, tu y mettras dix siècles !

Et lui :

— Moi, je fais ce que je peux. Si par la suite la chose lui plaît, Dieu y pourvoira...

Il n'avait pas fini sa phrase que quatre oiseaux, venant du fleuve, surgirent. C'étaient des merles et, en peinant terriblement il faut le reconnaître, ils tenaient dans leurs becs une brique qu'à force de battements d'ailes ils parvinrent à déposer aux pieds du garçon.

— Tu vois bien, dit-il alors, qu'il y a quelqu'un pour me venir en aide !

En ce même temps, l'on vit au ciel quatre pies qui volaient en groupe compact. Elles aussi portaient une brique de taille réglementaire, et vinrent la déposer aux pieds d'Antonio. D'autres oiseaux et oisillons en firent tout autant. Il y eut même, entreprise demeurée mémorable, un vieux corbeau qui parvint tout seul à apporter une brique. En revanche, les passereaux durent s'y prendre à plus de trente pour en faire autant. De la sorte, les briques commencèrent à s'amonceler.

Les briquetiers de la région, quand ils eurent vent de la chose, vinrent protester auprès d'Antonio. L'un dit :

— On m'a raconté que des oiseaux t'apportent des briques pour faire ta tour. Où les prennent-ils ? Ils doivent bien les dérober dans quelque four, non ?

— Mais, il t'en manque à toi ? répondit Antonio.

— À moi non, mais sûrement à un autre.

— À toi donc, à toi ? demanda le maçon aux autres. Ou bien à toi ? ou à toi ? mais aucun ne pouvait assurer d'avoir été volé. Et en conséquence il leur fallut s'en aller en ronchonnant.

Mais, immédiatement après eux, survinrent les « permanents » du syndicat, qui lui dirent :

— Est-ce vrai que tu veux construire une tour ?

— Oui, répondit-il.

— Tout seul ?

— Oui, tout seul. Sinon que, en plus de mes deux commis, des oiseaux viennent m'aider.

— Des oiseaux qui t'aident !... firent les permanents en haussant brusquement le ton. Avec ce chômage qu'il y a dans toute la région ! Tu ne connais donc pas la réglementation de l'emploi en vigueur ? Les oiseaux, nous, on ne veut pas savoir ce que c'est. Si tu n'y arrives pas tout seul, il te faut employer des ouvriers régulièrement inscrits.

— Mais je n'ai pas d'argent pour les payer! dit Antonio.

— Alors rien du tout. Tu n'as qu'à y renoncer. Compris ? Il faut en finir avec cette histoire des oiseaux. Sinon, gare !

Ils lui firent une vilaine grimace et s'en furent. Alors Antonio, résigné, fit un signe aux volatiles qui, là-haut dans le ciel, se démenaient tant et plus avec leurs briques, pour leur dire qu'il fallait arrêter. Ce n'était pas la peine, on leur interdisait de l'aider. De toute façon merci.

À ces mots les oiseaux, émettant force cris de désappointement, laissèrent tomber toutes les briques qu'ils transportaient avec tant d'efforts et s'en retournèrent vers leurs nids respectifs. Et les briques en tombant dans les prés y firent des trous grands comme ça.

Sans ces braves collaborateurs, Antonio se retrouva cloué sur place. Comment allait-il s'y prendre pour continuer sa tâche? Il avait pris trop de mauvaises habitudes. Mais il se faisait tard et, avec ses deux commis, il s'en revint à sa baraque où son épouse avait préparé le souper.

Le lendemain matin, il retourna au chantier où les murs de sa tour avaient seulement commencé à s'élever.

Et que vit-il là ? Un beau tas de briques toutes neuves qui avaient été apportées pendant la nuit. Qui avait bien pu le faire? Le mystère fut dévoilé la nuit suivante, quand Antonio resta au chantier à faire le guet.

C'étaient les oiseaux nocturnes, les chouettes, les effraies et les hiboux. Surtout les hiboux. Des bandes enthousiastes de chauves-souris et d'engoulevents participaient également à cette action ; si ce n'est que, dans leur zèle et leur vol désordonné, il leur arrivait le plus souvent de laisser tomber leur offrande un peu n'importe où. Si bien que, pour récupérer les briques disséminées çà et là au sol, Antonio dut faire tout un circuit au petit matin suivant.

Ce n'en était pas moins une excellente solution. Dans l'obscurité, comment les permanents du Syndicat se seraient-ils aperçus de la chose ?

Ainsi la tour put-elle être édifiée. Elle atteignit une telle hauteur que, pour la voir en son entier, il fallait se tordre la tête et le cou, de sorte qu'on pouvait admirer dans le même temps le ciel et ses nuages blancs qui voletaient joyeusement. Pour finir, une large terrasse agrémentait son sommet, dominant toute la plaine environnante jusqu'au bord de mer.

Cela avait été une tâche enthousiasmante. Menée à son terme. Mais, pendant ce temps, les années avaient passé. Et un jour, ce qui ne lui arrivait jamais, Antonio s'examina attentivement dans un miroir. Il était devenu vieux, avec des cheveux blancs et le visage raviné de rides. Alors la tristesse lui vint. Il pensait : Comment se fait-il que personne ne soit venu de la ville pour voir ma tour ? Cette totale indifférence l'affligeait.

Mais c'était faux. Tout le monde avait parfaitement vu s'élever peu à peu tout en haut de la colline la tour d'Antonio, qu'on pouvait distinguer non seulement de la ville mais de très très loin aux environs. Et les gens s'étaient demandé : Qui peut bien faire construire une telle tour ? Serait-ce que quelqu'un veuille nous faire un affront, à nous autres les gens de la ville ?

Ceux qui, poussés par la curiosité, étaient montés là-haut n'avaient trouvé personne d'autre que ce modeste maçon en train de travailler. Et ils s'en étaient revenus, tout aussi peu renseignés qu'avant.

De sorte que l'inquiétude n'avait fait que croître parmi les puissants de la ville.

Une fois sa tour terminée, Antonio reçut quand même

une visite : celle des membres de la Commission de conformité. Cette Commission devait systématiquement vérifier si toutes les constructions répondaient bien aux normes et aux réglementations en vigueur.

Le chef de la Commission fut chaleureusement reçu par Antonio qui lui fit visiter son œuvre de fond en comble, étage par étage. L'autre regardait partout et ne pipait mot.

Ce fut seulement parvenu à la terrasse qui surplombait le tout à vous en donner le vertige que le chef de la Commission demanda :

— Antonio, pourquoi as-tu construit une tour aussi haute ?

Antonio, croyant qu'il s'agissait là en quelque sorte d'un compliment, eut un sourire et dit :

— C'est vrai, n'est-ce pas qu'elle est drôlement belle ?

Le chef de la Commission, persuadé de son côté qu'Antonio était en train de se moquer de lui, dit :

— Allons, pas d'histoires s'il te plaît, pourquoi as-tu construit cette tour ?

Car il pensait évidemment qu'Antonio s'était contenté de travailler pour un autre, et que cet autre devait être quelque puissant personnage désireux de conserver l'anonymat.

— Je l'ai construite pour moi, répondit Antonio.

— Et à quoi te sert-elle alors ?

— L'idée de construire une tour, aussi grande que celles de la ville, et même plus encore, me plaisait infiniment. Voilà tout !

— Quoi qu'il en soit, répliqua le chef de la Commission, je me vois dans l'obligation de ne pas t'accorder de certificat de conformité. La loi stipule en effet qu'aucun édifice, serait-ce une tour, ne peut dépasser soixante mètres de hauteur. Et ta tour est beaucoup plus grande que ça.

— Je pense bien ! s'exclama fièrement Antonio. Ma tour fait plus de quatre-vingts mètres...

— C'est bien la raison pour laquelle, continua le chef de la Commission de conformité, nous ne pouvons te délivrer ce certificat. En conséquence de quoi ta tour devra être démolie.

Le malheureux maçon en eut le souffle coupé net. Mais comment donc ? Il avait travaillé quarante ans pour qu'on vienne maintenant détruire le fruit d'un tel labeur ?

— Ma tour, démolie..., balbutia-t-il.

— Jusqu'à la dernière brique.

Antonio sentit que les larmes lui venaient aux yeux :

— Écoutez-voir, monsieur le chef de la Commission de conformité, proposa-t-il, nous allons faire comme ça, je raccourcis ma tour de vingt mètres et je suis en règle.

— Pas suffisant ! dit l'autre qui, sentant la moutarde lui monter au nez, devenait d'autant plus intraitable. Non seulement la hauteur n'est pas conforme, mais les mensurations des murs, celle des escaliers, bref tout est erroné, illégal. C'est pourquoi cette tour devra être entièrement détruite.

En réalité, le chef de la Commission de conformité outrepassait totalement ses pouvoirs en ordonnant une telle chose, mais il agissait ainsi parce que le pauvre Antonio lui avait finalement révélé que c'était seulement pour lui-même qu'il avait édifié cette tour.

— Que soit faite la volonté de la loi, même si elle est injuste, dit Antonio, résigné. Mais cela signifie qu'en abattant ma tour, c'est moi aussi que vous allez abattre. À vous revoir, messieurs !

Cela dit, il retourna dans sa tour, s'y enferma et en barricada soigneusement la porte. Qu'aurait-il pu faire d'autre ? Il avait travaillé toute sa vie pour cette tour et maintenant on prétendait la lui enlever sous un prétexte bureaucratique. Ils allaient mettre la tour à bas ? Il s'y laisserait ensevelir sous les décombres.

Les membres de la Commission de conformité avaient les yeux hors des orbites tant leur rage était grande. Jamais, dans toute leur longue carrière, au grand jamais pareille aventure ne leur était arrivée.

Des émissaires furent tout aussitôt envoyés à la ville pour qu'on amène au plus vite de quoi pratiquer à la démolition. De fait, peu de temps avait passé que déjà arrivaient sur la colline des escouades de robustes gaillards armés de pics, de piolets, de marteaux-piqueurs et de tous les ustensiles nécessaires, y compris des charges de dynamite. Une batterie de canon suivait même, pour les épauler en cas de besoin.

Mais la tour était forte, elle était dure. Quarante années de travail acharné, ce n'était pas rien ! Les murs ne semblaient pas faits en brique mais en granit. Les coups pleuvaient et les pics s'émoussaient, les piolets se brisaient, les marteaux-piqueurs partaient en charpie.

Tout autour, mais tenue à distance par un cordon de police, une grande foule de curieux avait fini par se masser. On commentait vivement la scène et, çà et là, commençaient à fuser rires et sarcasmes. Elles auraient bonne mine, les Autorités, si elles ne parvenaient pas à faire s'écrouler cette tour !

Il fut alors décidé d'user, avec quand même les précautions d'usage, de la dynamite. Les charges furent placées en divers endroits et mises à feu. Elles explosèrent avec un bruit d'enfer mais, une fois la fumée dissipée par le vent, on put constater que la tour n'avait pas même la moindre égratignure : seulement quelques petites taches noires, là où avaient éclaté les charges.

À l'intérieur de la tour, recroquevillé dans un coin, Antonio continuait d'attendre la fin. Il avait entendu les pics, les marteaux-piqueurs qui tapaient, vrombissaient, mais dont le bruit ne lui était parvenu qu'assourdi. Puis cela avait été le grondement des explosions. Vint enfin le tonnerre de l'artillerie. Il regarda autour de lui, le cœur battant, guettant cet effondrement, qui ne saurait plus tarder en une évidente cataracte de décombres. Pourtant, rien d'autre ne tomba qu'un voile de poussière, et encore, fort léger.

Rageusement, violemment, la cadence des coups de canon augmenta, signe que sans doute de nouvelles batteries étaient arrivées de la ville en renfort. Mais les murs demeuraient inébranlables, pas la moindre brique ne se défaisait.

Cela dura jusqu'à ce que, soudain — plusieurs heures avaient dû passer désormais —, un grand silence se fit. Antonio, toujours recroquevillé dans son coin, attendit le coup de grâce.

Mais voilà que, dans ses oreilles assourdies lui parvint un nouveau et incroyable son. C'était de la musique, comme l'aubade d'une allègre fanfare. Puis quelqu'un se mit à tambouriner contre la porte d'entrée : — Ouvrez, monsieur Antonio ! lui criait-on. Ouvrez vite, s'il vous plaît !

Que pouvait-il arriver de pire ? Antonio ouvrit la porte, s'y présenta. Dehors il faisait un splendide soleil, inondant une immense foule ainsi qu'un petit groupe de curieux personnages en habits de cérémonie qui le saluaient avec les signes de la plus grande et plus respectueuse considération. Sans compter une haie d'honneur de soldats, qui lui présentaient les armes.

La tour avait résisté aux marteaux-piqueurs, à la dynamite et aux canons. Signe donc qu'elle appartenait à quelqu'un de très puissant, de plus puissant encore que quiconque ici-bas. C'est pourquoi ceux de la ville avaient fini par être pris de panique. Et maintenant, ils venaient en corps constitué pour décerner à Antonio le prix de la plus belle construction, lui offrir une invraisemblable quantité de cadeaux et, par-dessus le marché, un titre nobiliaire.

Antonio, tout confus, remercia. Qu'avait-il fait pour mériter d'abord tant de méchanceté et maintenant tant d'honneurs ? Il ne parvenait toujours pas à comprendre. Et pourtant, c'est ainsi que notre monde est fait.

Il avait vaincu. Nul ne viendrait plus jamais tenter de lui soustraire sa tour et, avec tous ces cadeaux reçus, il pourrait vivre sans souci du lendemain. Mais il était vieux désormais, il était las, et ne ressentait l'envie de rien. À quoi lui servirait tout ce bonheur ?

Inédit, 1950-1955.

Deuxième partie

ARTICLES

Une journée de la poule zéro

La poule zéro est la première de la classe, la plus valeureuse de toutes les 13 499 poules qui vivent dans l'établissement. Blanche comme neige, la taille élancée, une crête abondante et quelque peu en bataille, le regard altier : un pur-sang de la race livournaise.

C'est pour avoir pondu 308 œufs dans l'année qu'elle a conquis le droit d'être immatriculée « zéro », ce qui pour les humains correspondrait au maillot rose du Tour d'Italie. La poule numéro 1, selon cette classification, a produit quelques œufs de moins. Ne parlons pas des exemplaires au numéro matricule oscillant entre le douzième et le treizième mille, dont le bilan se limite à 130-140 œufs par an. Il y en a aussi deux ou trois qui ne sont même pas parvenues à dépasser la moyenne des poules de la campagne : une petite centaine par an. À la patte gauche la poule « archétype » porte un petit anneau, à rayures noires et rouges, ce qui signifie justement zéro. Les dernières de la classe en portent quatre, empilées : le premier indique le millier, le deuxième la centaine et ainsi de suite. Dans les bureaux de la direction générale de l'établissement on note scrupuleusement sur un registre, pour chacun de ces matricules, tout ce qui peut concerner leur existence et éventuellement les miracles qu'ils sont capables de produire.

La poule zéro cohabite, dans un gracieux pavillon, avec une quinzaine de compagnes, toutes pondeuses de première catégorie, de haute volée et de vieille noblesse à l'arbre généalogique particulièrement bien fourni. Au secrétariat de l'état civil sont conservés les actes de naissance, jusqu'à la cinquième génération, des ancêtres emplumés. Même si la mère de la poule zéro, cas extrême, n'était qu'une roturière sans pedigree, en revanche toute la lignée paternelle était de premier ordre. Le père se nommait 06/947 DN, le grand-père 185/425, l'arrière-grand-père 010/01. Le trisaïeul était né en Angleterre, numéro 37 de l'élevage Randsford. Mais c'est surtout sa conjointe qui défraya la chronique ; elle avait obtenu en effet le rare privilège de porter un nom propre : « Pensford Progress ». Encore de nos jours, dans le monde des gallinacés, on cite en exemple (c'est un fait historiquement prouvé) l'exploit qu'elle accomplit en pondant 1 032 œufs en cinq ans.

Une existence princière, dans cet élevage aux portes de Milan, s'il n'y avait cette astreinte quotidienne du réveil aux aurores. Depuis que le monde est monde, comme nul ne l'ignore, toutes les poules (et tous les coqs) se lèvent avec le soleil et s'en vont dormir… « avec les poules ». Dans la modernissime petite cité occupée par la race livournaise, réveil à 3 heures et demie, hiver comme été. Passe encore si cette règle avait été édictée par un ordre en bonne et due forme, comme cela se fait chez les soldats. Mais on a eu recours à un subterfuge pour l'imposer, à une ingénieuse tromperie. Et c'est là, il faut le reconnaître, que se trouve l'épine irritative qui taraude les plumitifs.

Dès le début donc, vers les 3 heures 30 du matin, les poules hébergées dans cet établissement étaient réveillées par les premières lueurs de l'aube, alors qu'on était en novembre. « Une année particulière », expliquaient quelques-unes des bestioles parmi les plus pédantes. « Sans doute le cours des astres a-t-il changé... » Mais, à force, elles finirent toutes par comprendre : ce n'est pas le soleil qui se lève à 3 heures et demie mais deux petites lampes qui diffusent leur lumière de façon progressive, imitant ainsi l'aurore. Quand vient enfin le tour du soleil, ces lampes s'éteignent peu à peu, avec une telle douceur, une telle lenteur qu'on ne peut percevoir le moindre déséquilibre dans l'intensité lumineuse.

Une fois ces lampes allumées, pas question d'espérer faire la grasse matinée sur les perchoirs. Sinon on ne trouverait plus la moindre miette du premier repas matinal. Ce n'est pourtant pas la nourriture qui manque : en grains, en bouillie de farine proprement délivrée par râteliers spéciaux, sans parler de la purée de coquilles d'huîtres offerte à volonté et aidant au raffermissement des œufs ; un abreuvoir scientifique, aussi beau qu'une machine à café express, et qui distille de l'eau tiède pendant les mois d'hiver ; aux murs, des vitres qui laissent filtrer les rayons ultraviolets ; un coquet jardin sur le devant de la maisonnette, pour les heures de récréation. Tout en haut du toit, de gracieux poulets en fer se mettent à chanter la nuit, quand vient le vent, et leur curieux grincement rappelle aux poules endormies qui sait quelles idylles des temps passés.

Se montrer à la hauteur, telle est la préoccupation constante des hôtes de cet établissement. Leur avenir à toutes dépend du nombre d'œufs qu'elles auront pondus. Sous les perchoirs pour la nuit, toute une rangée de caissons attendent.

Pour y déposer son produit, la poule y pénètre en laissant battre derrière elle un petit clapet ; on les nomme des nids-trappes. Une dame passe de temps en temps, jette un œil sur les caissons refermés et, si l'œuf est déjà en place, libère la pondeuse. On inscrit aussitôt sur l'œuf le numéro de sa mère.

Certaines poules n'oublient jamais, tout au long des jours, de répondre à leurs obligations. La poule zéro, par exemple, ne s'accorde que de très rares pauses. Elle trépigne si elle trouve « son » nid déjà occupé et qu'il lui faut « faire la queue ». Quand elle sort ensuite de l'officine, elle jette en se redressant fièrement un coup d'œil circulaire et, avec un air de suffisance :

— Oh, vous au'tes, demande-t-elle au petit groupe de ses compagnes qui préfèrent se reposer, vous ne faites 'ien, vous au'tes ? Allons, cou'age, cou'age. Ici, il n'y a pas de place pour les pa'esseuses ! Méfiez-vous de ne pas fini' dans la ma'mite !

Et les apostrophées lui tournent le dos, outrées de cette macabre allusion.

Destin artificiel de tous ces œufs. Introduits dans un incubateur (l'installation peut en faire mûrir 15 000 à la fois) les œufs non destinés à la vente se dorlotent bien au chaud. Au dix-huitième jour, ceux de noble origine sont installés un par un dans des petits paniers individuels en fil de fer, de sorte que les poussins pourront être plus sûrement identifiés. Les autres sont répartis en fonction de leur provenance. Après vingt et un jours on commence à entendre un faible tchic-tchic : le chœur délicat des poussins qui picorent leur coquille, cherchant à s'en évader. Chaque année, dans cette salle, se produisent environ 35 000 naissances.

Les poussins, contremarqués par un petit bouton fixé sur leur aile gauche, sont ensuite parqués dans des caisses spéciales, du toit desquelles pend un petit rideau de flanelle, substitut de la voussure de la couveuse, leur laissant croire ainsi qu'ils continuent à se faire dorloter. Les parois de la caisse sont peintes en bleu clair afin d'éviter les phénomènes de « cannibalisme ». Chez d'aussi gracieuses petites bêtes peuvent germer en effet de fort pervers instincts : la vue du rouge les excite, comme s'ils étaient de furieux taureaux, tandis que celle du bleu clair les calme. Malheur si, en se becquetant les uns les autres, ces poussins finissaient par se blesser, l'apparition d'une seule petite goutte de sang suffirait à semer une horrible hécatombe.

Le numéro zéro, tout infatuée qu'elle soit d'elle-même, n'en éprouve pas moins un profond respect pour les « pharmaceutiques », bêtes géniales sans le savoir et sans l'avoir voulu, à l'avant-garde de la plus moderne science thérapeutique. Un pavillon est en effet réservé à la production d'œufs médicinaux. Par injections et par breuvages, on fait pénétrer dans les viscères des poules certaines quantités prédéfinies d'iode, de brome, de mercure et d'argent. L'iode, le brome, le mercure et l'argent se retrouvent ensuite dans les œufs et seront ainsi d'autant plus facilement assimilés par les malades. Qu'on s'imagine, pour les besoins d'une humanité future, les rayonnages d'une pharmacie modèle entièrement occupés par des œufs : on gobera un œuf pour combattre la migraine et une simple omelette permettra de vaincre la grippe.

Contrairement à ce qu'il advient dans les autres domaines, l'industrialisation sur une grande échelle, au lieu de les humilier, a permis de valoriser la personnalité de chacune de ces bestioles. Elles savent toutes qu'elles seront quotidiennement contrôlées. Si elles pondent un œuf, si elles ne le pondent pas, si leur plumage change, si elles convolent, si elles doivent se rendre à l'infirmerie (la cité des plumitifs possède son propre hôpital), l'annotation relative à ce fait sera immédiatement transcrite sur leur dossier personnel. Leur seule hantise est la peur d'être licenciées, renvoyées, sinon pour finir « dans la ma'mite » comme dit le numéro zéro, du moins pour se trouver rétrogradées dans une catégorie inférieure. Cela peut encore être supporté par les pondeuses qui triment durement pendant quatre années consécutives. Mais en règle générale, les coqs, au bout d'à peine douze mois, sont mis d'office à la retraite.

C'est pourquoi la remarquable résistance pendant quatre ans d'un célèbre coq d'origine étrangère convient d'être notée. Après ces deux semestres de service actif et malgré ou à cause de ses prouesses, il s'était trouvé, tout autant que ses collègues, au bord de l'épuisement. Les autres coqs, quelque peu racistes et jaloux, s'attendaient à le voir disparaître d'un jour à l'autre. Et pourtant tous, en fin de carrière, décrépirent, s'en allèrent tandis que le coq étranger, quelque peu diminué physiquement et intellectuellement, ne semblait toujours pas devoir partir. Quand commencèrent ensuite les premiers symptômes du sénilisme, ses collègues crurent vraiment qu'on allait enfin l'enlever, qu'on leur épargnerait le déplorable spectacle de son agonie. Tout au contraire, on laissa le vieillard mourir dans sa maisonnette. On n'apprit que bien plus tard les raisons de cet affectueux traitement de faveur : il avait coûté mille lires de l'époque.

Corriere della Sera, 8 décembre 1933.

Le chien littéraire n'est guère inspiré aujourd'hui

Sans enthousiasme excessif, Bonnie, le chien savant, a accepté de se laisser interviewer. (Pour dire la vérité, Bonnie est une chienne, mais « chienne » est parfois une épithète quelque peu péjorative, ce pourquoi nous la nommerons ici chien.)

Né il y a quatre ans à Villefranche-sur-Mer, mais naturalisé italien, Bonnie, terrier écossais, a brusquement atteint les sommets de la gloire, en tout cas dans les milieux cynophiles, en raison de ses remarquables dons intellectuels. Nous en avions entendu chanter merveilles : un chien qui lit, raisonne, répond aux questions en un italien parfait, exprime des jugements sur l'humanité, les événements et les choses. Une vague appréhension nous tenait en pénétrant dans la demeure de son propriétaire, M. Gino Del Mar, à Milan ; un malaise subtil comme lorsqu'on s'en va interroger la sibylle, les haruspices, les mages et sorciers ou encore toute personne aux facultés surnaturelles, donc en quelque sorte plus ou moins complice du démon.

Il convient de préciser d'emblée que Gino Del Mar ne se sert nullement de son animal pour en tirer bénéfice ou avantage, qu'il ne parle absolument pas — contrairement à ce qui se passe d'habitude dans ces cas-là — de miracle ou de prodige, et même qu'il ne tient pas du tout l'intelligence de Bonnie, aussi notable soit-elle, pour exceptionnelle. Bref et par-dessus tout, il sait garder à propos de son chien un jugement tout à fait serein, et se montre toujours disposé à laisser se dérouler toute expérience ou tout contrôle.

Ainsi donc, quelques mois après avoir acquis Bonnie à peine sevré, Del Mar s'aperçut que son chien pouvait spontanément reconnaître pour le moins une cinquantaine de mots, ce qu'au demeurant de nombreux autres chiens savent faire. De toute façon, il était évident que Bonnie possédait une bonne mémoire. Et son maître pensa : puisqu'il est capable de distinguer cinquante objets correspondant à des sons (mots) différents, il devrait pouvoir à plus forte raison apprendre et reconnaître les lettres de l'alphabet, dont les sons sont bien plus simples.

Et, de fait, son chien les apprit. Les cours avaient commencé il y a deux ans, mais après avoir appris quatre lettres Bonnie dut interrompre ses études pour répondre à ses obligations maternelles. L'école reprit un an plus tard et le chien, qui se souvenait toujours des quatre premières lettres, apprit le restant en vingt-deux jours, et vingt jours plus tard savait déjà l'utiliser. Seule différence par rapport à notre orthographe : plutôt que *CH* et *K* Bonnie usait du simple *H,* à la place du *J* préférait le *G,* et le *N* en guise de *R.*

La barrière du mystère qui jusqu'alors séparait le monde animal du nôtre semblait voler en éclats : le chien pouvait et savait — même s'il lui fallait parfois hésiter et fatiguer pour se faire comprendre — exprimer avec notre langage ses désirs et ses sentiments fondamentaux. Plus de frétillements de la queue, de vibrations des oreilles, de jappements, d'aboiements, de longs regards muets, plus de ces signaux millénaires que depuis Ulysse les hommes prétendent interpréter, mais des mots bien clairs. Le chien choisissait l'une après l'autre, dans un tas mis à sa disposition, les lettres majuscules en bois correspondant à ce qu'il voulait exprimer et les alignait sur le plancher. Désormais, pour aller plus vite, M. Del Mar a remplacé les lettres en bois par trois petits tapis sur lesquels est brodé l'alphabet : Bonnie indique les lettres avec son mufle.

Del Mar a inscrit jour après jour dans un volumineux registre les progrès accomplis par son chien. Y figurent entre autres les dialogues suivants.

Un jour son maître avait inondé Bonnie de poudre insecticide. Un peu plus tard, il lui a demandé :

— Cela t'a fait mal ? »

Bonnie :

— *Non.*

— T'ai-je ennuyé ?

— *Odeun fonte.*

— Et les puces ?

— *Elles tounniquent.*

On raconte qu'un fameux chien allemand, nommé Rolf si nous ne nous trompons pas, qui s'exprimait donc en langue germanique et désignait les lettres par un battement de pied, ayant à répondre à la question : « Qu'est-ce qu'un homme ? » inscrivit : « Une part de l'âme universelle. » On dit aussi qu'un de ses congénères, également allemand, à la question : « A-t-on le droit de tuer les chiens ? » répondit de la même façon : « La loi divine interdit le meurtre. » Deux histoires un peu trop belles pour être vraies, convenons-en. Heureusement d'ailleurs. Où irait-on si d'aventure, au moment de dénicher un lièvre, notre Tell se mettait à disserter sur le principe de l'immanence et l'impératif catégorique ? Aussi, toutes proportions gardées, le dialogue suivant nous semble beaucoup moins invraisemblable.

Del Mar :

— Qu'est-ce qu'un homme ?

Bonnie :

— *Animal naisonnable.*

— Et le chien ?

— *Le hhien ? aussi.*

— Et que sommes-nous ?

— *Des pensonnes.*

— Quelles personnes ?

— *Ennuyeuses.*

Et encore ceci : notre Aristote aux poils noirs nous a prodigué certaines révélations sur les rapports internes du monde canin.

Del Mar :

— Bonnie, est-ce que tu parles avec les autres chiens ?

Bonnie :

— *Non.*

— Mais tu te fais comprendre ?

— *Oui.*

— De quelle façon ?

— *Pan signes.*

— Quels signes ?

— *Les oneilles.*

— Et que font les chiens quand ils se reniflent les uns les autres ?

— *Ils s'embnassent.*

Réponses spontanées ou bien apprises à l'avance par cœur ? Authentiques fruits d'un raisonnement ou inspirations directes, même inconscientes, venues du maître ? Ce n'est pas ici le lieu d'en débattre ou d'émettre le moindre jugement : nous ne désirons nullement avoir à rendre des comptes à des chiens rendus furieux ; et d'ailleurs qui peut vraiment nous garantir que Bonnie ne lira pas cet article ?

En bons chroniqueurs, nous sommes tenus de nous limiter à ce que nous avons vu. À notre arrivée Bonnie rôdait un peu partout, d'un air circonspect et excédé, dans le salon de la maison Del Mar. Quand il nous a vus, il nous a toisés avec des regards tellement méfiants qu'on eût dit des vrilles. Un bel accueil, avons-nous pensé. Et l'idée nous est venue de le saluer en lui balançant un « Bonjour, professeur ! » ou quelque chose du même tonneau, mais cela nous a semblé ridicule et nous nous sommes contentés de lui sourire.

Lui, impassible. Il continuait, sardoniquement, à nous regarder par-dessus ses sourcils austères et hirsutes, exprimant à n'en pas douter une profonde réprobation quant à notre aspect physique et notre conduite morale en général. Voilà encore un autre de ces importuns — devait-il penser —, un misérable casse-pieds qui se prend pour je ne sais qui, et va me contraindre à cette sempiternelle conversation stupide.

Fort heureusement, Gino Del Mar survint pour nous tirer d'embarras et, devant lui, Bonnie daigna feindre un peu plus de courtoisie. Del Mar apportait les petits tapis aux lettres brodées ainsi qu'un grand tableau de classe représentant divers animaux.

On commença par les exercices les plus simples. « Aboie » dit Del Mar. Ouah ouah, fit Bonnie. « Roule-toi sur le tapis ! » Bonnie se roula sur le tapis. « Va chercher la baguette ! » Bonnie se rendit dans une pièce voisine, et en revint avec une baguette en bois dans la gueule. « Montre-moi le cheval ! » Du museau, Bonnie indiqua le cheval sur le tableau de classe. Puis il alla se coucher sous un divan et s'endormit avec une telle rapidité qu'elle nous sembla suspecte.

Sous les incitations de son maître et, à ce que nous crûmes, principalement à la vue d'un biscuit, au bout de peu de temps Bonnie revint parmi nous pour les exercices de conversation et de dictée. Mais il n'y manifestait aucun intérêt, se faisant répéter trois ou quatre fois les questions, et indiquant les lettres choisies avec une très relative promptitude et une douteuse approximation. « Quel temps fait-il aujourd'hui ? » Le chien montra le *S* puis le *O* et, le museau toujours bloqué sur ce *O*, s'étendit sur le tapis avec l'évidente intention de s'y assoupir. Il fallut toute l'autorité de son maître pour qu'il se décidât enfin à montrer le *L* et la suite. De fait, la journée était ensoleillée.

On en revint à la célèbre question : « Qu'est-ce qu'un homme ? » « *Animal naisonnable* », mais il n'y avait là rien d'exceptionnel, nous savions que cela faisait partie de son répertoire. À la question de savoir s'il était jeune ou vieux, Bonnie répondit : « *Geune* ». Puis, de sa propre initiative, il assembla les lettres *ENNUI* (mais il l'avait déjà trop souvent fait au cours d'expériences précédentes). De temps en temps, il retournait se réfugier sous le divan. Pour l'inciter à continuer, Del Mar lui ordonnait alors : « Aboie ! » Ouah ! ouah ! faisait Bonnie de sa voix rauque et professorale, en se réveillant plus ou moins. Et il nous concédait ensuite, au compte-gouttes, quelque nouvelle réponse.

Il nous a semblé que les écrits de Bonnie étaient authentiques. La respectabilité reconnue de son maître exclut toute suspicion de fraude. Même les continuelles incitations de Del Mar, pendant l'élaboration des mots, ne nous paraissent pas de nature à avoir influé sur le sens des réponses du chien. De toute façon, en regard aux prodiges précédemment réalisés, cette séance dans son ensemble n'a donné qu'un résultat médiocre, pour n'en pas dire plus. Soit que les efforts spirituels récemment demandés aient quelque peu émoussé le potentiel cérébral du quadrupède ; soit que, à l'instar de Bernard Shaw, Greta Garbo et autres grands de ce monde, le chien savant ait éprouvé une certaine méfiance envers les journalistes ; soit qu'enfin il n'ait tout simplement pas été en forme ; ce jour-là Bonnie s'est montré avare de ses dons.

Nous nous apprêtions à prendre congé quand le chien nous gratifia d'un de ses regards assassins. Dieu du ciel !

avons-nous pensé, cette maudite bête, d'une astuce diabolique, ne se serait-elle pas moquée de nous ? Se pourrait-il que, quotidiennement, elle empapaoute les chercheurs, le amis de la maison et jusqu'à son propre maître ? qu'elle feigne d'être un puits de science alors qu'elle n'est en fait qu'un parfait ignare ? Est-il possible que, dès l'école primaire et jusqu'à l'Université, les examinateurs puissent se laisser berner par des étudiants totalement incultes mais rusés à l'extrême, véritables renards humains ? Certes, ce ne fut qu'un soupçon fugitif, un doute qui dura l'espace d'une seconde. C'est pourquoi maintenant — d'ailleurs, nous le répétons : qui peut nous assurer que Bonnie ne lira pas ces lignes ? —, maintenant nous retirons formellement de telles basses insinuations.

Quoi qu'il en soit, ce chien savant nous fait bien de la peine. Il serait donc parvenu, lui seul parmi tous les chiens du monde, à dépasser les confins de sa nature, à rejoindre le niveau de la connaissance humaine, lançant du même coup un défi minuscule mais tout autant forcené à nous autres les hommes, réputés les souverains de l'univers. Alors, imaginez-la, cette pauvre bête, dans l'antichambre de notre royaume interdit, regardant tout autour d'elle avec angoisse, mesurant vaguement l'immensité du savoir auquel elle a osé se confronter et qui sent que jamais vraiment jamais elle ne parviendra à en parcourir ne serait-ce qu'une faible distance et se repent de son audace folle, et voudrait revenir en arrière, ne plus être qu'un chien, un modeste et simple chien, mais il est trop tard maintenant, son maître est là, un biscuit à la main, il faut lui obéir, se torturer la cervelle pour lui faire plaisir. « Qu'est-ce qu'un homme ? » « *Animal naisonnable.* » Oh, comme ce serait mieux de pouvoir vadrouiller dans les rues du faubourg avec les collègues perdus sans collier, sans maison ni pedigree, et chercher dans les immondices quelque rat ou un os de poulet !

Pauvre bête. M. Del Mar, même si ce n'était peut-être qu'une plaisanterie, a exprimé l'espoir de parvenir un jour à présenter Bonnie au certificat d'études primaires. Pouvez-vous imaginer, dans les temps à venir, au collège, un de vos petits-fils assis près d'un airedale ou d'un basset cherchant à copier sur son travail de classe ? Que Dieu nous garde d'une telle calamité. Pourtant, il ne nous déplairait pas d'être le professeur chargé d'interroger Bonnie au cours d'un examen. Aurait-il appris à faire des syllogismes en *barbara* et *celarent*[1], nous le recalerions volontiers, quittes à y laisser un mollet.

Corriere della Sera, 11 mai 1938.

1. *Barbara* et *celarent :* deux des quatre modes de la première figure du syllogisme *(NdT).*

« Reviens, petite Léa ! »

Passo dello Stelvio, août.

Un soir, Giuseppe Pirovano en vint par hasard à relater à propos de Léa, chienne pointer alpiniste, une histoire assez extraordinaire.

Pirovano, célèbre guide d'évolution sur glace, est un des hommes les plus purs, les plus droits et les meilleurs qu'on puisse rencontrer en ce monde. L'été il dirige une école de ski au refuge Nagler, au-dessus du Passo dello Stelvio. Elle est essentiellement fréquentée par de tout jeunes gens.

À dix minutes du refuge, sur un flanc du glacier, il y a un remonte-pente. Une baraque en bois avec à l'intérieur un moteur d'automobile qui ronronne cinq à six heures par jour. Une roue tourne et fait avancer un gros filin métallique qui entraîne vers le haut de la pente les skieurs attachés à des espèces de crochets, jusqu'au sommet du Nagler.

Ensuite le soleil se couche, les glaciers prennent une couleur livide et inamicale, le moteur s'éteint, les skieurs s'en vont au refuge, s'installe ce silence des longues soirées au milieu des montagnes, et même la piste de slalom, tellement bien domestiquée, accueillante sous le soleil, semble maintenant vouloir se dresser lentement, gelée, ambiguë, comme une muraille himalayenne.

Pirovano est le dernier à descendre. Il se retourne un instant car lui parvient de la baraque, déjà fermée, un petit bruit (c'est peut-être le rat qui s'est installé là Dieu sait comment, et qui parvient à y subsister du diable si l'on sait comment). Puis à son tour il déchausse ses skis, se dirige vers le refuge. Et, tout en marchant, il raconte.

— Oui, je sais, ce sont des histoires qu'on a de la peine à croire.

« Tu vois cet espèce de plateau à droite du refuge Livrio ? (On le voit parfaitement, à une portée de fusil, de l'autre côté d'une douce dénivellation glacée.)

« Ces endroits-là, je les connais mieux que ma propre maison, depuis tant et tant d'années (il en a presque quarante-quatre désormais et reste toujours tel qu'il était jadis, même d'aspect physique, aussi jeune, aussi plein de confiance en ses semblables, le visage aussi ouvert, limpide).

« Eh bien, une nuit, je m'y suis quand même perdu. Il y avait un tel brouillard qu'on n'y voyait pas à dix mètres.

« Tournique et tournique, je ne savais plus où j'en étais. Tu veux parier, me suis-je dit, qu'il va te falloir bivouaquer ? J'en riais d'avance rien que d'y penser.

« Il n'y avait pas de lune. Un noir d'encre. J'appelle. Aucune réponse. Et je me dis qu'il va vraiment falloir bivouaquer, à deux pas du refuge !

« Je m'en revenais d'une course en montagne, je commençais à sentir ma fatigue, il faisait un froid de tous les diables.

« Et voilà que je vois passer une ombre, en dessous de moi, une chose noire qui va et vient sur la neige.

« Je ne crois pas aux esprits, plus particulièrement ici dans nos montagnes. Pour sûr qu'ici des esprits il n'y en a pas... Mais sur le moment, je te le jure, je suis resté estomaqué. Je m'interroge : Qu'est-ce que c'est ? Et puis, comme la chose me repasse tout près encore une fois, j'essaie de la toucher, cette ombre qui continue à courir sans faire le moindre bruit.

« Je la touche. Un pelage. Et je pense : Est-ce que ce serait Léa, la chienne du refuge ? Je crie : Léa, Léa !

« Elle me saute au cou. Elle semblait comme folle. Et elle frétille et se remet à courir de-ci de-là mais toujours dans la même direction. Elle m'avait senti, je te jure, à plus de quatre cents mètres du refuge. Elle était venue me chercher, elle me montrait le chemin à suivre... Alors que personne au refuge n'avait entendu mes appels...

— Maintenant, on va tourner de ce côté-là, me dit-il ensuite. Tu l'as vue, la paroi du Cristallo ?

Un petit détour et apparaît la paroi septentrionale du Cristallo, ni immense ni terrible, mais sinistre quand même, noire en contre-jour, avec ses glacis en entonnoir et ses corniches de glace verte suspendues comme des consoles, maintenues qui sait comment au-dessus de l'abîme. Dans la lumière du soir, sinistre mais splendide.

— Tu la vois ? Un matin, j'étais déjà à l'attaque, et même j'avais déjà franchi la crevasse terminale, voilà que je me retrouve ce chien. Va donc savoir comment il avait fait pour me dénicher.

« Et je lui crie : Léa, oust ! retourne au refuge, allez oust ! Mais elle, imperturbable.

« Bon, je continue. Elle finira par se lasser, surtout maintenant que la paroi est en à pic.

« Je t'en fiche, oui. Elle me restait aux talons, elle s'agrippait aux jalons que j'enfonçais, toute tremblante pourtant, à chaque pas elle se retournait et sa peur ne faisait qu'augmenter à la vue du vide derrière elle.

« Elle va finir par dévisser, me dis-je, s'écraser au fond de la crevasse. Et qui pourra aller l'y rechercher ?

« D'un autre côté, pas question de revenir en arrière : J'aurais eu bonne mine aux yeux de mon client !

« Je redescend quand même trois ou quatre mètres, je prends la chienne par la nuque et je l'attache. Elle me servira de second de cordée.

« J'essaie de reprendre mon ascension, impossible. Léa n'attendait pas que je la tire, elle cherchait toujours à me rattraper, n'en continuant pas moins à se retourner vers ce vide de plus en plus immense, et c'était clair qu'elle était en proie à une peur de tous les diables. Et puis, il faut bien l'avouer, moi, sur cet escarpement, je n'étais pas plus rassuré que ça...

« Tu veux parier, me suis-je dit, que cette bête va nous faire dévisser tous les deux ? Pendant ce temps, au refuge, ils nous avaient repérés, ils nous regardaient à la jumelle et se disaient : mais comment peuvent-ils être encordés à trois, quand en partant ce matin ils n'étaient que deux ?

« Alors, tu sais ce que je fais ? Je m'attache la chienne avec une cordelette et je me la prends avec moi. Non que je puisse réellement la porter : à chaque jalon que j'enfonçais, elle faisait un pas puis se coinçait entre la paroi et mes genoux pour se retenir, afin de ne pas tomber. Mais la terreur lui restait, elle tremblait à tel point qu'elle en claquait des dents.

— Et le client ? ai-je demandé.

— Bah, le client, qu'est-ce qu'il pouvait y faire ? Bien sûr, il s'en serait volontiers passé. D'un autre côté, lui aussi, il comprenait la situation...

— Et tu y es arrivé ?

— Je pense bien. Mais si tu avais vu, à peine arrivés au sommet... Là, il y a une belle crête, tout en bosses qui descendent sur le glacier... facile... Je l'ai à peine détachée qu'elle... hop là !... elle galopait comme le vent... Je ne la vois plus que comme un petit point noir... un petit point tout au loin... Je n'ai même pas eu le temps de tirer mon client sur la crête qu'elle était déjà de retour au refuge...

Le dernier soleil finit par se détacher de la coupole de l'Ortler. Au-dessus de trois mille mètres, quand l'air glacé de la nuit emplit soudain l'atmosphère c'est comme un livre qui se ferme brusquement. Le vent, le froid, la solitude. Et l'invraisemblable éloignement des hommes, des maisons, des musiques, de la chaleur, de la vie de tous les jours (et même si nous savions parfaitement que, juste derrière cette bosse, se trouvait le refuge Nagler cela ne suffisait plus).

— Et puis écoute donc, dit Pirovano, un soir, après une longue excursion, je reviens au Livrio et je les vois tous qui font une tête longue comme ça. Je demande ce qui est arrivé. Elle a dû tomber dans une crevasse, disent-ils. On ne l'a plus revue depuis hier. Où sera-t-elle allée ? Qui sait, peut-être sur les hauts du glacier, vers la Tuckett...

« Oh, j'ai vite compris... Je savais... Il faisait déjà presque nuit. Je laisse mon sac et je cours avec ma corde et mon piolet. Je sais à quel endroit... Les autres me suivent... Et je pense : Oui, elle aura fini dans une de ces crevasses juste en dessous de la paroi de la Tuckett. J'aurais dû m'en douter, qu'un jour ou l'autre...

« Quand nous sommes arrivés à l'endroit que je dis il faisait déjà sombre. Je m'aperçois alors que je suis encore en manches de chemise... Mais je n'allais quand même revenir en arrière, non? On allume nos lanternes... Là, c'est une vraie forêt de crevasses ! Où sera-t-elle? Je crie : Léa, Léa! Et voilà qu'on l'entend aboyer, mais avec une voix qui m'en fait venir des frissons. Celle-là, je me dis, elle s'apprête à mourir maintenant.

« J'appelle encore. Elle ne répond plus. Alors je me laisse guider par mon instinct. Je dis aux autres : c'est ici qu'elle doit se trouver, dans cette crevasse-là, et je prends mes marques.

« Ça ne descendait pas tout droit, mais avec plein de

bosses. Je crie : Allez-y, lâchez du mou, encore, encore plus bas ! Dix, quinze, vingt mètres, la corde peut aller jusqu'à quarante. Je m'étais attaché ma lanterne à la ceinture.

« Et soudain, en regardant sous moi, je vois comme deux boutons jaunâtres qui m'observent. Ses yeux. Seulement, elle n'avait plus la force d'aboyer.

« Je crie : Arrêtez, arrêtez ! La corde était presque totalement déroulée quand je suis arrivé au fond. Pauvre bête, elle ne remuait même plus. Je me détache et je l'attache, je leur crie de tirer.

« Eux aussi, là-haut, ils étaient dans un tel affolement qu'ils ont bien failli me la tuer. À cause de la corde, comprends-tu ? En frottant sur la glace, elle l'avait entaillée et, quand Léa est arrivée en haut, elle s'est trouvée coincée sous une cornière. Et plus ils tiraient, plus elle suffoquait.

« Heureusement, à force, la cornière a fini par céder et la Léa a été libérée... Mais moi, je te jure que je l'ai senti passer ! Toute cette glace m'est retombée dessus, comme une petite avalanche, elle m'a éteint la lanterne, m'a enseveli jusqu'au cou...

« La corde, la corde ! ai-je crié. Et eux, une fois la chienne détachée, ils m'ont donc donné du mou à la corde. Sinon qu'à cause des bosses de la crevasse elle ne descendait plus... Moi, pendant ce temps, je crevais de froid.

« Finalement je me décide. Au point où j'en suis, le seul moyen est de grimper sans l'aide de la corde. Et je te rampe pendant dix à onze mètres... Mais la paroi est de plus en plus en à pic, c'est de la glace vive, les crampons ne tiennent pas. Ah ! malheur, voilà que je m'envole...

« Et j'allais dévisser, c'est sûr... Mais, dans un ultime effort, en passant la main sur la glace à la recherche d'un appui, voilà-t-il pas que je trouve la corde ?

« J'avais dévissé, mais ma main a tenu... Et ça été comme ça...

Je demande :

— Et Léa, elle était sauvée ?

— De retour au refuge, elle était incapable de boire ou de manger. Elle s'est jetée dans un coin et a dormi pendant deux jours d'affilée.

— Elle n'est donc pas morte ?

— Non, non. Au bout de ces deux jours, quand elle m'a revu, elle s'est mise à me sauter dessus, à me lécher, tu aurais vu ça, elle était tellement heureuse qu'elle en pleurait.

— Et elle est toujours en vie ?

Pirovano s'arrête. Il prend une cigarette mais ne l'allume pas.

— Oh non, il y a plusieurs années de ça maintenant, dit-il. La vieillesse... Je n'en ai plus jamais vu comme elle...

Corriere della Sera, 20 août 1953.

Abattu sur le Quirinal

À l'intention de Monsieur l'illustrissime préfet Epifanio Chiaromonte, chef du secrétariat de la présidence de la République, Rome — strictement personnelle.

Excellence,

Tout comme vous, j'en suis persuadé, je reconnais volontiers que l'instinct de chasse est ancré dans les couches les plus profondes et les plus indestructibles de l'âme humaine. *(En sortant des appartements privés du chef de l'État, vous avez remarqué, Excellence — à ce qu'en ont dit les journaux —, un rassemblement de personnes dans le jardin intérieur du palais présidentiel.)* Je ne suis d'ailleurs pas éloigné d'admettre qu'une vie entière consacrée à la bureaucratie d'État, même si c'est dans les plus hautes sphères de celle-ci, entourée du halo de prestige que peut offrir l'exercice du pouvoir exécutif avec tous les honneurs et l'autorité qui en découlent, qu'une telle vie, disais-je, soit franchement idéale pour qui entendrait, par contraste, se laisser aller à la nostalgie en des contrées lointaines et sauvages d'aventureuses chasses aux fauves, de longues et périlleuses traques en plein milieu des forêts vierges ; et qu'en conséquence toute occasion, aussi futile soit-elle, permettant à de tels rêves inassouvis de s'accomplir, peut devenir une irrésistible tentation, attisant les velléités assoupies d'âpres et fort viriles expériences. *(En vous approchant, vous avez remarqué, n'est-il pas vrai? perché sur les hautes branches d'un arbre, un grand aigle. Déjà quelqu'un — a ajouté la presse, comme s'il s'agissait d'un corollaire logique et quasiment obligatoire — s'était muni d'une carabine afin d'abattre l'animal.)*

Au point où nous en sommes, je suis encore disposé à une ultime concession ; j'admettrai donc, dans votre cas, une totale indifférence envers d'éventuels droits à la vie d'un volatile qui ne pouvait certainement escompter, au beau milieu des Sept Collines, s'emparer de moutons, lièvres et encore moins petits bergers. Mais, venant d'un chasseur aussi expérimenté que vous, Excellence (les journaux n'ont pas manqué de signaler avec insistance cette particularité), ne pouvait-on s'attendre à quelque sollicitude, sinon même pitié, envers le rapace ? La vue de cette carabine aurait-elle pu provoquer en vous une autre réaction qu'une simple émulation sportive ? *(Vous avez immédiatement compris — assurent les chroniqueurs — qu'une arme beaucoup plus puissante était nécessaire. En conséquence, après vous être rendu dans vos bureaux, vous êtes rapidement revenu au jardin avec un gros fusil de chasse; et grâce à deux tirs précis avez abattu le puissant animal).*

Mais maintenant, illustrissime Excellence, je vous en prie, tentez pour un petit instant de vous mettre dans la peau de cet aigle *(environ trois mètres d'envergure, si les chroniqueurs n'ont pas exagéré)* et astreignez-vous à reconstituer cette affaire. Comment avait-il pu arriver jusqu'à Rome ? Pourquoi était-il allé se poser justement sur un arbre du Quirinal ?

Il est clair comme eau de roche qu'il devait s'agir d'un très jeune aigle, ingénu, sentimental et idéaliste. Probablement, encore enfant, avait-il entendu l'un ou l'autre de ses grands-parents et arrière-grands-parents lui conter les antiques et nobles légendes de ces temps révolus où l'aigle était obligatoirement partie prenante des gloires militaires ; où se trouvaient surchargés d'aigles les monuments, les médailles, les blasons, et les bannières ; où les aigles à une ou deux têtes protégeaient de leurs serres puissantes le trône des rois et des empereurs ; où le battement des ailes éployées de l'aigle scandait le tumulte des fanfares héroïques qui incitaient à la bataille et aux conquêtes.

Et alors, Excellence, dites-moi, perdu là-haut, au milieu des cimes de je ne sais laquelle de nos montagnes, comment le rapace en question pouvait-il savoir ce qui s'était passé en bas, dans ces plaines où nous vivons ? Comment pouvait-il s'imaginer que dans ce monde-ci la cote des aigles avait depuis lors terriblement baissé ? et que leurs classiques effigies avaient été effacées, arrachées des monuments, des médailles, des blasons, des bannières et des baldaquins ? et qu'aux aigles désormais on préférait les canards, les poulets et les chapons ?

Confiant dans les racontars de ses aïeux, notre oiseau, dans sa candeur, avait évidemment trop pris son rôle à cœur. Et il était allé chercher fortune là où, toujours selon les fables surannées, on tenait en grande estime les aigles, là où on les vénérait, où on les adulait, où on les nourrissait de mets délicieux et à haut potentiel vitaminé ; là où l'animal emblématique de Jupiter pouvait s'attendre à un implicite droit d'asile.

Certes, il convient désormais de détromper ces jeunes qui se montent la tête avec d'invraisemblables utopies, de les ramener aux réalités urgentes de notre société et de les convaincre du danger que cachent de trop enthousiastes rhétoriques. Sur ce point, je suis tout à fait d'accord. Néanmoins, le traitement que vous avez infligé à ce malheureux ne vous semble-t-il pas trop cruel ? N'avez-vous éprouvé pas même l'ombre d'un remords ?

(L'animal — a-t-on pu lire — a encore trouvé la force de s'envoler, de survoler la Manica Lunga et de traverser la rue du 22-Septembre ; puis les forces lui ont manqué et il s'est pesamment abattu sur le toit de l'immeuble qui avait abrité jadis le ministère de l'ex-maison royale).

Il eût été bien préférable, croyez-moi, Excellence, de laisser l'ovipare où vous l'aviez trouvé, de ne pas même le regarder, de feindre de vous en désintéresser, comme s'il n'avait même pas existé. Tout ingénu qu'il fût, le bipède, se voyant ignoré, aurait fini par se rendre compte qu'il était malvenu, démodé, périmé, il aurait senti le ridicule de sa situation et s'en serait retourné dans ses montagnes natales. Alors que désormais, je puis vous le garantir, ses parents, ses amis et tous ses congénères le célèbrent déjà comme un pauvre martyr.

Encore une question, la dernière, si ce n'est trop vous demander. Était-ce vraiment nécessaire d'offrir sa dépouille inanimée au président de la République, comme cela a été fait ? Pensez-vous que le symbole, en admettant qu'il y ait eu là un symbole, était vraiment flatteur ?

Avec toutes mes excuses pour une sincérité peut-être excessive, veuillez me croire, Excellence, votre très dévoué *D.B.*

Corriere d'informazione, 18-19 décembre 1953.

Chiens et règlements

En raison des protestations des amis des chiens, le conseil municipal de Watertown, USA, qui avait interdit les aboiements entre 11 heures du soir et 8 heures du matin, vient d'avancer de soixante minutes cette dernière restriction, rendant ainsi dès 7 heures la « liberté de japper ».

Nul n'ignore l'indifférence, disons-le même, la réelle répugnance manifestée par les chiens envers quelque réglementation municipale que ce soit les concernant. De sorte que toutes les tentatives de persuasion ont été vouées à l'échec. Ils ne veulent rien en connaître. Intérêt de la communauté, discipline civique sont des concepts demeurés jusqu'ici totalement étrangers à la conscience canine ; et il est à craindre qu'ils le demeurent.

Tempéraments anarchistes et révoltés ? En aucun cas. Le respect de l'autorité supérieure est tout au contraire une notion extrêmement développée chez les chiens. Sur ce point, ils pourraient même servir d'exemple. À ceci près que les chiens ne reconnaissent qu'une et une seule autorité, celle de leur maître, point à la ligne. Essayez donc de leur faire admettre qu'au-dessus de leur maître se trouvent d'autres personnages, ou institutions, plus influents que lui et auxquels il lui faut obéir ! Peine perdue. Le maître réunit en lui, à leurs yeux, la puissance du maire, du préfet, du président de la République et de Dieu. Au moindre signe de leur maître, ils seraient même disposés à abandonner cet os tellement appétissant qu'ils viennent de ramasser dans la rue. Les renoncements acceptés quotidiennement par les chiens en respect de leur code moral sont infinis, mais ce code a un seul nom : MON MAÎTRE.

Nous-mêmes, grâce au ciel, possédons un caniche qu'on peut définir comme un parangon de vertus canines : doux, obéissant, fort digne, très propre, objet ne se laissant aller à aucune sorte d'intempérance (sans parler de son élégance toute léonardesque). Eh bien, non seulement il n'a jamais voulu apprendre par cœur les prescriptions du règlement communal concernant les chiens, mais il s'est même refusé de les lire !

De nos jours et dans la plupart des cas, l'application de ces prescriptions dépend de la bonne volonté des maîtres, qui peuvent en exiger le respect. Par exemple l'exécution de la clause relative au port de la muselière, à celui de la laisse, au respect des espaces verts dans les jardins publics, pour ne citer que les plus communes, nous, les humains, pouvons les garantir. Et Dieu seul sait quel chagrin nous coûte de devoir juguler le désir inné, chez notre animal de compagnie, pour la liberté, la turbulence, les folles escapades, le piétinement des massifs.

En revanche, d'autres prescriptions — elles sont heureusement fort rares — demandent la collaboration volontaire et consciente des quadrupèdes ; lesquels, comme nous l'avons noté, adoptent à leur égard une attitude résolument agnostique. D'où il résulte force embarras et désagréments. Comment faire comprendre à nos chiens, par exemple, qu'il est interdit de pisser sur les trottoirs ? Leur esprit, ouvert par des traditions bien ancrées à des subtilités sentimentales fort surprenantes, et que nous ne sommes pas capables d'appréhender, ne peut admettre de telles brimades. Peut-être réussirait-on à les leur imposer, à la longue, grâce à un dressage forcené à base de privations et de coups de bâton ; ce qui, personnellement, nous répugnerait.

Que dire en conséquence du « diktat » décrété à Watertown ? Parmi les droits élémentaires du chien, tels que solennellement répertoriés dans une espèce de *Magna Charta* dont l'origine se perd dans la nuit des temps, figure en première place l'inaliénable « droit d'aboiement ». Comment prétendre maintenant en limiter l'usage ? On pourrait croire que, par un méchant concours de circonstances, le conseil municipal en question est farci de citoyens non seulement imperméables à l'amour des bêtes mais singulièrement perfides ; et qu'au chœur de protestations ils ont répondu par le sarcasme. C'est trop prétendre que les chiens n'aboient pas avant 8 heures ? Fort bien, ils pourront le faire une heure plus tôt.

Mais avant 7 heures ? Les dogues, les bergers, les boxers devronts-ils regarder leur montre ? Ou se mettre un bâillon ? Et si quelque voleur pénètre dans la maison, leur faudra-t-il toujours se taire ? C'est bien pourquoi nous souhaitons qu'un de ces soirs, rentrant chez lui après 11 heures, monsieur le maire de Watertown sente à l'improviste et *silencieusement* qu'on lui mord le mollet (sans de trop graves conséquences, évidemment).

Corriere d'informazione, 15-16 juillet 1954.

Le pionnier

Il devait être vers les 8 heures quand je téléphonai d'un bar à un ami pour convenir d'un rendez-vous.

Je l'eus directement au bout du fil.

— Salut, dis-je. Alors, je passe te prendre ?

Et lui, tout de go :

— Tu as entendu la nouvelle ?

— Quelle nouvelle ?

— À la radio. Les Russes. Un nouveau Spoutnik. Ils l'ont lancé.

— Lancé quoi ?

— Ils ont lancé un satellite huit fois plus grand que le premier. Il y a eu un communiqué officiel. Il paraît qu'il va tourner pendant au moins un an.

À l'autre bout du fil, une pause. Puis mon ami reprit :

— À l'intérieur, il y a un chien.

— Dans le satellite ?

— Un chien. Il semble qu'il soit toujours en vie.

— Comment font-ils pour le savoir ? ai-je stupidement demandé. Est-ce qu'il aboie ? Ils ont installé un interphone ?

— Qu'est-ce que j'en sais ? La radio n'a rien expliqué. Ils ont juste dit qu'il y avait un chien. Et qu'il est vivant.

En cet instant, si j'avais été un homme supérieur, m'aurait pénétré, je ne sais pas, moi, un sentiment d'une certaine façon cosmique, un de ses sentiments qu'on décrit dans les livres sur les grands hommes, une pensée solennelle et universelle, une sublime synthèse de la misère et de la grandeur humaines, quelque chose d'intéressant quoi sur le plan philosophique. Dans ces circonstances-là, les grosses têtes réagissent en formulant de très importantes considérations pleines de mots lourds de sens et transcendants comme progrès, civilisation, destin, surpassement, immensité, univers.

On voudra bien me pardonner si, à cette terrible nouvelle, mes pensées coururent ingénument tout au contraire vers mes deux chiens, animaux bourgeois et démocrates, authentiques exemples d'une génération effrontée et perdue, aux âmes pourtant candides et affectueuses. Je regardai ma montre. 8 heures 35. Que pouvaient-ils faire en ce moment ? Jouaient-ils ensemble, en se roulant sauvagement sur le tapis et en se mordillant avec de gentils grognements ? Ou bien se préparaient-ils déjà au sommeil de la nuit, douillettement collés l'un contre l'autre ? Peut-être même ronflaient-ils déjà ?

Je sortis dans la rue. Instinctivement, je levai les yeux. Il ne pleuvait pas. Mais le ciel était tout engorgé. Nuages sur nuages. Je regardais, pas du tout avec l'illusion de voir passer un brillant carrosse enjolivé d'un drapeau rouge. Je regardais pour voir, on ne sait jamais. Et l'idée qu'au-dessus de nous, dans l'épouvantable silence des espaces infinis, pouvait se déplacer à une vitesse démentielle un petit chien vivant, me faisait, je le confesse, une extraordinaire impression.

Mais laissons de côté la phénoménale prouesse technologique, oublions la sublime réussite du génie humain, la porte de l'infini désormais béante et tout ce déballage de clichés dont on nous abreuve actuellement presque jusqu'à la nausée. Mise à part l'inévitable rhétorique, restait quand même un fait impressionnant : ce n'était plus un quelconque Spoutnik en matière plastique et en métal qui vagabondait au-dessus de notre globe, ce n'était plus voulais-je dire un stupide engin fait d'objets inanimés. Cette fois, on en était venu aux choses sérieuses. Autour de cette archaïque balle déglinguée sur laquelle nous consumons tant bien que mal nos jours (quelque peu écrabouillée aux pôles, s'il faut en croire les livres) voyage, poussée par ces mystérieuses forces dont on nous parle dans les journaux et qui donc doivent être réelles, voyage une petite boîte, un minuscule habitacle, un chenil comme on n'en a jamais vu, avec à l'intérieur un chien.

Vivant, à ce qu'on dit. Encore vivant. Ce qui signifie que la route des espaces infinis est désormais ouverte également à l'homme (puisque entre le chien et l'homme il n'y a guère de différence, en somme). Demain l'un des nôtres, si l'envie l'en prend et s'il a suffisamment de bonnes relations, pourra s'offrir le luxe de se transformer en satellite ; ce qui, reconnaissons-le, n'est pas une petite affaire. L'ancienne frontière de notre existence a donc été abolie. La cage, dans laquelle nous nous trouvions enfermés depuis que notre monde est monde, a été ouverte. Encore un pas, et nous pourrons nous précipiter dans l'immensité de l'univers. Rien que d'y penser notre cœur bat la chamade. La bannière humaine, le satanique étendard est levé et claque toujours haut dans le ciel. Sonnez donc, fanfares du monde entier, au-delà des divergences de race, de langue, de politique, sonnez la marche triomphale des grands événements historiques. Les poitrines se gonflent d'orgueil. Le ciel est à nous ? Bien mieux que notre ciel. Plus loin que lui encore s'étendent les noirs espaces des étoiles et des galaxies, l'abîme infini où seule notre imagination allait se perdre, et cet abîme s'apprête à devenir nôtre. Les antiques coordonnées de la pensée vacillent et même s'écroulent. Une nouvelle ère vient de naître. Les pages du premier chapitre (plutôt terre à terre) de l'Histoire sont tournées, voici que s'ouvre le second. Aucune épithète, définition, sentence ne pourrait sembler exagérée. Les canons de la rhétorique peuvent s'en donner à cœur joie : pour une fois ils ne tonneront pas en vain. Hosanna donc, pour cette nouvelle et formidable conquête, vivat, hourra, et cætera.

Reste le chien. Un chien vivant. Il est vraisemblable — car nous n'avons aucune raison de soupçonner les Russes d'être plus perfides que nous — qu'on l'a installé dans les meilleures conditions possibles : suffisamment couvert pour que la déflagration du départ ne l'ait pas blessé, avec une sousoupe pas trop nauséabonde, une petite bassine (ou son substitut) d'eau fraîche. Il ne se trouve pas moins dans un satellite artificiel, une incommode guimbarde hermétiquement fermée, où l'on doit se sentir horriblement à l'étroit. Et pour quoi faire ? Quelle que soit la quantité de pâtée qu'on lui ait mise, un jour il finira bien par ne plus y en avoir. Idem pour l'eau. Et l'oxygène. La conséquence est facile à imaginer.

Oh ! doucement maintenant avec les trop faciles récriminations, protestations et invectives. Évidemment, les amis des bêtes anglais ont immédiatement voté une résolution hostile à ce sacrifice barbare. Il ne convient pourtant pas d'exagérer. Dieu seul sait en quelle estime je tiens les chiens en général et les deux miens (de fort belle race, pour être sincère) en particulier. Et pourtant il serait absurde d'en arriver, à propos de ce satellite, à des indignations par trop disproportionnées. Tant que nous persisterons à nous nourrir de steaks, de jambon et autres charcutailles, nous les amis des bêtes devons agir avec une grande prudence pour ne pas être soupçonnés de tartufferie. Les cris d'épouvante lancés par les cochons suspendus aux crochets des abattoirs n'arrivent certes pas jusqu'à la porte de notre salle à manger, mais cela n'enlève rien au poids des souffrances quotidiennes qui nous accusent et nous déshonorent. Aussi, après tant et tant de bêtes innocentes que nous faisons exécuter jour après jour, crier au scandale à cause du chien-satellite nous semble-t-il hors de saison. Il s'agit d'un épisode pitoyable, cela oui, mais il convient d'espérer que les savants soviétiques — qui viennent de prouver leurs hautes capacités — aient également su faire en sorte que l'éventuelle issue fatale ne soit pas démesurément pénible.

Mais quand même. En cet instant où j'écris ces lignes, qu'en pense donc le chien soviétique brutalement projeté dans les espaces glacés ? Quels soucis, quelles nostalgies s'emparent de son cerveau ? La couche douillette ? Le jardinet où il allait se dégourdir les pattes ? La balle de caoutchouc ? La pierre ? Le petit gâteau ? Son maître ? Peut-être le cerveau du chien, j'ai dit « peut-être », n'héberge-t-il guère de pensées très profondes. Mais c'est déjà suffisant pour pouvoir souffrir. Nombre d'humains, sur le seuil de la mort, n'ont pas de plus nobles et plus pénétrantes pensées.

Adieu donc, gentil petit chien qui ne frétilleras plus, qui ne retrouveras jamais, je le crains, ni ta couche ni ton jardinet ni ta baballe ni ton maître. Tu mourras dans une cruelle solitude, sans même savoir que tu es devenu un Héros de l'Histoire, un Symbole du Progrès, un Pionnier de l'Espace. Une fois de plus l'homme a profité de ton innocence, a abusé de toi afin de se sentir encore plus puissant et de se donner de grands airs.

Quand je suis rentré plus tard, mes deux voyous de chiens dormaient, inconscients, ronflaient, collés l'un contre l'autre pour se faire plus chaud l'un à l'autre. À part ce murmure dans leur sommeil, il n'y avait que du silence. À cet instant de mon récit je pourrais affirmer, par coquetterie littéraire, avoir entendu comme un lointain écho, à peine perceptible, d'une lamentation désespérée, de la pauvre plainte effrayée d'un chien, là-haut dans les cieux.

Mais je n'en dirai rien. Aucune voix ne me venait du ciel. La ville dormait. Tout, autour de moi, était enseveli dans une profonde léthargie. Paix et silence. Dans une pose carrément inconvenante, ventre en l'air, les jambes écartées, la tête renversée en arrière de telle sorte que leurs grosses babines retroussées semblaient les pétales ouverts d'une fleur monstrueuse, mes deux cabots — tandis que l'autre, en haut des cieux, était en train d'acquérir la Gloire — ronflaient tant qu'ils pouvaient. Je les regardai. Quand même, quels brigands ces deux-là !

Corriere della Sera, 5 novembre 1957.

En lieu et place de Laïka

Illustre De Madariaga,

avec tout le plaisir que peut procurer la lecture de l'ingénieuse et élégante boutade d'un aussi grand seigneur de la culture européenne que vous êtes, nous avons apprécié le texte publié mardi dernier par le *Corriere della Sera* et dans lequel vous imaginez un dialogue entre la petite chienne Laïka enfermée en plein vol dans son satellite et une obscure autre petite chienne, britannique celle-là, aux origines bourgeoises, répondant au nom de Poppy et demeurée à terre.

Laïka et Poppy — qui, d'après la description que vous en faites doit être une blonde cocker spaniel — se parlent, bien que séparées par des milliers de kilomètres, mais ne parviennent pas à se mettre d'accord.

En apprenant que tant de gens, en Occident, sont indignés de sa mission forcée dans l'espace, Laïka tombe pour ainsi dire des nues ; elle ne trouve nullement cruel que les hommes l'aient propulsée avec leur Spoutnik, ne pense pas que ce fait ait porté atteinte à sa dignité, et tout au contraire, se montrant fort heureuse d'être assimilée aux plus éminents pionniers, il lui semble justifié qu'elle doive risquer sa peau pour le triomphe de la science, laissant même entendre que si on lui avait demandé son avis elle se serait portée volontaire. Bref elle refuse la commisération de la bien-pensante Poppy et de tous les pseudo-amis des animaux, allant jusqu'à décrire en termes dithyrambiques les conditions dans lesquelles elle a été mise, et finit par s'enivrer de la vertigineuse vélocité de son parcours « des milliers de fois plus grande que celle d'un lévrier ». En un mot comme en cent : elle donne l'exemple d'une noble intrépidité d'âme, et oppose un cinglant démenti aux lamentations, protestations et larmes de tous les miséricordieux zoolâtres de par le monde.

Eh bien, illustre monsieur De Madariaga, malgré toute cette considération que vous méritez, j'ai le soupçon bien ancré que vous vous soyez un peu laissé forcer la main par le jeu de la littérature.

Je ne dis pas cela à cause de la fiction d'un dialogue entre deux chiens, il s'agit d'une chose invraisemblable mais artistiquement tout à fait admissible ; on en fait quotidiennement de bien plus osées, et cet artifice est admis par tous.

C'est sur le ton des discours que je suis en désaccord. Je n'ai pas eu le bonheur de connaîre personnellement Laïka avant cet avatar, mais j'exclus de la façon la plus catégorique qu'elle ait pu concevoir et émettre de tels propos.

Depuis Ésope les hommes se sont toujours complu à prêter aux animaux leurs propres pensées et sentiments ; et ils en ont tiré une grande quantité de fables. Mais il y a une limite en tout. Sans doute la psyché d'un chien peut-elle être en quelque sorte humanisée. Jusqu'à un certain point cependant. Je ne dis pas que nous connaissons parfaitement les chiens, mais nous les connaissons quand même un peu. En ce qui concerne leurs états d'âme, il est désormais possible d'établir un certain nombre de points de repère, qui ne suffisent certes pas à totalement révéler leur personnalité, mais qu'on ne peut ignorer.

Ces points de repère, vous voulez pourtant les ignorer, vous les mettez même sens dessus dessous, faisant apparaître comme blanc ce qui est noir. Si bien que vous, monsieur De Madariaga, je suis prêt à parier que vous n'avez jamais eu de chien. Ou que, si vous en avez eu — vous excuserez cette franchise —, vous n'êtes jamais parvenu à gagner leur confiance.

Le chien a sa dignité, d'accord. Mais cette dignité appartient à la sphère des affections et non à celle de l'honneur. Le stupide sentiment de l'honneur, dont on faisait si grand cas jadis, cette adoration insensée de soi-même, est une totale inconnue pour le chien. Le chien s'aime beaucoup moins lui-même que nous ne le faisons, d'où sa supériorité sur l'homme. Son égocentrisme est limité aux désirs physiques, étrangers à sa volonté. Pour tout le reste, il est l'humilité personnifiée.

Le chien s'offusque dès lors que nous le négligeons et que nous lui refusons la possibilité de nous aimer, de nous servir, de nous être proche, et non pas si nous le contraignons à ne toucher au morceau de sucre qu'après notre signal. Que cela lui déplaise, c'est évident ; mais s'offusquer, en aucun cas. Pour peu qu'il puisse voir son maître satisfait, il s'astreint volontiers à cette ridicule comédie. (Au reste, les véritables amis des bêtes se refusent, je puis vous le garantir, à de telles mesquines supercheries.)

Le chien trouve son bonheur avec l'homme. Étranges goûts, me direz-vous, j'en conviens. Mais c'est justement son mystère, c'est pour cela que nous l'aimons tant et que nous profitons de lui sans vergogne.

Le chien cependant n'a soif ni de domination ni de savoir. Il se moque comme d'une guigne que son maître soit riche, ou savant, ou de haute volée. La pompe et les splendeurs du monde le laissent totalement indifférent. Il ne bronche ni plus ni moins au parfum de la gloire qu'à sa puanteur. Sa gloire à lui, si tant est qu'il en veuille, serait de pouvoir dormir sur le lit de son maître.

À un certain moment vous faites dire à Laïka : « Avidité de connaissances scientifiques ? Mais nous l'avons tous. » Que Dieu vous pardonne, monsieur De Madariaga. Des chiens m'appartenant ou non, j'en ai connu des dizaines, des gros et des petits, des gras et des efflanqués. Pas un, jamais, n'a manifesté quelque chose qui pouvait ressembler même de loin à un quelconque intérêt scientifique.

Fidélité, altruisme, générosité, bonté, patience, ténacité, courage, loyauté, honnêteté, ponctualité, discipline, force d'âme, gratitude : toutes ces vertus, que nous pratiquons si rarement et seulement au compte-gouttes, le chien les possède intégralement. Mais l'amour de la science, franchement non. Imaginer, comme vous le faites, que la terrible tâche qu'on lui a assignée puisse exalter et infatuer Laïka n'est qu'une absurdité.

Laïka heureuse d'être la première à explorer le cosmos ? Laïka ivre de vitesse ? Laïka satisfaite de n'avoir à faire « aucun effort pour respirer » ? Laïka bien aise de la régularité de ses battements de cœur ? Laïka enchantée que « personne ne lui colle aux talons », que « personne ne gagne de l'argent sur son dos » ? Mais si tel était le cas, elle serait un parfait antichien.

Pouvez-vous imaginer un instant que Laïka ait été heureuse dans une solitude à tel point désespérante ? N'aurait-elle eu qu'un pseudo-maître — comme c'est malheureusement le cas pour à peu près tous les chiens de laboratoire —, c'est-à-dire pas un véritable maître mais seulement un laborantin, ou un quelconque homme de peine et que cet homme de peine — pure hypothèse

— ait été mal dégrossi, brutal, la traitant à coups de pied dans l'arrière-train, même ainsi Laïka l'aimerait en toute certitude et, voguant tout autour de nous dans les espaces, penserait continuellement à lui, rêverait de se retrouver auprès de lui, sa présence représentant pour elle l'unique bonheur possible et, le museau coincé dans son masque à oxygène, émettrait encore de tendres gémissements pour l'appeler.

Mais nul n'est venu, aucune main ne lui a caressé le museau, ses gémissements n'ont même pas été perçus par les appareils ultrasophistiqués des observatoires soviétiques. Dieu seul les a entendus, pauvre petite bête. Et parlez-nous encore d'avidité scientifique !

Au demeurant, monsieur De Madariaga, s'il fallait une confirmation de mon hypothèse selon laquelle, pour ce qui est des chiens, vous vous trouvez, disons, plutôt à jeun, je la verrais dans une méprise symptomatique qui vous a échappé tout juste à la fin de votre article. Oh ! rien de grave, bien entendu. Une inattention zoologique de minime importance, mais révélatrice. C'est là où « votre » Laïka dit : « Pensez donc, un chien qui, pendant des années, a dû se contenter de lever la patte postérieure contre un bec de gaz et qui peut désormais faire la même chose contre une véritable étoile ! »

L'image est brillante, pathétique (même si elle rappelle un jet du même tonneau émis en son temps par le poète Essenine). Mais elle est malheureusement erronée. Jamais en toute son existence la petite chienne Laïka n'a leva une patte postérieure contre bec de gaz, poteau télégraphique, brise-vent ou autre mur. Faudrait-il peut-être vous en expliquer le pourquoi ?

Corriere d'informazione, 16-17 novembre 1957.

Mes chiens

Je possède, et ils me possèdent, trois chiens vivants et merveilleux, peut-être pas plus beaux que les autres chiens qui honorent cette vallée des larmes, mais de toute façon merveilleux. Et précieux.

Le premier, ou plus exactement la première, est un boxer, nommé Tromba. D'où le diminutif de Trombettina et l'abréviation Bettina d'usage plus courant. Dommage qu'on ait mal taillé ses oreilles, qui lui pendent comme celles d'une chauve-souris, ce qui ne parvient toutefois pas à offusquer son ondoyante et provocante beauté. Créature mystérieuse, comme le sont trop souvent les dames. Elle a cinq ans. Ou six ? Je préfère ne pas m'appesantir sur ce point. L'âge des chiens fait peur. Ils vivent trop peu. Ils ne vivent pas aussi longtemps que nous. Nous sommes contraints de les voir mourir.

Le deuxième est également un boxer, nommé Napoleone III, mais le « trois », dans nos discours familiers, reste le plus souvent omis. Il est de grande race bien qu'excessivement prognathe, c'est-à-dire la mâchoire inférieure proéminente. Mais extrêmement sympathique et candide. Il n'a pas encore un an. D'une émouvante stupidité.

Le troisième est un bulldog nommé Cicci, anglais. Dire de son aspect et de son comportement qu'ils sont déconcertants est peu dire. Il vient à peine d'avoir trois mois et ressemble à la fois à un hippopotame, à une cornemuse, une malle et un des petits anges de Raphaël. On ne peut être que bouleversé à sa vue. Il ira loin, mais vraiment très loin, j'en suis absolument convaincu. Je ne dirai pas président du Conseil, mais tout comme.

Je possède, et ils me possèdent, quatre chiens morts et merveilleux, peut-être pas plus beaux que les autres chiens endormis dans l'éternité du passé et qui honorent cette vallée des larmes, mais de toute façon réellement merveilleux.

Le premier est un petit caniche nommé Tobi. Il est mort d'une néphrite à la clinique vétérinaire de Milan, recouvert d'une petite capote de laine ; et ses médecins, tout scientifiques qu'ils fussent, s'en sont montrés fort contrits.

Le deuxième est un boxer de race indéfinie et nommé Napoleone. Il était la jeunesse et le printemps. Mais il est mort écrasé par une auto.

Le troisième est un splendide caniche et se nomme Tobi, comme son prédécesseur. C'était un chien aux immenses potentialités spirituelles, capable de prendre tout seul le tram pour aller de la piazza della Repùbblica à la piazza Piemonte, et vice versa. Le tout sans acquitter son billet.

Le quatrième, c'est Napoleone II, le chien que j'ai et que je veux toujours le plus aimer. Oh ! ce n'était pas un génie mais, je ne saurais dire pourquoi, c'était un chien formidable. C'était Moloch, c'était le dieu des Aztèques c'était Sa Majesté le Chien, c'était la vie même. Il est mort lui aussi. Il ne reste plus rien de lui, sinon une petite tache sombre sur le mur blanc, derrière le guéridon, là où il allait se coucher quand il était mécontent ou bien mélancolique.

Ces jours derniers, j'ai fait reblanchir les murs de ma maison, mais cette tache-là je n'ai pas voulu qu'on l'efface. C'est la seule chose au monde qui demeure de lui, mon pauvre Napoleone. Et je la contemple, cette tache (plutôt qu'une tache, c'est une ombre sur le plâtre blanc). De jour en jour elle pâlit mystérieusement. Même celle-là, le temps qui passe l'emporte. Le misérable.

Court texte pour la radio, 10 mars 1959.

Les canaris existentialistes

L'autre jour, brève nouvelle dans la page consacrée au sport, presque cachée au milieu des commentaires sur le Tour d'Italie, et pourtant poignante, caustique pour ses évocations allusives : à San Siro, un trotteur américain de 7 ans, en revenant à l'écurie après son entraînement quotidien, est tombé inanimé par arrêt cardiaque.

Mon regard avait couru sur la page, sans prêter réellement attention à rien, jusqu'à ce que deux mots fort déplaisants, en première ligne, l'aient arrêté : « mort inopinée ».

Mort inopinée de qui ? D'un cheval. Ah, c'est moins grave. Les morts inopinées de chrétiens ont toujours un quelque chose d'antipathique. Tandis que celle d'un quadrupède !... Mais tout de suite après, en raison de l'étrangeté du fait, ma matière grise s'est mise à carburer.

Comment donc ? Même pour les chevaux maintenant, l'infarctus ? Le stress de la vie moderne, qui dévore jour après jour des centaines et même des milliers d'êtres humains dans ce monde, foudroyant leur muscle cardiaque, rebondirait également sur les animaux ? Et alors, en y repensant, de nombreux indices troublants me sont revenus en mémoire.

Sans doute quelqu'un de parfaitement compétent va-t-il venir maintenant pour dédramatiser le problème. La mort par arrêt cardiaque d'un cheval de course est un fait singulier — dira-t-il — mais n'a rien d'exceptionnel. Déjà dans le passé, même si c'est en de rares occasions, on a répertorié des décès qui lui étaient dus. Vouloir attribuer ce mini événement à l'atmosphère exacerbée de notre existence actuelle — dira-t-il — serait une extrapolation sans aucun fondement. Bien que les humains s'agitent comme des fous tout autour de lui, le cheval, grâce à Dieu, sait parfaitement conserver son équilibre nerveux ancestral et la défaillance cardiaque d'un trotteur, dont l'origine est sans aucun doute constitutionnelle, ne peut être tenue pour un symptôme, et cætera, et cætera.

Et pourtant, malgré tout le respect que l'on doit aux épidémiologistes et aux vétérinaires, je suis d'un avis contraire. Cela fait un bon bout de temps que j'observe et que je consigne une quantité de petits phénomènes qui leur ont sans doute échappé. Et j'en suis arrivé à la conclusion que, par une étrange contagion, notre inquiétude toujours croissante s'est également transmise aux animaux, du moins à ceux qui vivent près de nous.

Je fais allusion, pour commencer, aux chiens. Chez moi vivent deux boxers et un bouledogue (qu'on me pardonne si je parle de mes problèmes personnels, mais dans le cas présent ils sont d'une importance capitale). Le bouledogue n'est encore qu'un chiot, aussi peut-on le mettre hors de cause : il vit encore dans la béate inconscience de l'enfance. Mais les deux autres ! Ils sont, ces boxers, adultes l'un comme l'autre avec toutes les conséquences que cela implique, j'ai remarqué chez eux, depuis longtemps, une préoccupante transformation. Plus particulièrement la femelle, nommée Bettina, n'est plus ce qu'elle était naguère.

Naguère, c'était une créature joyeuse et aimable, d'un tempérament équilibré, l'âme sereine. Quand elle comprenait, comme les chiens savent le comprendre, que je m'apprêtais à sortir de la maison, elle me faisait bien évidemment la cour, avec force frétillements et trémoussements, mais sans rien perdre de sa dignité. La nuit, pelotonnée sur sa couche, elle dormait d'une seule traite jusqu'à ce que je sorte de mon lit. Pour le reste, c'était la compagne la plus docile, douce et placide que l'on puisse imaginer.

Qu'est-ce qui l'a tant fait se transformer ? Car maintenant, la dire neurasthénique serait peu dire. Mais à qui la faute ? Est-ce moi, avec mes perpétuelles craintes, qui lui ai transmis cette inquiétude morbide ? A-t-elle fini par capter, au fil du temps, ma quasi constante tension nerveuse, au point de s'en trouver infectée à son tour ? Ou le climat délétère de la grande cité serait-il carrément l'unique responsable de la modification de son caractère ? Regardez-la, je vous en prie. Pendant que j'écris, elle est accroupie à mes pieds, sur le tapis, apparemment en paix. Mais elle ne dort pas. Elle garde les yeux grands ouverts et elle pense, comme si quelque souci la rongeait. De temps à autre un frisson la prend, son poil se hérisse tout du long de son échine. Je ne dis pas au moindre bruit, mais au plus faible bruissement, soupir, elle relève brusquement la tête, oreilles tendues, aux aguets, comme si elle s'attendait au pire. Et puis, la nuit, elle grommelle et elle geint dans son sommeil quand, quittant sa couche, elle ne va pas tourniquer fébrilement dans ma chambre. Souvent, si je m'éveille alors, je la retrouve dressée tout à côté de mon lit, haletante, qui me regarde fixement de ses deux yeux kirkegaardiens.

Je cherche à lui procurer les meilleures conditions de vie possibles : nourriture abondante et saine, longues promenades dans les prés, caresses et câlineries assorties, distribution régulière de petits gâteaux. Rien n'y fait. Un mystérieux délabrement s'est emparé d'elle et ne lui donne aucun repos. Amour ? Non, ce n'est pas d'amour qu'il s'agit : aux compliments répétés des mâles répondent invariablement des fins de non-recevoir.

Le problème est qu'une telle inquiétude, pour ne pas dire angoisse, s'est propagée dans toute la maison. La ville convulsive me l'a inoculée, de moi elle est passée à Bettina, Bettina l'a transmise à son jeune compagnon de jeux, boxer lui aussi, nommé Napoleone. Lequel a perdu sa belle sérénité d'antan, se réveille maintenant en sursaut, au cœur de la nuit, se met à arpenter toute la maison dans l'obscurité, comme une âme en peine, tout en lançant de sourds gémissements, comme font les chiens quand ils se croient la proie des fantômes.

Et s'il n'y avait que les chiens ! Depuis quelques semaines, une inexplicable agitation s'est également emparée des deux canaris et des quatre perruches qui tournoient dans leurs cages du vestibule. Ils complotent sans arrêt tous ensemble, comme s'ils étaient terriblement préoccupés par l'approche d'une grave menace. Mais quelle menace ?

Ce n'est pas tout. Même le poisson rouge, dans son grand bocal de verre au-dessus du réfrigérateur de la cuisine, est devenu d'une certaine manière méconnaissable. Il tourne sans cesse comme jamais auparavant, et semble haleter comme si un autre poisson, beaucoup plus gros que lui, le poursuivait avec l'évidente intention de le dévorer.

Malheureusement, je le crains fort, le grand mal dont nous souffrons, nous autres les humains, cette détresse quotidienne, est en train de gagner le monde animal. Un jour, peut-être très bientôt, chiens, chats, oiseaux ne nous procureront plus cette si confortable sensation d'innocence et de paix qui nous les rend tellement chers. Car ils seront devenus comme nous.

Ou serait-ce moi, seulement moi, ce misérable qui croit reconnaître dans les autres, y compris dans les bêtes, un tourment qui n'appartient qu'à lui ?

Corriere d'informazione, 22-23 mai 1959.

L’adieu du petit singe

Pauvre petit singe Able. Ils avaient assuré qu’après le terrible voyage à bord de « Jupiter » tu jouissais d’une parfaite santé, de même que Baker, ton compagnon. La satisfaction béate des spécialistes, pressés d’en informer le monde entier, se lisait entre les lignes des communiqués de presse : « Rien à redouter, peut-être vous êtes-vous senti attristé pour ces deux petites créatures, mais les voici saines et sauves, plus vives et alertes que jamais, vous n’avez qu’à les interroger, faites-vous donc tout raconter, vous en serez convaincu... » (Les chirurgiens étaient sortis de la salle d’opération en se serrant vivement les mains. L’intervention avait parfaitement réussi, le malade était sauvé, on pouvait même déjà le considérer comme guéri. Et, au contraire, le malade a commis l’indélicatesse de mourir.)

Mais te rends-tu compte, petit singe Able, de la vilaine farce que tu viens de faire aux hommes de science en te comportant de la sorte ? C’était pure méchanceté de ta part, crois-le. Tu représentais leur plus grand succès. La ponctualité de ton rythme cardiaque, la régularité de ta respiration, la parfaite correction de tes réflexes nerveux représentaient la plus éclatante confirmation que la route des espaces était enfin ouverte, que de la même façon que tu t’y étais rendu et en étais revenu, demain allaient pouvoir également se rendre et revenir indemnes les humains. Tu étais la Victoire personnifiée. C'est pour cela qu'on t'a tant et tant photographié sous tous les angles, qu'on t'a fait tenir des conférences de presse, qu'on t'a servi de somptueux repas, qu'on t'a choyé, porté en triomphe, contemplé avec des yeux enflammés comme si tu étais une star de cinéma. Et après tant d'honneurs et tant de gloire tu leur as fait l'affront de mourir.

Tu allais parfaitement bien ! D'illustres cliniciens garantissaient ta parfaite forme physique à l'issue de ton vol historique. Le saut en l'air de cinq cents kilomètres suivi de la descente des mêmes cinq cents kilomètres, les accélérations, l'absence de gravité et le toutim : rien ne t'avait le moins du monde perturbé, tu admettras que ces messieurs les grands savants savaient beaucoup mieux que toi de quoi ils parlaient. Tu étais l'image exacte de la santé, c'était un vrai plaisir que de te regarder faire tes grimaces. Et pourtant tu es mort.

Pourquoi ? À cause d'une banale électrode implantée sous ta peau, donc une petite piqûre de rien du tout. Que veux-tu que ç'ait été, une électrode ? Un petit singe aussi courageux que toi n'avait pas à s'en préoccuper. Mais toi, je t'en fiche, tu as déserté au plus beau moment, tu as totalement saboté la grande fête qui se préparait.

Alors, comprends-tu maintenant le gâchis que tu as provoqué ? Tu ne l'as sans doute pas fait exprès, tu ne t'es pas rendu compte, nous ne t'en faisons pas grief, pauvre petit Able. Si tu avais vraiment tout compris, peut-être aurais-tu cherché à résister un peu plus, tu aurais mis un plus grand enthousiasme à lutter contre la douleur et l'angoisse. Bref, tu nous aurais laissés comblés, heureux. Tandis que maintenant...

Maintenant ton corps rigide et glacé, tes petits yeux à tout jamais fermés, tes petites jambes rétractées sont d'une éloquence épouvantable. Un frisson de chagrin mais aussi de doute a traversé l'atmosphère qui résonnait encore des applaudissements et des hourras. Et peu importent les justifications, certainement exactes, que peuvent donner les médecins : il n'y a aucune relation de cause à effet entre le vol et ta mort, le même incident pouvait survenir avec n'importe quel autre singe rigoureusement sédentaire, tout est venu en salle d'opération de la difficile extraction de l'électrode, et tant d'autres arguments tout aussi convaincants. Cela ne compte pas. Au moment de ton faible et dernier râle l'homme de la rue, dans tous les pays du monde, a dressé l'oreille, une onde vaporeuse de panique est passée — oh ! pour rien qu'un instant, reconnaissons-le — dans tous les laboratoires et sur tous les chantiers où l'on met au point les astronefs du futur. Comme un sinistre tocsin. Comme si toi, petit Able, avant de t'en aller, tu avais dit : « Prenez garde, messieurs les humains. Vous m'avez projeté dans le ciel jusqu'à cinq cents kilomètres et, comme vous l'aviez prévu, je suis retombé en mer où vous m'avez repêché. Je suis revenu vivant et vigoureux. Tout allait pour le mieux dans le meilleur des mondes. Je meurs pourtant. Mon organisme, tellement semblable au vôtre, a résisté merveilleusement à l'épreuve, mais il me faut mourir pourtant. Comment cela se peut-il ? Réfléchissez-y, messieurs les humains. J'ai grand-peur que... » En cet instant, le petit singe s'est arrêté pour toujours.

Corriere della Sera, 3 juin 1959.

L'Einstein des chiens s'attendrit sur les chats

Chiari, novembre.

— Est-il exact, mademoiselle Peg, ai-je demandé, que samedi prochain 7 novembre, à 6 heures, vous allez vous exhiber à l'hôtel Continental de Milan ?

La demoiselle en question n'a pas daigné me jeter un regard. Elle m'a même tourné le dos et s'est accroupie, en un acte d'adoration, aux pieds de sa grande amie et protectrice, Mme Inès Giordano Corridori.

— Est-il exact, mademoiselle Peg, qu'au soir...

— Vous n'avez pas besoin de répéter, m'interrompt la dame, Peg a déjà parfaitement compris.

En cet instant Peg, se dressant sur ses pattes postérieures, s'agrippe à la jupe de sa maîtresse.

— Si elle a compris, dis-je, pourquoi ne répond-elle pas ?

— Elle a déjà répondu. Quand elle me saute dessus, comme elle vient de le faire, cela signifie oui. Mais, pour dire vrai, en règle générale quand elle veut dire oui, Peg aboie trois fois. Toutefois, depuis quelque temps, elle a trouvé ce système plus expéditif.

— Et alors, mademoiselle Peg, vous savez pour qui...

— Oh, m'interrompt à nouveau sa maîtresse, vous pouvez la tutoyer. Peg ne fait pas de chichis.

— Bon, fais-je. Et alors, ma chère Peg, dis-moi voir, sais-tu pour... Mais c'est inutile que je te parle, si tu ne m'écoutes pas !

— Elle donne cette impression mais c'est faux, fait sa maîtresse. Peg continue à me regarder parce qu'elle a parfaitement compris ce que vous lui avez dit. Oui, je sais, cela peut sembler manquer de politesse. Il faut lui pardonner. C'est ainsi qu'elle est faite.

Je recommence :

— Et alors, ma chère Peg, on t'a dit pour qui tu vas travailler samedi prochain ?

Cette fois Peg émet trois petits jappements brefs, d'une intonation plutôt joyeuse.

— Elle a répondu oui, n'est-ce pas ?

— Un oui très accentué même, confirme Mme Giordano.

— Alors, dis-moi pour qui tu vas travailler ?

— Allons, sois gentille, répond ce qu'il faut, l'exhorte sa maîtresse.

Nous nous trouvons dans un grand salon du premier étage de la villa Giordano Corridori, à Chiari. Sur le tapis, la maîtresse a disposé en un désordre apparent nombre de petits cartons blancs portant les lettres de l'alphabet (manquent seulement l'*Y*, le *Q* et le *K*) ; chacun de ces cartons possède un ruban pour permettre à Peg de s'en saisir plus facilement. Désordre apparent, avons-nous dit ; en fait, les lettres sont disposées par groupes, selon un arrangement préétabli, de sorte que Peg, habituée à cet arrangement, puisse plus facilement les déchiffrer.

En ce qui concerne le personnage de Peg, est-il bien utile que je le présente ? Cela fait des années qu'on en parle. Même dans ce journal, on lui a déjà consacré plusieurs articles et diverses informations. Peg est la célèbre chienne savante qui sait lire, écrire, compter et également extraire les racines carrées ; certainement un des phénomènes les plus remarquables de ces dernières décennies.

Nombreux sont ceux qui, quand ils l'approchent pour la première fois et assistent à ses exploits, demeurent évidemment abasourdis. Puis, l'effarement dissipé, ils se demandent : Où niche la supercherie ? De fait, l'homme se rebelle à l'idée qu'un caniche puisse raisonner, sentir et s'exprimer comme lui.

Il suffit pourtant de s'entretenir cinq minutes avec sa maîtresse pour se convaincre qu'il n'y a pas l'ombre d'un trucage. Inès Giordano Corridori est une grande dame, dans toute l'acception du terme. Et s'il est indéniable qu'elle doit se méprendre sur sa petite Peg, du moins le fait-elle avec le plus de bon sens possible. Elle est convaincue que son caniche, en comparaison des chiens normaux, est un authentique génie, plus ou moins à mi-chemin entre Einstein, Shakespeare et Léonard de Vinci. Mais elle se garde bien de prétendre, comme le font malheureusement les maîtres de tant d'autres chiens savants, qu'un esprit comparable au nôtre est hébergé dans la boîte crânienne de Peg. Elle va jusqu'à ne pas exclure qu'il puisse s'agir d'un phénomène de télépathie ; au stade de l'inconscient toutefois, car elle aimerait souvent que Peg dise telle ou telle chose et Peg en dit tout au contraire une autre. D'ailleurs, même en admettant une vague transmission de pensée entre elles, resterait à expliquer malgré tout pourquoi Peg comprend l'allemand quand sa maîtresse ne le connaît pas, et pourquoi elle ne saisit pas un traître mot de français que sa maîtresse parle couramment.

Moi-même, comme il est logique, je voudrais bien aborder ce sujet délicat et épineux. Mais comment faire ? En présence de Peg cela me gêne terriblement, je le confesse. Lui suggérer de sortir un moment pour que je puisse exprimer ouvertement mes doutes ? Ou susurrer mes questions à l'oreille de sa maîtresse, de sorte qu'elle ne puisse pas les entendre ? Ou, pire encore, mettre carrément les pieds dans le plat ? Et si Peg se fâche ? Si elle perd patience ? Si, Dieu nous en garde, elle me mord un mollet ?

Non, je ne suis pas venu ici pour faire une enquête psychologique, je me propose seulement de trouver une explication banale et tranquillisante à ce cas extraordinaire. Il s'agit purement et simplement d'une interview sans arrière-pensée.

Peg a désormais 8 ans. Elle s'est quelque peu rabougrie avec l'âge, mieux vaut ne plus parler de sa « ligne ». Elle a aussi commencé à blanchir. Ceux qui l'ont connue dans sa jeunesse (la révélation de son talent est intervenue vers ses deux ans environ) assurent qu'elle était alors beaucoup plus vive et pétulante. Mais son relatif alourdissement corporel n'a pas eu de répercussion sur son psychisme : ses facultés mentales semblent même encore plus affinées.

Je m'en vais donc reporter textuellement ici notre conversation.

J'avais demandé à la caniche si elle connaissait le but de son exhibition publique du samedi suivant.

Chaleureusement incitée par sa maîtresse à répondre — des phrases du genre : « Fais attention, allons, ne te trompe pas ! Fais bien attention ! Je ne veux pas que tu te trompes ! » qui ne peuvent avoir aucune signification conventionnelle — la petite chienne, avec une louable promptitude, prend entre les dents le carton du *P*, fait un petit tour dans le salon avant d'aller le porter à sa maîtresse, continue de la même façon avec le *O*. Puis elle va prendre le *R*.

— Que manque-t-il ? s'enquiert la maîtresse.

Sans se démontrer Peg retire du tapis la lettre *U*.

— Bravo Peg, c'est bien mais fais bien attention si tu veux le petit gâteau ensuite !

Très douée, c'est sûr, la petite chienne, n'empêche

que c'est le mot gâteau qui l'a le plus influencée. À la suite, pleuvent les lettres *L, E, S, P, A, U, V, R* et *A*.

— Attention, attention ! implore alors la maîtresse.

Et Peg n'y demeure pas insensible. S'apercevant de sa bévue, elle laisse tomber le deuxième *A* et va prendre un autre *E*. Elle y ajoute un *S*, un *C*, un *H*, encore un *A*, un *T* et un dernier *S*. Elle va s'asseoir enfin devant sa maîtresse et aboie à quatre reprises. La réponse est complète et s'aligne de la façon suivante :

POUR LES PAUVRES CHATS

C'est presque parfait. Samedi, Peg doit donner au Continental, à l'invitation de la Ligue pour la défense des chats (piazza della Repubblica 9) une de ses exhibitions justement au bénéfice de l'asile milanais pour chats ; pauvres chats sans famille et dans le besoin, c'est une réelle œuvre de charité que de leur venir en aide ; il suffit d'aller jeter un œil à leur refuge, refuge parfaitement méritoire certes mais, par manque de moyens, décrépit, délabré, insalubre, misérable et envahi d'humidité.

C'est justement le côté exceptionnel d'une telle prestation canine qui m'a poussé à faire cette interview. Qu'un chien renonce à agresser un chat est déjà un bel exploit. Qu'il accepte de cohabiter avec lui est encore plus rare. Mais que, pour le mieux-être des chats, il se contraigne de son propre chef à se donner publiquement en spectacle, il faut bien admettre qu'il s'agit là d'un geste sans précédent. (À noter que chaque interrogatoire demande à la petite caniche des efforts considérables. Elle l'a d'ailleurs dit elle-même un jour : « Pour chien écrire est beaucoup fatigue. »)

Suit une pause. Peg se couche de tout son long tandis que Mme Inès rappelle ces diverses fois où sa chienne, dans des manifestations publiques de bienfaisance, a recueilli jusqu'à près de cinq millions de lires, et elle égrène quelques-uns de ses stupéfiants exploits.

(*Question :*

— Tu aimes être photographiée ?

Réponse .

— *Bien sûr.*

— Pourquoi ?

— *Pour Inès*

— Pourquoi pour Inès ?

— *Pour se souvenir Peg.*

Ou bien cette autre question :

— Quelle forme de gouvernement a l'Italie ?

— *République.*

— Et avant la République, qu'y avait-il ?

— *Monarchie.*

— Et que signifie monarchie ?

— *Le roi.*

— Et qui était le roi ?

— *Umberto.*

— Et maintenant où est Umberto ?

— *Cascais.*

— Et où se trouve Cascais ?

— *Portugal.*)

Après la pause, je lui demande :

— Dis-moi Peg, les chats te plaisent vraiment ?

Peg répond : CHIENS, reste un instant à méditer puis ajoute : MEILLEURS.

— Quand tu vois un chat, tu te mets en colère ?

Deux aboiements pour réponse, ce qui veut dire : NON.

— Cela te plairait si Inès achetait un chat ?

Réponse : NON.

— Mais tu les trouves beaux, les chats ?

Réponse : OUI.

— Pourquoi, d'habitude, les chiens haïssent-ils tant les chats ? Le sais-tu ?

Réponse : OUI.

— Alors explique-le-moi.

Réponse : NE S'AIMENT PAS.

J'insiste, de façon peut-être inopportune :

— Mais toi, as-tu jamais coursé un chat ?

Réponse : MIEUX PARLER AUTRE CHOSE.

Je prends conscience d'être allé un peu trop loin. Peg vient de me donner une leçon de savoir-vivre. La philanthropie, ou plutôt dans ce cas précis la félinophilie, a ses limites même pour un chien.

Pendant tout ce temps, entre une réponse et une autre, Peg a bien ingurgité deux bonnes douzaines de petits gâteaux.

La conversation s'effiloche quelque peu maintenant. La chienne se montre distraite. J'aurais aimé connaître son opinion sur la Congrégation des sœurs de Sainte-Dorothée et leur assemblée qui vient de se tenir à Florence, mais Mme Inès me fait aimablement comprendre qu'il ne convient pas d'abuser. D'ailleurs, il se fait tard. Je dois reprendre la route pour Milan.

Peg m'accompagne diligemment jusqu'en bas. Dehors il pleut. Avant de franchir le portail, je me retourne pour un dernier adieu. Assise sur le perron, Peg me regarde fixement. Dans ses redoutables yeux il me semble deviner quelque chose à mi-chemin entre la commisération et la raillerie.

Corriere della Sera, 4 novembre 1959.

La petite guenon Toy peintre abstrait

À la galerie d'art, 12 via Andegari, deuxième étage, vient de s'ouvrir l'exposition personnelle de Toy, singe capucin d'Amérique latine, âgé de 6 ans et habitant au 89 du corso Garibaldi.

Il y a là trente-cinq œuvres, entre les peintures et les dessins de plus petite dimension, toutes abstraites, du sous-groupe tachiste. Nous sommes donc en plein genre informel.

Difficile, et inutile pensons-nous, de les décrire. Taches, stries, coups fortuits de pinceau, traits de crayon ou de fusain inopinément mêlés afin de plus ou moins bien remplir les feuilles de papier blanc ou les toiles (trois seulement pour ces dernières). Des noms de peintres en référence viennent par dizaines à l'esprit, de Vedova à Kline.

Vues à l'atelier de l'artiste, en vrac, toutes ces œuvres m'avaient semblé plutôt insignifiantes. Mais dans la salle d'exposition, élégamment mises sous verre, elles font au contraire un certain effet. Certaines, même pas mal du tout. Munies d'une signature célèbre, sûr que les spécialistes baveraient dessus.

Toy vit avec le peintre Francesco D'Arena, dans son vaste atelier du corso Garibaldi. Reste encore là tout un bloc de vieilles maisons du XIXe siècle, désormais délabrées, typiquement milanaises et romantiques à souhait. Dans la deuxième cour du numéro 89 se trouve une sorte de pavillon dont le premier étage est composé d'une série d'ateliers de peintres, construit Dieu sait quand à cette unique intention. Tout est vétuste, écaillé, presque en ruine comme dans les films sur la « bohème » celle du siècle passé justement. Un décor absolument idéal. Imaginez ce que ce doit être par les longues soirées d'hiver, avec un brouillard opaque qui s'engouffre en bouffées par les lézardes des murs, y faisant danser quelque spectre.

L'aménagement de l'atelier de D'Arena ne le cède en rien au pittoresque du cadre dans lequel il se trouve. Ici également tout semble comme à l'abandon, inattendu, et se refusant à toute préoccupation d'ordonnancement. Des cartons à dessin, des cadres, des collages, des esquisses en plâtre de sculptures, et toute une ribambelle d'objets hétéroclites dont je ne pourrais donner la liste. Sans oublier une espèce de chose ravagée et informe, qui doit servir au peintre de grabat pour ses nuits, ainsi qu'un réduit avec petit fourneau et lavabo, et un petit poêle à bois.

Pour ce qui est de Toy, la bestiole, donnée six ans plus tôt par un ami brésilien, elle passe la majeure partie de son temps dans un coin, attachée à une chaîne pour l'empêcher de tout mettre encore plus sens dessus dessous. Sont à sa disposition : un escabeau, un petit trapèze volant et une minuscule boîte en bois semblable à une niche de chien dans laquelle elle couche. Quant à son aspect, une fois que l'on a dit « guenon » on a tout dit, difficile d'être plus guenon qu'elle ne l'est, cela dit sans vouloir lui porter le moindre tort.

Toy, comme tous les singes, est lunatique, une vraie peste certains jours, un petit ange certains autres. Or donc, quand elle se montre dans de bonnes dispositions, D'Arena lui ôte sa chaîne et la laisse libre d'aller et venir où elle veut dans l'atelier. Mieux même : parfois, il lui permet de s'appuyer sur un coin de la table et de gribouiller avec des crayons et des tubes de couleur. C'est de la sorte que sont nés ses tableaux.

Non tant d'ailleurs que Toy, quand elle peint, le fasse avec un enthousiasme particulier. Il convient d'exclure que le démon de l'art se soit emparé d'elle. On pourrait même croire qu'elle ne peint que pour tuer le temps. Un très relatif et nonchalant intérêt en quelque sorte.

Sa production ne permet pas de la rattacher à telle ou telle école. C'est du moins mon impression. Parler de personnalité serait hasardeux. Un autre singe, même d'une autre race, pourrait probablement en faire tout autant. J'ai dit : probablement, on ne sait jamais.

Il est à noter malgré tout qu'on ne décèle aucune parenté entre ce qu'elle fait et les tableaux de D'Arena. D'Arena est un abstrait mais non pas un informel ; il travaille actuellement sur une composition à peu près monochrome, utilisant de la sciure pour mettre en valeur certaines rugosités par la lumière rasante. Tout au contraire, la peinture de Toy prend essentiellement son essence dans une tache principale plus ou moins ronde mais avec des ramifications, accompagnées de franges de diverses couleurs.

Cette exposition, D'Arena n'y avait absolument pas pensé le moins du monde. Mais un jour Toy, fichant à terre la pile de ses propres productions, lui avait demandé à brûle-pourpoint :

— Alors, on se la fait oui ou non, cette exposition personnelle ?

— Tiens donc ! Afin qu'ensuite on m'accuse d'avoir trouvé cet expédient pour faire parler de moi ! Ôte-toi ça de ta petite tête une fois pour toutes.

— Je t'en prie, mon maître, sois gentil ! Ça me plairait un max...

— La belle nouveauté que ce serait ! répliqua

D'Arena. À San Francisco, si je ne me trompe, on a déjà exposé les œuvres d'un singe, il y a deux ou trois ans. On dirait que tu l'as singé.

— Maître, ne refuse pas. Laisse-moi essayer.

— On a déjà vu aussi les peintures d'un perroquet, celles d'un âne...

— Un âne ? Il tenait son pinceau dans la gueule ?

— Non, il peignait avec sa queue. Un canular comme tant d'autres. Et ton exposition ne vaudrait guère mieux.

Mais on sait combien sont malignes les bêtes quand elles ont une idée en tête. Pires que les femmes, telles que les croient les hommes. Cajoleries, bouderies, sourires tristes, larmes, le tout habilement dosé. D'Arena s'est trouvé contraint de dire oui. Il n'a posé qu'une seule condition : que Toy ne mette pas les pieds dans la galerie choisie.

Et voici la cérémonie du vernissage, avec élégant dépliant et présentation par le célèbre Gillo Dorfles. Étrange coïncidence : ce même jour, Toy était exceptionnellement nerveuse et excitée.

Les gens viennent et se demandent : « Qu'est-ce que veut réellement représenter une telle exposition ? Une simple plaisanterie, une bizarrerie, un divertissement ? Ou bien cela ne cacherait-il pas quelque intention polémique, comme si l'on voulait insinuer que les singes sont tout autant capables de s'adonner à l'art abstrait que les humains ? » « Oh, pas du tout : aucune intention polémique ! Même si j'étais un figuratif ! s'écrie D'Arena horrifié. Je m'en doutais, que ça allait finir comme ça ! Maudite soit cette fois où je me suis laissé convaincre par cette sale bête... »

Il est évident que les peintures de Toy prêtent trop facilement le flanc à l'ironie. Qu'elles puissent terriblement faire penser, pour ne pas dire plus, à tant d'autres œuvres non figuratives qui se trouvent déjà sur le marché, il est difficile de le nier. À la différence toutefois que les siennes sont le fruit du hasard et les autres celui d'une volonté.

« En somme — demande quelqu'un, jouant les ingénus — peut-on réellement parler d'art ? »

La réponse — est-il besoin de le dire ? — est : non. L'art est le produit d'une intention précise. Les œuvres de Toy seraient-elles de toute beauté, l'art n'y entrerait de la même façon pour rien.

Prenons un exemple. Imaginons qu'un nuage aux formes merveilleuses soit suspendu dans le ciel, au point de ravir tant l'âme que les yeux. Il n'en serait pas moins le résultat d'un pur hasard météorologique, n'aurait strictement rien d'artistique. Mais si ce même nuage était inventé, modelé par un être humain, avec tout ce qu'il faut de condensation aqueuse pour y parvenir, alors on serait en droit de parler de création artistique.

Eh bien, nombre d'artistes modernes aimeraient follement parvenir, pour ainsi dire, à cette *spontanéité* de la nature, bref à la spontanéité de la petite guenon Toy. Certains peintres informels s'en remettent d'ailleurs assez souvent au hasard, éclaboussant çà et là leur toile de couleurs aléatoires, en guise du moins de point de départ, ou bien ils mettent à profit les craquelures, les bavochures, les floculations accidentelles qui se sont produites sur cette toile. Ainsi Fautrier par exemple, parfaitement maître de sa technique et tout à fait conscient de ce qu'il fait, ne rechigne-t-il pas à se servir, dans certains cas, de feuilles de papier spéciales sur lesquelles la peinture s'épand en halos, en ramifications et en franges, qui ne répondent donc plus à un dessein prédéterminé. Mais c'est toujours sa propre volonté qui sollicite l'intervention ponctuelle du hasard, la modifie et la contrôle.

Qu'est-ce que peut signifier que soient trop souvent exposées dans les galeries des œuvres esthétiquement guère ou pas du tout supérieures aux travaux de Toy ?

Faut-il vraiment s'étonner si le monde de l'art est, comme le reste, peuplé d'une armée d'imbéciles, d'incapables et de crapules ?

Bon, maintenant, guenon ou pas guenon, venons-en comme il se doit à une citation critique :

« Au beau milieu de ce marais désormais languissant des remugles formalistiques et des faiblardes tentations polysubstantielles, l'apparition de Toy s'impose comme la brusque et péremptoire nécessité d'une féroce acuité. Même dans la dualité manifeste de l'engagement créatif, écartelé entre la séduction du Tout et les *impedimenta* d'une sévère infériorité, l'inquiétante dialectique de la forme et de l'informe débride le lyrisme tensoriel de ses peintures et propulse à la hauteur des plus actives confrontations leur décantation anthropomorphique. La violence syntactique de Toy n'est évidemment pas une fin en soi, et elle ne doit pas être interprétée en fonction de ce " quid " qui place toute référence à la réalité au-dehors de cette réalité même. Certes, il serait facile de détecter ici une imposition extrastructurale qui, du moins dans les œuvres mineures, pourrait sembler se rapporter au dangereux académisme thématique... » Etc., etc.

Corriere d'informazione, 5-6 janvier 1961.

Un chien mordu par un homme

S'il y a quelqu'un au monde pour prendre parti en faveur des animaux, et plus particulièrement des chiens, je crois bien que c'est moi. D'aucuns nous disent que la zoolâtrie par trop intense est signe de débilité mentale. Possible. Il n'empêche que si l'on bat, si l'on maltraite une bête, serait-ce un crapaud ou un lézard, le sang m'en monte à la tête.

Ce que je veux dire, c'est que personne ne pourra m'accuser de ne pas prendre à cœur le sort des êtres qui nous sont différents. Malgré cela j'entends spontanément proclamer, presque avec jubilation, qu'un grand moment est enfin arrivé pour nous, journalistes :

UN CHIEN A ÉTÉ MORDU
PAR UN HOMME !

Il convient de rappeler qu'à la base du journalisme se trouve une règle fondamentale, un principe qui peut et doit trouver ses applications dans tous les secteurs de l'activité humaine, de la politique jusqu'au jeu de billes. Cela est même passé en proverbe dans le monde anglo-saxon. Mais chez nous également, tous ceux qui battent pour la première fois aux portes de la carrière journalistique se l'entendent répéter plutôt cent fois qu'une par les anciens.

Ce principe est le suivant : Si un chien mord un homme, *n'en rends pas compte ; mais fais-le* en revanche si un homme mord un chien. Ce qui revient à dire, par cet exemple extrême, qu'un fait risque d'autant mieux d'intéresser le public qu'il s'éloigne de la norme.

On peut imaginer nombre de ces cas hypothétiques, qui font la joie des rédactions, en retournant les termes d'une situation normale, ou du moins codifiée comme telle par l'usage :

— si une ambulance renverse à un passage à niveau un train chargé de pèlerins, de vieillards, de femmes et d'enfants ;

— si une lavandière percluse de rhumatismes plonge dans le fleuve et y sauve un gendarme en train de se noyer ;

— si une poule capture un aigle ;

— si un dictateur proclame que son régime est antidémocratique ;

— si un sportif battu à l'étranger déclare que la malchance ou la mauvaise foi de l'arbitre n'entrent pour rien dans son échec ;

— si, en commençant sa conférence, un orateur prévient qu'il sera particulièrement prolixe ;

— si le gagnant du gros lot à la loterie annonce qu'il va s'empresser d'abandonner un métier qu'il abhorre pour s'adonner entièrement à la débauche.

Et ainsi de suite.

Aucun de ces exemples n'a pourtant la puissance synthétique, la pureté de style de celui d'un chien mordu par un homme. C'est vers ce modèle suprême que la fantaisie des journalistes n'avait jamais cessé de tendre. Viendrait-il donc, ce jour où les journaux pourraient enfin apporter la sublime nouvelle ?

Eh pourtant non. Les années et les décennies passaient, d'apocalyptiques cataclysmes ébranlaient notre planète, le monde entier changeait de visage, d'étranges satellites artificiels commençaient à tournoyer au-dessus de nos têtes. Et les rédactions attendaient toujours en vain la dépêche tant convoitée. Rien. Des conflits, raz de marée, tremblements de terre, disputes, catastrophes et carnages, cela oui, oh! combien, mais à propos d'un chien mordu par un homme : le plus grand silence...

C'est à l'Italie qu'est revenu l'immense honneur d'annoncer au monde le grand événement.

Montichiari (Brescia) : le lieu privilégié. 29 septembre dernier, la date historique.

En ce jour et en ce lieu le mendiant Angelo Romagnoli, âgé de 70 ans, franchissant le portail de la ville de M. Bianchi, un instituteur de la ville, pour demander l'aumône, a suscité l'indignation d'un caniche nain, nommé Dodo, qui s'est mis à aboyer, furieusement, en faisant mine de se lancer à l'attaque de l'intrus. Il est fort vraisemblable — s'il faut en croire un célèbre dicton — que les velléités offensives de cet animalcule s'en seraient tenues là. Happer ce mendiant est une idée qui ne l'avait même pas effleuré.

Pour une fois, ce fut le vagabond qui prit l'initiative. Les aboiements frénétiques du toutou noir lui avaient franchement cassé les pieds, pour ne pas dire plus. Comment, c'était de cette façon qu'on accueillait un pauvre hère venu quémander un croûton de pain sec? C'est cela qu'on appelait la charité chrétienne? Pris d'une colère subite, sans penser le moins du monde à l'importance historique de son geste, le vagabond s'est alors emparé de Dodo, l'a soulevé de terre, l'a renversé les jambes en l'air pour l'empêcher d'opposer la moindre résistance et, pour finir, lui a mordillé le nez, le cou et les oreilles.

Il avait déjà 70 printemps, ce mendiant. Il n'en conservait pas moins une formidable dentition. Le fait est que le sang s'est mis à couler, baignant les boucles noires du caniche ; sans parler des blessures infligées.

Ce ne fut question que de quelques secondes. La vengeance exécutée, l'homme laissa tomber à terre le quadrupède qui, tout penaud, fila vers la maison en quête de consolations, tandis que le mendiant continuait bien tranquillement sa route.

Heureusement, la scène avait eu des témoins. Il y eut ensuite le compte rendu du vétérinaire, qui diagnostiqua des tuméfactions intumescentes consécutives à morsures guérissables en douze jours, mais réserva son diagnostic en cas d'éventuelles complications.

Bref, il y avait là un dossier complet. Grâce auquel on est en mesure de faire connaître aujourd'hui aux populations que le fatidique événement s'est enfin produit : un homme a mordu un chien !

Le fait est à tel point exceptionnel, et nous supposons d'ailleurs qu'il aura un tel écho dans les milieux journalistiques du monde entier, qu'ici, à la *Domenica del Corriere,* il nous a semblé de notre devoir d'y consacrer une des deux illustrations en couleurs hebdomadaires, œuvres du peintre Walter Molino.

C'est déjà une reconnaissance solennelle. Mais je me demande si elle suffira. Cela ne mériterait-il pas que, par une souscription internationale dans les milieux de la presse, on puisse élever *in situ* un monument représentant cette scène ? Au milieu de tant et tant de bêtises pour lesquelles on gaspille millions et millards, cela serait, me semble-t-il, une dépense particulièrement bienvenue.

Domenica del Corriere, juillet 1961.

Pitié pour le « monstre »

Merveille des merveilles ! Le « monstre » de Sesto San Giovanni a été débusqué, pris en chasse, capturé *et non mis à mort* (sic).

La chose tient vraiment de l'incroyable en un pays où l'apparition de n'importe quelle bête provoque immédiatement chez les hommes (et leurs enfants) l'irrésistible envie de la tuer. Impulsion qui touche à la frénésie meurtrière pour peu que la personnalité de l'animal en question sorte des normes admises.

On s'était rapporté, comme toujours en ces cas-là, à la terminologie de « monstre », non tant dans son sens étymologique de prodige invraisemblable que dans celui d'animal féroce, mystérieux et nuisible. On le définissait ainsi seulement pour corser l'affaire, meubler d'un peu de « suspense » les nuits de Sesto San Giovanni, centre actif de jour s'il en est et, du même coup, réputé pour les longs sommeils réparateurs et pacifiques qui s'ensuivent. Si quelqu'un croyait vraiment au « monstre », encore plus s'il le craignait, c'était le signe évident que ses nerfs, et son cerveau, se trouvaient mal en point.

Il était parfaitement clair, d'autre part, que si un animal habitait réellement dans le petit marécage, il devait tout au plus s'agir d'un crapaud géant, un crapaud-buffle, ou un crapaud-taureau, un innocent batracien capable d'exterminer mouches et moustiques, mais totalement inoffensif pour l'homme. Alors pourquoi un tel acharnement ?

Le fait est — répondait-on — qu'avec ses terrifiants ululements ce « monstre » perturbe gravement les nuits de nos résidents ; et c'est bien pourquoi il nous faut le détruire.

Tout doux : le soussigné n'a pas eu la bonne fortune d'entendre les beuglements du dragon de Sesto San Giovanni, mais il a pu déguster par le passé aussi bien la ritournelle d'un crapaud-taureau qui logeait près d'un petit lac de Vénétie que le contre-ut du crapaud hurleur sur la berge d'une rivière. Eh bien, je ne prétendrai pas qu'ils aient surpassé le rossignol, mais le chant de l'un comme de l'autre possédait un charme sauvage et pathétique qui leur était propre. Souvenons-nous que, entre tous les animaux vivants, ceux qui émettent les sons les plus désagréables sont probablement le chien et l'âne : justement deux des sujets que l'homme a le plus facilement admis dans son univers domestique. Et ne sont-ils pas bien plus beaux, par exemple, malgré la sinistre réputation qu'on fait à la hyène, au chacal et à la terrible civette, les sanglots de la première, le ricanement du deuxième et jusqu'au cri tellement mélancolique de la dernière ?

Quoi qu'il en soit, aussi doté d'un gigantesque larynx qu'il ait pu être, le crapaud de Sesto ne pouvait créer autant d'angoisse que l'otarie de notre jardin zoologique qui, naguère encore, déversait son appel désespéré sur toute la ville endormie (à propos : qu'est-elle devenue, celle-là ? comment se fait-il qu'on n'entende plus ses lamentables gémissements ?).

En outre, dans cet environnement sinistrement industriel et austère qu'est Sesto San Giovanni, un tel chant offert par mère Nature, même s'il était par trop guttural, aurait dû, nous semble-t-il, être tenu plutôt pour agréable qu'hostile. Un peu de romantisme, que diable !

Quelles qu'auraient pu être les opinions à ce propos, une chose demeurait de toute façon amplement prévisible : une fois tombé entre les mains des citoyens de la ville, le crapaud, qu'il fût gigantesque ou lilliputien, subirait la misérable fin décrétée en Italie au nom d'une incorrigible coutume contre tout animal errant.

Et pourtant il en est allé autrement. Ce crapaud se trouve certes en captivité mais — pour ainsi dire — on n'a pas touché au moindre de ses cheveux ; et il jouit d'une parfaite santé. Alléluia. Du coup cet épisode, presque invraisemblable, prend les proportions d'un énorme scoop journalistique. Et nous espérons bien que le nom de Sesto San Giovanni sera très prochainement gravé en lettres majuscules dans le livre d'or de la zoolâtrie italienne, actuellement encore fort peu garni.

Corriere della Serra, 27 mai 1966.

Agonie et mort d'un pauvre chien

Hier matin à 11 heures le facteur nous a remis la lettre suivante : « Je vous adresse la présente pour vous soumettre un petit fait divers dont mon mari, machiniste au Métropolitain, a été le témoin, en vous priant d'intervenir, si cela vous semble possible. Mercredi dernier, 16 septembre, on a prévenu mon mari, qui prenait son service sur une des rames du métro, qu'entre les stations Precotto et Villa se trouvait le cadavre d'un chien blanc et noir. De fait, pendant le trajet, il put regarder avec compassion cette dépouille qui demeurait immobile au passage du convoi ; mais, après de nombreuses navettes, il a vu ce petit chien lever ses regards vers la voiture comme s'il demandait de l'aide et tentait de faire quelque mouvement ; donc, il était vivant ! Mon mari a fait alors tout son possible pour que la direction l'autorise à arrêter son convoi afin de pouvoir sauver le chien : ce qui fut fait vers 11 heures 30 par les soins d'un employé du chenil municipal. Cette malheureuse bête blessée se trouve maintenant au chenil, où elle est soignée, mais où d'ici quelques jours elle finira dans la chambre à gaz si son propriétaire ne vient pas la réclamer. Nous ne pouvons malheureusement pas prendre chez nous cette pauvre bête, mais il nous semble inhumain qu'on puisse la laisser mourir ainsi après l'avoir sauvée. Nous espérons beaucoup que quelqu'un voudra bien nous aider à sauver une vie, serait-ce celle d'un petit chien noir et blanc. En vous remerciant à l'avance, je vous prie de recevoir mes meilleures salutations — Anna Leardi, via Delfico 2, Milan. Téléphone : 345 283. »

Un collaborateur du *Corriere* est immédiatement accouru au chenil municipal, mais il est arrivé trop tard. Le pauvre petit chien noir et blanc auquel une patte était arrachée venait d'entrer une demi-heure plus tôt dans la chambre à gaz. Règlement en main, l'employé de service lui a expliqué qu'il était fatal d'en arriver à cette fin ; on avait même gardé en vie le chien sans nom, tatouage ni collier trois jours de plus que ne le voulait la consigne.

Mais enfin, entendons-nous bien : il n'y a vraiment pas de quoi en faire une tragédie. Alors pourquoi, mesdames, après avoir lu l'information ci-dessus, faites-vous une telle tête ? Et vous, charmante vieille dame aux cheveux blancs, pourquoi votre main tremble-t-elle encore en tenant le journal ? Y aurait-il quelque chose qui vous déplaise ? Sans doute est-ce que le règlement n'a pas été suivi à la lettre ? Et alors ? N'oublions quand même pas, d'un autre côté, qu'un certain nombre d'incorrections ont été commises.

La première de la part de ce M. Leardi, conducteur de rame du métro : pour avoir remarqué, et s'en être inquiété, le petit chien mort entre les rails. Toute attention envers des petits mammifères éventuellement défunts entre les rails d'un moyen de transport public sort totalement, comme l'on sait, des fonctions d'un employé, représente en conséquence un abus, oui, pas loin d'un acte d'indiscipline, sinon même de rébellion ouverte à l'encontre de l'ordre établi. En outre ce M. Leardi a insisté, donnant ainsi une preuve d'obstination dans ce sentiment tellement bassement rétrograde qu'est la pitié pour les animaux. Il s'est donc employé à observer sans cesse l'objet en question, chaque fois que la rame qu'il conduisait passait et repassait en cet endroit du souterrain, jusqu'à ce qu'il s'aperçoive, avec surprise, qu'il n'était pas mort. Et là, arrive la pire de ses fautes : car arrêter le trafic du métropolitain, ne serait-ce que pour un instant, dans l'unique but de sauver une bestiole inconnue (dont on ignore même si elle n'a pas d'antécédents pénaux) est en toute certitude un signe de faiblesse psychique et d'un manque total de conscience civique.

De la pitié, de la pitié, dites-vous. Mais n'en a-t-on pas déjà fait trop grand usage ? D'ailleurs, je ne me sens guère enclin à approuver mon collègue de s'être précipité au chenil municipal. Que s'était-il mis en tête ? Que la ville allait ensuite ralentir son rythme vital et productif pour subvenir aux besoins d'un misérable quadrupède — et même tripode puisque amputé — sans lieu ni foi ? On n'a pas le temps, on ne peut avoir le temps de se laisser aller à de telles défaillances, dans notre civilisation mécanisée du bien-être à tout prix. Il n'y a déjà pas de place pour la miséricorde, pour la compassion, la compréhension quand il s'agit d'un être humain pourvu d'une âme immortelle. Et nous devrions consacrer du temps, des soins, de l'argent à un paria du règne animal qu'on sait notoirement dépourvu d'âme ? Souffle, souffle, brave chambre à gaz, fais ton devoir. Un chien de plus, un chien de moins... Hormis quelques vicieux, cette nuit encore nos concitoyens dormiront d'un sommeil tranquille.

Corriere della Sera, 23 septembre 1970.

Note de Claudio Marabini

Dino Buzzati conservait les coupures de tous ses écrits parus ou inédits (nouvelles remplacées sur le marbre par d'autres et gardées en réserve ou, pour quelque motif secondaire, non publiées). Il tenait également un journal, comme l'on sait, noircissant de nombreux cahiers de notes et de fragments narratifs. La cueillette des coupures de presse et des inédits contenus dans ce livre, tous consacrés aux animaux, ou dans lesquels les animaux tiennent une place prédominante ou encore importante, répond à une heureuse initiative d'Almerina Buzzati. En tant qu'écrivain, on peut dire que Buzzati a continuellement vécu avec les animaux (en tant qu'homme il possédait des chiens, parmi lesquels la longue et célèbre lignée des Napoleone), mais il n'a jamais pensé, ainsi que nous l'avons déjà noté dans la préface, à publier un bestiaire. Contrairement à ce qu'il a fait en mettant ensemble, par exemple, ses *Nuits difficiles.* Les textes de ce livre proviennent en très grande part, comme on vient de le voir, du *Corriere della Sera,* le journal auquel il collaborait, et du *Corriere d'informazione,* édition de l'après-midi de ce même quotidien milanais. C'est dans le *Corriere d'informazione* qu'il a donné la majeure partie des textes plus journalistiques, suivant un fait d'actualité. Il ne serait nullement arbitraire en conséquence de subdiviser la fiction et le journalisme entre *Corriere della Sera* et *Corriere d'informazione*. Aucun des morceaux de ce recueil n'avait jusqu'à ce jour été publié en volume, à l'exception de « Les vieux amis s'en vont » et de « Tyrannosaurus Rex » (*Esperimento di magia*, Rebellato, 1958). Les morceaux présentés comme inédits proviennent du Journal intime. La première nouvelle « Démolition de l'auberge » porte la signature des débuts : D. Buzzati-Traverso, dont l'auteur s'est encore servi pour les premières éditions de *Bàrnabo des montagnes* (Treves-Treccani-Tuminelli, 1933) et *Le Secret du Bosco Vecchio* (Treves-Treccani-Tuminelli, 1935). « Le bœuf vide » a été signé Giovanni Drogo, ce même nom que Buzzati donnera au héros du *Désert des Tartares* et dont il se servira comme pseudonyme jusqu'en 1939 dans certaines revues (à l'exception toutefois du *Corriere*). « La journée de la poule zéro » ne porte aucune signature : il est fort vraisemblable que Buzzati la tenait pour un simple texte de chroniqueur, ce qu'elle était. (Au contraire « Le Falstaff de la faune », paru quelques mois plus tôt, eut l'honneur d'une signature et c'était effectivement une nouvelle). À l'exception des inédits, conservés dactylographiés avec soin de la main de l'auteur, les textes de ce recueil sont repris sur des coupures de presse. Ce livre, comme nombre d'autres livres de Buzzati, vient donc d'un typographe ou d'un prote ayant travaillé sur le travail d'un autre prote ou d'un autre typographe.

TABLE DES MATIÈRES

Première partie

NOUVELLES

Deuxième partie

ARTICLES

Achevé d'imprimer par Elsnerdruck
à Berlin

N° d'édition : 2807
Dépôt légal : juillet 1997
Imprimé en Allemagne